講談社文庫

覇者(上)

ポール・リンゼイ｜笹野洋子 訳

講談社

目次

歴史的事実について

ドイツの独裁者アドルフ・ヒトラーは、オーストリアの都市リンツに美術館を建設し、そこに世界最大のコレクションを集めるという野望に取り憑かれていた。この美術館は、一〇〇〇年に及ぶ第三帝国の文化的栄光を示す究極の場所になるはずだった。その結果、五〇万点以上の芸術作品が、ナチスに征服された国々や私的コレクションから押収された。一九三九年七月二四日、ヒトラー総統の秘書官マルティン・ボルマンが命令を出した。すなわち、芸術作品没収に関わる政府諸機関は、押収したすべての美術品をヒトラー自身かまたはヒトラーの学芸員が選別するまで手をつけずにおくように、というのだ。のちにこの命令には、「ユダヤ人から押収したすべての芸術作品を含む」、という修正が加えられた。こうして集められた膨大な芸術作品の多くが保管されたのは、〈フューラーフォァベハルト（すなわち総統のたくわえ）〉といわれた収納室である。

ヒトラーと時を同じくして、ヒトラーの後継者と目されていた帝国元帥ヘルマン・ゲーリングも膨大な芸術作品を集め、その量はヒトラーが集めたものをしのぐほどだった。

現在、そうして集められた多くの貴重な作品が行方不明のままになっている。

覇者(上)

●主な登場人物〈覇者〉

タズ・ファロン FBI捜査官
ピート・ブレイニー ファロンの上司
ラルフ・ステイマン FBIシカゴ支局長
マサイアス・ジョーン FBI捜査官。応用数学の博士号をもっている
ハンス・トラウヒマン ドイツの刑務所に服役中の老ナチ
ロルフ・ブルナー ドイツ民主連合党の幹部
シヴィア・ロス 国際美術研究財団の研究員
カート・デッカー 強盗殺人の前歴をもつ筋金入りの犯罪者
ロン・スレイド デッカーの仲間
ジミー・ハリソン デッカーの仲間
デル・ブラントリー デッカーの仲間
ダーラ・キンケイド デッカーの情婦
ジョナサン・ガイスト NYの美術商。元ナチ
ゲルハルト・ブラウン アルゼンチンに住む元ナチの将校
マーティン・バック シカゴ近郊に住むドイツ系の男。赤いあごひげがある
ヨーゼフ・ラトコルブ 〈学芸員〉と呼ばれた元ナチ
マーヴィン・ライシュ 〈ライン・アンティーク・ギャラリー〉の主人

第一章

「トラウヒマン、新しい弁護士さんだよ。面会時間は三〇分」訪問者を案内して来た看守がいった。

年老いたナチはちょっと目を上げると、リューダスドルフ刑務所の監房に入ってきた弁護士を見て考えた。この若い伊達男《だておとこ》に、有史以来最大の略奪美術品が存在することを納得させるのと、自分を殺してほしいと説得するのと、どっちのほうがむずかしいだろうかと。

「面会に時間制限があるのかな？」

「規則どおり面会室で会うんだったらそんなことはないんだがね」

「この体では、それはむりだとわかってるだろ」

下っ端によくみられる、ちょっと尊大な口ぶりで看守がいった。「だったら、特例としてここで面会できるようになったのをありがたく思うべきだ」

老人は、うれしそうなふりをして看守を見たが、それは、侮蔑をこめたつぎの発言の効果を高めるためだった。「おまえさんの立場じゃ、面会時間に制限をつけるのが関の山だな」

弁護士は興味をそそられた。この男の尊大な態度を見れば、ナチスの第三帝国がもう少しで世界を征服するところまで行ったのもうなずける。実際は手痛いしっぺ返しを受けたにもかかわらず、今でも自分たちは無敵だと思っているのだ。当時の正義は今でも正義であり、それがいつまでも通用すると信じている。囚人を服従させなければ仕事にならないはずの看守でさえも、老人の傲慢さに気圧《けお》されてそれ以上は何もいえず、監房のドアを力任せに閉めていくのが精一杯だった。

金属製の錠前が鋭い音を立てて閉まったとたん、弁護士は幽閉されたような気がしてぞっとした。これまでにも刑務所を訪ねたことはあったが、施錠された独房の中で囚人と会うのはこれがはじめてだ。糊のきいたシャツの衿の中で、締めつけられた首の血管が脈打つのを意識した。

浮遊するチリのような弱々しい灰色の光が、監房の中を満たしている。壁に手をつきながら進むうちに、少しずつ目が慣れてきた。広い平らな石壁に、ごつごつしたモルタルの細い筋が間隔をあけてついている。その壁が恐ろしく冷たく、手からすっかり熱を奪ってしまった。外の廊下にいるときは気づかなかったが、ここの空気は湿気を帯びて刺すように冷たく、彼の鼻腔は知らず知らずのうちに広がっていた。長年のあいだ人の動きや欲望にかき乱されることのなかった空気が重くよどんでいる。

人を刑務所に入れるということは、たんに善と悪との間を壁で隔てるだけでなく、収監された者たちを外の世界の影響から遮断し、文明から切り離し、みずからの罪の中にどっぷり浸らせるものなのだ。弁護士は、こんなところには二度と来るまいと内心誓った。

ハンス・トラウヒマンはベッドの上に座り、苦労して起きあがったせいで乱れた息を、ゆっくりと整えた。ドイツの刑務所に収監されている戦犯のなかで、生き残っているのは彼をふくめてごく少数になっている。第二次大戦中に作戦将校だった彼が罪に問われたのは、保安諜報部（SD）の〈ユダヤ人問題〉を扱う部署に所属していたからだ。SDは泣く子も黙るナチス親衛隊（SS）の諜報機関であり、ここは発足当初から、その任務の性質上ヒトラーにきわめて忠実な人間ばかりで構成されていた。

欧州のユダヤ人を殲滅《せんめつ》せよというヒトラー総統の命を受けたトラウヒマンは、ユダヤ人問題の〈最終的解決〉に先だち、ユダヤ人を見つけだして拘束し財産を没収するための、〈合法的〉手続きの大半を考えだしたのだった。トラウヒマンの考えたやり方は、歴史上類を見ないほど残酷なものだということで、彼は結局その罪を問われることになった。彼のせいで、何百万という老若男女が命を落とし、おびただしい数のユダヤの血筋が途絶えたのだ。

戦後は二年近く逮捕を免れていて、裁判にかけられたのは一九四八年になってからだった。そのころになると、ドイツ人は戦争のことを忘れたいと考えるようになっていて、ましてホロコーストのことなど思いだしたくもなかった。一連の裁判手続きは手早く、しかもできるだけ目立たないようにおこなわれた。そしてまもなく、〈人道に対する罪〉を犯したとして有罪になったが、時の流れと共に少しずつ過去の傷を癒そうとしていたドイツにとって、絞首刑はあまりにも刺激が強すぎたので、彼には終身刑の判決が下された。それから五〇年たった現在、ホロコーストの〈推進役〉だったハンス・トラウヒマンはすっかり忘れ去られた存在になっている。

今日彼を訪ねてきた弁護士のロルフ・ブルナーは、ドイツ民主連合党（GDA）のメンバーだ。彼の名は広く知られているわけではないが、ブルナーなら、いかがわしい仕事を唐突に頼まれてもあっさり引き受けるはずだと、古くからトラウヒマンのために連絡役を務めてきた男から聞いたのだ。

GDAは勢力を伸ばしつつあり、先の選挙では、二八パーセントの得票率を獲得している。しかし新聞は、最近GDAに対して批判的になってきた。外国人蔑視がはなはだしく、しかも政府のやり方を攻撃したメディアを検閲して排除せよと主張しているからだ。とくにユダヤ人を名指ししないよう気をつけながらも、党の綱領では、新宗教のサイエントロジーやすべての宗派のイスラム教など、〈外国の〉宗教を禁止するとしている。それから軍備増強を主張している。こういった主張はドイツの一般民衆に人気があるのだが、これはまた、ナチ体制の根幹をなしていたものだった。メディアはブルナーらの党を〈第四帝国〉と呼びはじめた。その結果、GDAに資金援助をしてきた個人や団体の中には、その思想に共鳴はするものの、資金を出し渋るようになったところも少なくない。アドルフ・ヒトラーの暗黒の日々に少しでも結びつけて考えられるのを恐れたからだ。

だがトラウヒマンは、ドイツでファシズムの芽が枯れることはないと信じている。そのルーツは一七世紀前半の三〇年戦争にまでさかのぼるのだ。その当時、二四〇〇万あった人口が四〇〇万にへり、生き残った者の中には力が強く残酷な人間が少なくなかった。GDAはナチ党と同じく、大多数の国民の考えや願望を代弁していて、適切に手を貸してやれば政権をとることも可能だと、トラウヒマンは思っている。

すらりと背の高いブルナーは、ロンドンであつらえたネイビーブルーのスーツを着ていた。天井の低い監房の中でも努めて背筋を伸ばし、ジャケットとズボンを完璧に着こなしている。短く刈りこんだ豊かなブロンドと日焼けしたその顔を見ると、スカンジナビアの人間といっても通りそうだが、左頰には、交差する三本の長い古傷がついていた。ブルナーがどんな経緯で傷を負ったにせよ、薄くなった幅の広いそれらの傷を見ると、医者の手当てを受けていないことは一目瞭然だ。それは彼が修羅場を生き延びてきたことを示唆していて、その顔にいつも自信ありげな冷笑を浮かべているのもうなずけるというものだ。

「よく来てくださった、ブルナー君」老人はあえぎながら短くいうと、ぎこちなく手を動かして一つだけある椅子を示した。「こんなひどいところに呼んですまなかったが、なにしろ体の具合が……」

トラウヒマンはひどい格好だった。あてがわれたよれよれの黒っぽいシャツとズボンをそのまま身につけている。今では薄汚い白髪になった髪はもじゃもじゃで櫛《くし》も入れていない。しかし顔だけは、ところどころに赤黒い切り傷がついていることからもわかるように、ひげを剃ったばかりなのが見てとれた。この健康状態では、ひげを剃るのも容易でないはずだと、ブルナーは思った。「お呼びいただいて光栄です」その声が監房の石壁にむなしくこだまし、ブルナーの言葉がいっそう空々しく響いた。「お加減はいかがです？」とってつけたようなブルナーの口調に気づいたトラウヒマンがいった。「きみは芝居が下手だな。まあいいだろう、そのほうが、信用していいという証《あかし》だろうから。ところできみの問いに対する答えだが、こっちはもうすぐ死ぬ身だから、体の具合なんかどうでもいいんだよ」八五歳という高齢にくわえて、六〇年間もたばこを吸ったせいで、トラウヒマンは肺気腫という最後のツケを払っているところだった。

トラウヒマンが、同情を求める気がないことを知って、ブルナーはほっとした。ここに呼ばれたとき、トラウヒマンが死にかけていることを知っていたので、遺言作成でも頼まれるのではないかと心配していたのだ。あるいは、あの世へ行く準備のための、つまらない用事をいっぱい言いつけられでもしたら、もっとかなわないと思っていた。ところが、トラウヒマン自身が死が近いことを平然と口にしたので、ブルナーは賞賛の気持ちさえ抱いた。「お呼びいただいて光栄なのですが、実を申しますと今はもう弁護士をやっておりません。何かお役に立つことがあるかと、一応やって参りましたが」

「二つばかりあるんだよ」とトラウヒマンが笑みを作った。「まずは、たばこが一本ほしいな。医者が吸わせてくれないが、私は吸いたいんでね」

ブルナーは二本取りだすと、先にトラウヒマンのほうに火をつけ、つぎに自分のにつけてから、笑っていった。「残りの用件は、これほど簡単じゃなさそうですね」

トラウヒマンは一口ちょっと吸って一回だけ咳をすると、少し離してたばこをもち、まだ視点の定まらない目でそれをしげしげと見た。「アメリカたばこか。うまい」また一服吸う。「きみのいうとおりだ。これから頼むのは、容易なことではない。しかし頼みを聞いてもらえれば、こちらは祖国への最後のご奉公ができることになる」

「どんなご用でしょうか、中佐殿《ハー・オーベアストロイトナント》」

若い世代の者から、親衛隊時代の階級名でうやうやしく呼ばれて、トラウヒマンは気をよくした。「きみは、非常に忠誠心が強く、どんなに困難な任務でもやってのける男だと聞いているが」

「党とドイツのためになることなら、喜んでやるつもりでおります」

何かを考えるようすで、老人はまたたばこを吸った。「そういった言葉は何度も聞いたよ。しかも第三帝国の敗色が濃くなればなるほど、誰もが力をこめてそう誓ったものだ。あれはいい時代だった。今では何事も口先だけで、行動が伴うことなんかめったにない。きみは、口だけでなく行動のほうも積極的で容赦ないのかね」

信用していいものかどうか、老人は迷っているようだ。「どうやらきわめて特殊なお話のようなので、調べもせずに私をお呼びになったとは思えませんが」

「調べたところで、その結果もまた言葉の寄せ集めにすぎない。私が知りたいのは、きみがどのような罪を犯す能力を有しているかということだ」

「罪は道徳的概念ですので、どんな罪でも犯せるつもりでおりますが」

「それでは、党のためにやった尋常《じんじょう》ならざる行為を一つ話してくれないか」

「ずいぶんと注文が多いんですね」

「そっちの得るものはとほうもなく大きいんだ。想像できないほどのものが手にはいるんだからね」

「刑務所の中なのに、私が罪を犯してまでやりたくなるようなものを提供できるんですか」

老人はたばこの赤い火をじっと見たあと目を上げた。「こちらの条件をのめば、きみがここを出るときは、つぎの選挙できみの党が勝つために必要な手段を手に入れているだろう。だがその前に、本当にやる気があるかどうかを知る必要がある」

信用のおける男だろうか、というように、トラウヒマンの薄青い目が探りを入れてくる。それを見てブルナーは、この男が歴史の暗い秘密を抱いたまま、半世紀もの間ここに入っていたことを思い起こした。「ある新聞がうちの党のことを調査していましたが、やがてその社屋《しゃおく》は火事で全焼しました」

「やったのはきみか？」

「かつてあなたは〈推進役〉と呼ばれていましたね。なかなか刺激的で面白い役目だったんじゃないですか？」

ブルナーがあのような残虐行為の楽しみを理解しているとすれば、この男が火をつけたにちがいないとトラウヒマンは思った。トラウヒマンはゆっくりとうなずいて相手の言葉を肯定した。「人を殺したことはあるかね」

つぎにどんな質問が来るかわかっていたが、ブルナーは、相手のペースで話を運ばせることにした。「いいえ」

「殺せるかね」

トラウヒマンの提案がなんであるにせよ、恐れていたとおり、これには殺人もからんできそうだ。「どんなに嫌な仕事でも、やる気が起きればやりますがね」

「それはこれから話すが」トラウヒマンはわざと言葉を濁して、ブルナーが信用のおける人間かどうかを知るのが第一だとにおわせた。「その前に確約してもらう必要がある。このことをぜったいに口外しないとね」

「あなたの提案が党に勝利をもたらすものであれば、いうまでもないことです」

老人は、鼻から煙を何度も小刻みに出した。「私の見たところ、きみの党が選挙で苦戦する理由はただ一つ、運動資金の不足のようだ。その資金の入手方法を、私は知っている」信じられないというように、ブルナーが思わず眉を寄せた。それを見たトラウヒマンが、呟き込むようにちょっと笑い声をたてた。「五〇年間牢屋にいたあげくに死にかけてる男がとんだホラを吹くと思うだろう？　耄碌《もうろく》したにちがいないとな？」

ブルナーは背筋を伸ばした。「すみません。しかし話を聞いたぐらいで実現できるような事柄ではないので」

「成功とは権力を握ることだ。かつて私はそれをもっていたが、この半世紀はもっていなかった。あのころは一生権力が手中にあると思ったものだが——あいにくと戦争に負けたのでな。これから話すことによって、私はもう一度権力の味を味わうことになり、そのまま墓に入ることができる。となると、長年の拘禁生活も、私の人生をうち砕くことができなかったというわけだ」

トラウヒマンが確信をもって語っているのがブルナーにはわかった。「なんでもお申し付けください、中佐殿」

「そうか。フューラーフォアベハルトという言葉を知っているかね」

「〈総統のたくわえ《フューラーフォアベハルト》〉？　聞いた覚えはありませんが」

「帝国元帥のゲーリングが大変な美術愛好家だったことは知っているか」

「私は第三帝国の崇拝者ですから。美術品がおいてあったカリンハルと呼ばれるゲーリングの家の写真を、ドイツ人なら誰でも見たことがあると思いますよ」

「ゲーリングはその山荘にため込んでいた美術品をどうやって手に入れたか、知っているだろう？」

「第三帝国によって没収されたものですね」

「そのとおり。購入したものもあるが、その購入資金の大部分はユダヤ人から没収した財産でまかなっていた」トラウヒマンはここで言葉を切ってからいった。「これから話すことは、党の最高責任者以外に口外してはならない。これを知ることによって、とほうもない力を手に入れると同時に、それ以上に重い責任を負うことになる。口外したら最後、この話は疫病のように広がり、きみのもくろみはすべて泡と消えるはずだ」

「用心という点では、このところつねに心がけていますので」

「きみは口が堅いと聞いている。ヨーゼフ・ラトコルブという名前を聞いたことがあるかね」

「さあ」

「第三帝国のごくかぎられた高官の間で、〈学芸員〉と呼ばれていた男だ。ゲーリングの美術品は、大半がラトコルブの助言によって集められた。私がはじめて彼に会ったのは、終戦間際のことで、場所はベルヒテスガーデンだった。ここにゲーリングが監禁されていたのだ。理由は知っていると思うが」

「反逆罪でしたね？」

「そう。しかしゲーリングはいつの日か総統になる夢を捨てていなかった。そのためには膨大な資金が必要であることを知っていた。そこで、彼はわれわれ全員を集め、ラトコルブに、カリンハルにある美術品をもってくるよう命じた。だがそのころには、収集品が非常に多くなっていたので、ラトコルブは輸送のために貨車二台を徴発しなければならなかったほどだ」

「そのことを、ヒトラーは知らなかったんでしょう」

「ゲーリングは、ヒトラーが承知しているといったが、誰もそうは思わなかった。それからゲーリングは、われわれを呼んだ理由を話した。ラトコルブを助けて、ひそかに絵画一〇〇点を国外にもちだすようにというのだ」

「それがさっきいわれた〈総統のたくわえ〉ですか」

「そうだ。そしてなんと三日でもちだしに成功した」

「なぜ絵画なんです。金とか宝石のほうがもっと実際の役に立つでしょうに」

「ゲーリングは美術品に関しては目利きだった。もちだす一〇〇点の絵画も自分で選んだんだ。おまけに、当時第三帝国がもっていた財産の中では、絵画の価値がもっとも早く上がると考えていた。それにはっきりいって、絵画に匹敵《ひってき》するほどの金や宝石は、ゲーリングの手に入らなかったんだ。絵画を選んだ彼の判断は正しかった。ここ五〇年間で、美術品は文句なしに最高の投資対象になっている。中でも彼が選んだ作品は、とくに価値が上がっている」

「私の知ってる絵描きの作品もあるでしょうか」

「ルーベンス、クラナハ、レンブラント、ヴァン・ダイク、ヴァン・ゴッホ、ルノワール、ピカソ、ドガ、ゴーギャン、ロートレックなんかがあったな。しかしゲーリングは絵画の将来を見通していて、どの絵描きの値打ちが上がるか予感していたね。そのいい例が、〈退廃芸術〉とされた作品を集めたことだった。マティス、シャガール、モンドリアンといった絵描きの作品だ。彼らの大半はアーリア人としての純潔性に欠けるということで、第三帝国から追放されたからね。さらにゲーリングが賢明だったのは、有名すぎる作品は選ばなかったことだ。そういう作品は売りにくいことを知っていたからだ」

「その絵画は今どこにあるんです?」

「おそらくラトコルブがアメリカにもっているだろう」

「ゲーリングはたった一人の男を信頼してそれだけのものを預けたんですか」

「ゲーリングがかつて私にいったことがある。自分以上にナチの思想に取り憑かれている人間はラトコルブ一人しかいないとね。彼はそのことを多として、それ故に彼を信頼したんだな」

「ずばり言って、あなたのお考えはどういうことですか」

「きみはその絵を取りもどし、その資金を使って、ドイツの未来のために党が権力を握る」

「選挙には大変なカネがかかるんですよ。その〈たくわえ〉という絵のコレクションには、今どれほどの価値があるんですか」

「コレクションの価値を見積もるのはむずかしいね。私は専門家でないが、もし、アメリカでゴッホが七〇〇〇万ドルあまり、セザンヌが六〇〇〇万ドルで売れるとすれば、ごく控えめに見ても五億ドルにはなるだろう。これでも新聞を読んでいるから、選挙にカネがかかることぐらいは知っている。だがそれだけあれば、アメリカで大統領と上院議員全員の選挙をまかなっても、まだおつりが来るはずだ」

「それはまた、大変な額ですね。こういうことをよくご存じとは、お見それして申し訳ありませんでした」

「お世辞をいっているひまはないよ。看守がもどって来る前に、すべてを取り決める必要がある。きみがここを出てまずすべきことは、ラトコルブを見つけることだ。しかもすぐに」

「五〇年もたってるのに、なんでまたそう急ぐんです？」

「例の絵が一点、ニューヨークのごく内輪の取引で売りに出されているという報告が入ったんだ。ゴッホやセザンヌほど有名ではないが、アルフレッド・シスレーという印象派の画家の作品で、二〇〇万から三〇〇万ドルにはなるそうだ。それだけの額になれば、いつまでも隠しておけるものではない」

「オークションはいつです？」

「ひと月以内」

「ラトコルブが売りに出したんでしょうか」

「断言はできないが、そう考えるのが順当だろう」

「どうして今売るんでしょう」

「最近のベルヒテスガーデンにおける発見については知っていると思うが」

「ゲーリングの収納庫が発見され、そこに大量の文書があったというやつですね。ええ知ってます」

「〈たくわえ〉の存在は五〇年間世間に知られなかった。しかし、ついにあそこが明るみに出たんだ。〈たくわえ〉のことについて詳しく書かれた書類もあるにちがいない。その結果〈たくわえ〉の場所はどこだということになり、それを手に入れたやり方までが暴かれることを、ラトコルブは恐れたんだろう。絵の存在が世間に知れる前に、ラトコルブは売り払って利益を自分のものにするつもりでいる、と考えるのが妥当だ。だが用心して、比較的目立たない絵を一点だけ、それもごく内輪な取引で売ろうとした。そうやって、自分がもっている作品のことを誰かが監視しているかどうか、探るつもりだったにちがいない」

ブルナーは半分吸ったたばこを下に捨てて、靴の先で火を消した。「その絵をたどれば、ラトコルブに行きつけるでしょうか」

「可能性はあるが、むずかしいだろうな。おそらく何人もの仲介人を入れてわからないようにしているはずだから。それから、当局が売買を見張っている可能性もある」

「すると、どうやって見つけるんですか」

トラウヒマンがたばこを床に捨てると、ブルナーが代わってもみ消した。ローファーの薄い靴底を通して熱が感じられた。「解くべきパズルの中にもう一つパズルがあるんだ。はじめ、〈たくわえ〉のある正確な場所を知っているのは二人だけだった。ゲーリングとラトコルブだ。今ではラトコルブだけになった。それもあって、ラトコルブは絵を売って利益を独り占めしようとしたんだろう。ところが、ゲーリングはラトコルブの所在をつねに把握するよう、別の人間に命じておいた。ゲルハルト・ブラウン少佐だ」

「すると、ラトコルブを見つけるには、ブラウンの所在を突き止める必要があるわけですね」

「ブラウンの所在はわかっている。むずかしいのは彼からラトコルブの居場所を聞きだすことだ。ゲーリングは恐ろしく用心深い男でな。ラトコルブの所在を、この私以外の誰にも決して教えてはならないとブラウンに命じておいたのだ。私はもうすぐ死ぬ身だから、ブラウンから私が聞きだすのはむりというものだ」

「あなたの手紙があればいいんじゃないでしょうか」

「ゲーリングはブラウン少佐を非常に信頼していた。ブラウンは第三帝国の熱狂的信奉者でね。ゲーリングの命令は絶対だ。私はブラウンを知っているが、手紙ぐらいではだめだろう。彼からラトコルブの所在を聞きだすのは容易ではないよ。とにかく頑固な人間だから」

「やはりアメリカにいるんですか」

「残念ながらそうではない。ゲーリングは、ブラウンに命じてUボートで絵をパタゴニアに運ばせた。アルゼンチンの最南端だ。そこからアメリカに送って、アメリカで〈学芸員〉ラトコルブに渡した。その時点でブラウンの仕事はおわり、あとはラトコルブの所在を把握しておくことだけになった」

「ラトコルブは偽名を使ってるんですか」

「そう。だが、それを知っているのはゲーリングとブラウンだけだ。しかしブラウンのほうは実名を使っている。彼が選ばれたのは、忠誠心のほかに、戦争犯罪人として追われていないということもあった。もし彼が戦犯で逃げていて、アイヒマンのように捕まれば、ラトコルブを捜す手だてが失われるからね。今のところ、彼はアルゼンチンのサンカルロス・デ・バリローチェという町に住んでいる」

「正直いって、そんな油断のならない連中と直接対決するのはあまりぞっとしませんね。とくに外国では」

「そう考えるのも当然だ。党におけるきみの立場があるから、やむをえない場合のほかは、こういった仕事に直接関わるわけにはいかないだろう。誰かの力を借りたほうがいい。とりわけアメリカでは」

「あなたの昔の同志で、アメリカに住んでいる人なんかはどうでしょう」

「年を取りすぎてるからなあ。この仕事には体力のある若者のほうがいい」

「だったら、アメリカに私の知り合いがいますから」

「いわゆるネオナチかね。連中が、飲んだくれては騒ぎ立てる暴れ者にすぎないことは、きみもよく知ってるだろう。それに幹部には、いつも当局が目を光らせているしな。おまけに連中は、もろもろの問題は黒人のせいだと思いちがいしている。黒人問題はたんにユダヤ社会主義がもたらした一現象にすぎないことを理解していない。だめだ、今必要なのは、われわれと同じ血を受けついだ者だ。忠誠心と名誉を重んじるように育てられた者だ」

「わかりませんね。そういう者は年を取りすぎているといわれたではありませんか」

「彼らの息子は年を取っていない。エーリッヒ・ルーカス少佐を知っているかね」

「ヒトラーの突撃隊員でしょう」

「そう」

「第三帝国の偉大な英雄ですね。終戦間際にベルリンの戦闘で死んだはずですが」

トラウヒマンはしてやったりというように、満足の笑みをもらした。「実際は、重傷を負ったのだ。彼はひそかに国外に脱出し、最後はアメリカに落ちついた。アメリカで彼はカール・デッカーと名乗り、アメリカ人の女と結婚した。カートという名の息子が一人いて、今では四〇近いはずだ」

「どうしてそんなことを知ってるんです？」

「最初のうち、われわれはSS上層部の一人一人について現況を把握していたんだ。というのも、これはほんの一時の現象で、そのうち第三帝国がまた復活するという望みをもってたんでね。結局みんな年を取ってしまったが、連絡方法がすでにできていたので、ほそぼそとではあるが、連絡は取り合っていたんだよ。そういうことをやったのも、一つの歴史認識のなせるわざなんだろう。年寄りというものは、そういうことをやるもんだ」

「すると、そのカート・デッカーが役に立つというわけですね」

「彼がいちばんいいと思う」

「しかし、アメリカ人ですよ。信頼していいとどうしてわかるんです」

「彼は一時期刑務所に入ってたんだが、近いうちにまた刑務所にもどることになっている。きみのおかげでそれが回避できれば、こっちに手を貸すようになるだろう」

「犯罪者ですって？　〈たくわえ〉を自分で見つけだして、独り占めする気を起こしたらどうします」

「絵画の名作を売り抜けられるほどの才覚や手づるをもっているとは思えない。一〇〇万ドルをキャッシュでやるといえばいい。そうすれば、アメリカ的忠誠心を発揮する気になるにちがいない」

「それがうまくいかなかったら?」

「ブルナー君、ドイツ人の中でこの仕事を任せるに足る人物としてきみを選んだのだ。むろんうまくいかないこともあるだろうし、問題も起きるだろう。しかし、リスクをおかすだけのことがあるのだ。きみなら、なんとかしてデッカーを誘いこむ方法を考えだせるし、彼をうまく操ることもできると信じているよ。いずれにせよ、デッカーは亡き父親同様、強靭な精神の持ち主だと聞いている。きみが彼に、自分の家系への思いをかき立てさせることができることを祈っている」

「今どこにいるんです?」

「オハイオ州のクリーヴランドだ。われわれの同志が大勢そこに住みついて、順調にやっている」

「それなのに、彼はもうすぐ刑務所に入るんですか?」

「実のところ、もうすぐ裁判になるんだ。現金輸送車を襲ったとかいうことでな。アメリカ人のやりそうなことだよ」

「で、この件で力になってくれる人間はアメリカに何人かいるんでしょうね?」

トラウヒマンはゆっくりとシャツのボタンをはずし、ズボンの中に手を入れると、切手ほどの大きさの小さな紙切れを取りだし、それをブルナーに渡した。「しかるべき弁護士の名前を知っていれば十分だ。アメリカでは何事につけそうだが、あとは比較的少額のカネでカタがつくはずだよ」

ブルナーは紙切れを外から入る光にかざした。「アルヌルフ・ミュラー？　これはベルリンの電話番号ですね」

「そうだ。彼は自分の裁量で利用できる第三帝国の秘密をいくつも知っている。昔はきみのような立場にあったらしい。きみが訪ねて行くといっておいた。〈たくわえ〉のことは知らないが、こちらが何を訊いても、聞き返したりはしないだろう」トラウヒマンはしばらく黙っていたが、やがて、少し語気を強めていった。「きみ自身と、きみが必要と認めた党の人間以外に、〈たくわえ〉のことを知っている人間は世界中で四人しかいない……」

ブルナーが目を上げてトラウヒマンを見た。「それで？」

「それで、できるだけ早くその四人を消さなければいけない。例の絵がニューヨークで明るみに出れば、ほかからも〈たくわえ〉の所在を突き止めようという動きが出てくる可能性がある」

「わかりました。一〇〇万ドルあれば、その問題はデッカーが片づけてくれるでしょう。四人とは誰です」

「まずラトコルブ。彼の所在はブラウンから聞きだすしかない。そのブラウン。それから、ジョナサン・ガイスト。今度の競売のことを知らせてきた男だ」

「どうして彼を？」

「ガイストがシスレーのことを知っているのは、ゲーリングが絵を選ぶときにいたからだ。ドイツから運びだす絵の梱包作業を彼もやったんだよ。ラトコルブを別にすれば、生きている人間で一つ一つの絵について彼ほど知っている者はいない」

「どうやって見つければいいんですか」

「ブラウンと同じく、彼も当局に追われているわけではない。ニューヨークでは名の知れた画商だ。ガイストもブラウンも簡単に見つかるよ」

ブルナーは紙切れを慎重にシャツのポケットの底に押しこんだ。「で、四人目は誰です」

年老いたナチの顔がゆるんだ。「さっき、人を殺せるかときみに尋ねたが、あれは仮定の話だと思ったかね」

ブルナーははっと気づいた。この老人は、自分を殺してくれといっている。「トラウヒマンさん、それはできません」

老いたナチは弁護士の顔にある傷跡を見た。「きみはオーストリア人だな？」

「そうです」

「決闘の傷だとわかったよ。オーストリア人特有のものだからな。剣をとって向き合い、顔に傷がつくまで闘うことができるオーストリア人に、ずっと賞賛の気持ちを抱いていた。その傷は勲章のようなものだ。そこからわかるのは、純粋な理念にかけて誓うことのできる勇気だよ」

「余命幾ばくもない人を殺して、なんの名誉になるんです」

「きみの名誉になるのではない――私の名誉がかかっているのだ。尊厳ある死を選ばせてくれ。ここで朽ち果ててユダヤ人どもを喜ばせたくないのだ」トラウヒマンは、ブルナーが恐怖心を抱いているのを見てとった。「ここを出たあとは、この仕事をやり遂げるために人を殺す必要が出てくるにちがいない。きみにそれができるかね」

「必要とあれば」

「この仕事は中途半端な気持ちでやれるものではない」トラウヒマンの声が緊張でうわずってきた。気持ちを静めようと、しばらく間をおいてからいった。「こういえば、やる気が起きるだろう。もしきみにこれができれば、〈たくわえ〉回収のじゃまになりそうな人間をきみが殺すことができると、私は納得できる」言葉を切って、二度ほど浅く息をした。「もしそれができなければ、必要になったとき人殺しができるかどうか、私にわかるわけがないだろう？　それに、人殺しは、初回がいちばんやりにくいのだ」

「あなたを殺さないでここを出ていき、〈たくわえ〉を探しに行くと、どういうことになります？」

「私を生きたままここに残して行けば、私はアルヌルフ・ミュラーに、きみのじゃまをするよう指示を出す。〈たくわえ〉を探すためにはミュラーの協力は必要不可欠だ。その上でこっちは、きみよりも腰の据わった人間を探しだして、この仕事をさせるよ」

ブルナーの目が険しくなった。「本気ですか」

「この監房に半世紀以上もいたんだ。今はもう、たとえ一晩でもここですごしたくない」

選択の余地がないことを悟ったブルナーが訊いた。「どうやってほしいんですか」

「自然に死んだように見せかけなければいけないが。枕で窒息させるなんてのより、もう少し独創的にやってくれ。ことの経過が私にもわかるようにしてほしい」

「わかりました」

「だがその前に、きみのたばこをもう一本くれないか」

ブルナーはジャケットを脱いでたばこの包みを取りだすと、一本を老人に渡し、もう一本を口にくわえた。少し震える手で、二本のたばこに火をつける。ブルナーは腕の時計を見た。五分もすれば看守がもどって来る。トラウヒマンは起きあがって、ゆっくりとベッドの裾に移動した。ブルナーは立ち上がってドアのところに行くと、小さな格子窓から外をのぞいた。廊下には誰もいない。老人に目をやると、浅い苦しそうな息をしている。それを見て、ブルナーは殺し方を決めた。

「ちょっと立ってくれますか。ベッドの上のものが必要なので」老人に手を貸して立たせると、ブルナーはシーツを一枚ベッドから引きはがした。それからトラウヒマンをそっとベッドに下ろして、背中がベッドの端に来るようにした。そして部屋のすみから長さ六〇センチほどの小さなほうきを取ったあと、シーツを縦に折りたたんで幅一〇センチのひも状にする。それをトラウヒマンの胸にまわしてから、背中で端をひと結びした。ブルナーがどうするつもりかわかったトラウヒマンは、最後にたばこを一口吸うとそれを床に落として、シーツを脇の下に引きあげた。ブルナーはほうきの柄を結び目の中に入れてまわしはじめる。シーツが胸をきつく締めたとき、ブルナーがいった。「大丈夫ですか」

「大丈夫」

ブルナーはゆっくりとほうきをまわし、もはや胸を膨らませることができなくなったとき、力をこめてもうひと回しした。そのまま力を抜かずにいると、ついに老いたナチの顔ががくっと胸のほうへ倒れた。さらに二分ほど待ってから巻きもどしてシーツをほどいた。トラウヒマンはベッドの上にどさっと前に倒れた。

最初の殺人はむずかしいとトラウヒマンはいったが、あっけないほど簡単だった。

ブルナーは死体を抱えて床に下ろすと、殺人に使ったシーツを元のように乱れた状態に敷きなおしてから、死体をそっとその上にもどした。老人はまだ目をカッと見開いている。

廊下で足音がした。

ぼんやりとした弱い光の中で、燃えるようなトラウヒマンの目は、まだ何かを語りかけてくるようだ。ブルナーにとってそれが何であるかははっきりしていた。束縛や指導の誤りのせいで混沌としている不透明な世界にあって、ナチの思想ははるか先まで見通しているということだ。

ブルナーは急いで監房の入口に向かうと、ドアを叩きながらあわてふためいた声で叫んだ。「誰か、早く来てくれ！　トラウヒマンのようすがおかしい！」

第二章

誘拐犯のいうことが本当なら、七歳のダニエル・シトロンがまだ生きているとしても、あと二時間足らずの命だろう、とタズ・ファロンは計算した。

ファロンは、FBIでおこなわれた打ち合わせで一時間前に聞いたカセットを取りだし、車のテープ・プレーヤーに押しこんだ。誘拐犯からの電話を録音したテープは一本しかないのだが、ほかの捜査官たちが自分に割り当てられた仕事に気をとられている間に、それをこっそりもちだしたのだ。これは確かにかなり重大な規定違反だ。しかしそのうちこれが役に立つにちがいない。とりあえずファロンは自分にそう言い聞かせていた。

とはいえ、考えたくない疑問が自然に頭に浮かぶ。あとで役立てようともちだしたのなら、なぜ今聞こうとしているのか。優位に立とうとして規則を破ったときにいつも感じる、むなしい思いに襲われた。優位に立つといっても、捜査で優位に立つためではない、嫌なことだが、自分のためにもってきたのだ。どんな事件でも、なぜこうもむきになって解決しようとあせるのか、自分でもわからない。ここまで考えて、いつものようにファロンは自分に言い聞かせた。これで優位に立てるならいいじゃないか。ダニエル・シトロンが今必要としているのは、こちらが優位に立つことなのだから。

だがファロンは、そういう自問自答をむりやり終わりにして、頭の中にある、目の粗い古ぼけたモノクロ写真へと考えをもどしていった。そこはピッツバーグ郊外にある狭い地下のアパートだ。ドアがゆっくり開くと、まるで荒縄が固い結び目を作るように、胃の中がよじれだした。そのとき、ありがたいことに、短い雑音のあとでテープがはじまった。

誘拐後まもなく、両親が息子の不在に気づく前に、誘拐犯は父親の職場に電話をしてきていた。電話の主が威嚇するような低いささやき声をだしたのは、無意識のうちに声を変えようとしたせいでもあるが、二五万ドルというカネを要求するために相手を脅す必要があったからだ。

電話に出た父親は、いつものように応答した。「デイヴィッド・シトロンです」

つぎに聞こえたのは息子の叫び声だった。「パパ――」

「シトロン、子どもを預かっている。紙と鉛筆を用意しろ」

父親の電話は留守番電話機で録音装置がついていた。父親は録音ボタンを押した。

録音がはじまると、父親はそれから先を記憶していなかった。

「息子を返してほしかったら、二五万ドル必要だ。わかったか」

「わかった」背後で、息子が何かに逆らうようにうめいているのが聞こえた。「手荒なことはしないでくれ。まだ七つなんだ」

「カネは今夜ほしい」

なぜかシトロンは、時間稼ぎをしたほうがいいと思った。「そんな現金はもっていない。何かを売って工面《くめん》する必要がある」

「よく聞け」しばらく沈黙があったあと、ざーっと水が流れる音がした。「おまえの息子の身長を知ってるか」

「なんだって？」

相手の声に、サディスティックな喜びが加わった。「息子の身長を知ってるかと聞いてるんだ」

「知らない！　つまり正確には知らない」

「そうか、調べたほうがいいぞ、お父さんよ。この子の片足は、ステンレスのタンクのまん中に手錠でつながれてるからな。そして……」誘拐犯が言葉を切ると、深い容器に流れこむ水音が、シトロンの耳に届いた。「……一時間に四インチずつ水位が上がっていくように、こっちで水流を調整しておいた……」

「おお、神よ！」

「神さまだか警察だか知らんが、おれたち以外の者に頼むんだったら、むしろ葬儀屋に頼んだほうがいいぞ。息子を生きたまま取りもどしたかったら、こっちのいうとおりにするしかないんだ。現金をブリーフケースに入れて、電話のそばで待機しろ。ブリーフケースは黒で、鍵をかけるな。それをどこにもってくるか、今夜一〇時に電話で話す。おれが話したら、おまえはただ〈わかった〉とだけいえ。よけいなことをいって引きのばそうとしたら、こっちは電話を切って、そのまま姿を消す。わかったか」

シトロンは相手の指示に耳を傾けるより、息子の声が聞こえないかと、流れこむ水音に注意を集中していた。「だけど、どうして……」

「あのな」誘拐犯がさえぎった。「あそこじゃ、おまえの息子はちっぽけに見えるぞ。タンクの壁から一五フィート離れてんだからなあ。ケシ粒みたいなもんだ」

「わかったよ」シトロンはついにあきらめた。

「それが身のためだ。おれたちは、今ここを出ていくが、息子は残る。そして、おれたちはもどってこない。子どもを救う唯一の道は、おまえがここに来て自分で取りもどすことだ。カネを渡せば、ここがどこだか教えてやる。一人でも警官が近くを車で通ったり、またはこっちにカネが渡らなかったり、そんなことがちょっとでもあれば、おれは姿を消す。それから、おまえは生きた息子の姿を二度と見ることができない。それから、ブリーフケースは黒で、鍵をかけないこと。これを忘れるな」

「わかった」

「ああそれから、息子の身長がわかったら、身長から鼻の穴までの長さを差し引くのを忘れるなよ。頭のてっぺんで息ができるなら別だがな」

数秒間雑音が聞こえたあと、一〇時にかけてきた電話の録音がはじまった。「もしもし」シトロンが出た。

「夜中の一時ちょうどに、シセロの町にある昔のランズダウン劇場の裏にもってこい。そこの大型ゴミ容器にカネを入れろ」

「わかった」

録音はそこで切れている。ファロンはまた腕時計を見た。もうすぐ一時だ。助手席から暗視スコープを取ってあたりを探すと、カネを入れることになっているゴミ容器が見つかった。近くにはほかにＦＢＩの車が八台いる。その中で、ゴミ容器が見える位置にいるのは、ファロンの車をふくめて三台しかない。

スコープを回して、彼の位置から見えるただ一台の車に向けた。中にいるのはファロンの上司ピーター・ブレイニーだ。身代金はまだ入っていないが、彼も暗視スコープでゴミ容器の監視をつづけている。ブレイニーは時計を見てから、マイクを取りあげた。「何か動きはあるか」誰も答えない。「誰か時間を教えてくれ。この時計は進んでるみたいだから」張り込みをしていると、時間が早く進むということはない。必ず遅れてくる誘拐犯を待っているので、時間はのろのろとすぎていくのだ。誰かが一時七分前だと答える声が聞こえた。計算によると、水は一分につき一インチの一五分の一ずつダニエル・シトロンの体を上がっていくという。

ファロンは暗視スコープを下ろして、腕の時計をはずした。つぎにダッシュボードのグローブボックスから小さな救急箱を取りだし、中に腕時計を入れてふたをした。そして、救急箱からバンドエイドを出すと、覆いの紙と細い糸をはずしてから、ダッシュボードにある細長い小さな時計の窓に貼りつける。ここにいる誰もがそうだが、時間が感情を左右するようになるのだ。時間がのろのろ進むと、まるでタンクの水が増えるように恐怖心が増してくる。落ちついて考えるためには、頭から時間を追いだしてしまう必要があった。ファロンはテープを巻き戻してまた再生した。

担当捜査官がシトロン夫人に息子の身長を聞いたところ、「わかりません」と答えたあとでこういった。「でも、あの子は年の割には背が高いんです」だから息子の命は助かるといいたげだった。捜査官は、あとで身長がいかに重要な意味をもってくるか、静かに説明した。夫人はちょっと考えてから立ち上がり、手のひらを自分の胴を切るように前後に動かした。「この間あの子を抱きしめたとき、頭がここまで来ていたのを思いだしました」

このことから、ダニエル・シトロンの身長は五〇インチほどだとわかった。ということは、誘拐犯の話が嘘でなくしかも正確だとしたら、タンクに水が入りはじめてから、約一二時間半生きていられることになる。どれだけのあいだその子がつま先立ちして、どれだけ長く首を後ろに曲げ伸ばしていられるかによって、その時間は三〇分ほど伸び縮みするのだが。両親が打ち合わせの場から出ていったあと、ブレイニーは、身代金がおかれる午前一時に水は男の子の鎖骨に達するはずだといった。

ＦＢＩに今できることは、お得意の張り込みしかない。当面の目標は、カネが簡単に手に入ると誘拐犯に思わせることだ。そうすれば誘拐犯は、誰かが捨てたゴミでも拾うように、さっさとゴミ容器に近づいてカネを取りだすだろう。そのためには、警察が近くにいないと思わせておくことがどうしても必要だ。

捜査官たちは、身代金の受け渡し場所で張り込むのを嫌がる。どんな車種の車を使おうとカモフラージュをしようと、あるいはどんなに目立たないように心がけようと、目立ってしまうような気がするからだ。車は何台も通るだろうし、その車の窓から人がこっちを見ることもあるだろう。それが誰であるか、こちらにはわからないのだ。もし張り込みがいると気づいたら、犯人はそのまま走り去るか、窓のブラインドを下ろしてベッドに入ってしまえばいい。犯人はそのままわからなくなる。捜査官たちに今できることは、ただ待って、自分たちの姿を見られないよう祈ることだけだ。

ダニーが姿を消す直前に、二人の男がシトロンの住む高級住宅地ハイランド・パークのあたりを車で通っているのが目撃されている。目撃者によると、二人は非常に遅い速度で運転していて、どこかへ向かっているようには見えなかったという。わかっているのは、二人とも白人で、車はダークブルー、でこぼこでところどころさびていた、ということだけだ。

シトロンは、ダニーが学校から帰っていないことを確認するため妻に電話したあと、迷わず地元の警察に通報した。シトロンの経歴を知っている警察署長は、ただちにＦＢＩに知らせてきた。

六〇年代末から七〇年代にかけて、ＦＢＩではデイヴィッド・シトロンをそれとなく監視していた。当時彼は、ユダヤ活動家を自称していたが、ＦＢＩの情報提供者《インフォーマント》の中には、彼のことをユダヤ防衛連盟に属する過激派のようだという者もいた。この組織は、反ユダヤ的事件への報復として起きた爆破事件などに関係しているといわれていた。その後の二五年間は、シトロンは投資銀行家として成功しているが、ユダヤ人問題のための活動をつづけていた。イスラエルに多額の資金提供をしているし、ユダヤ人に反感を持つアラブ人に対する露骨な批判もしていた。それからシトロンがカハ党ともつながりがあることは、よく知られている。この党はイスラエルから反ユダヤのアラブ人を追いだすことを主張している。ハイランド・パークの警察署長は、誘拐事件がテロリストグループの報復ではないかと恐れ、これまでシトロンに関する情報提供を依頼してきていたＦＢＩに事件を喜んで任せたのだった。

誘拐の対象を選んで連れていくやり方が場当たり的だったので、これは計画的犯行ではなく〈通り魔的誘拐〉だという見方が大勢を占めた。したがって、犯人は電話でプロを装っていたが、そうではないというのだ。それに、テロリスト特有の口調も見られないので、ただのカネほしさからの犯行だと考えられた。

ファロンの車は、子どもの父親が身代金を入れることになっているダークグリーンの金属製ゴミ容器から一〇〇メートル足らずのところに駐車していた。ＦＢＩでは覆面捜査官に身代金を運ばせようとしたが、父親のシトロンは自分で、しかも指示どおりに一人で行くと言い張った。そうすれば、指示どおりに行動していると誘拐犯に思わせることができると考えたのだ。それからシトロンは、要求されたカネの全額を払うといって聞かなかった。これまでのＦＢＩの実績からして絶対に大丈夫といわれても、息子の命をそれに賭けることはできなかったのだ。

ＦＢＩでは父親の考えを尊重することにしたが、身代金を入れるブリーフケースに追跡装置をひそかにつけておくことでは譲らなかった。だがシトロンは、一年半前に起きた強奪事件で、ＦＢＩが使った似たような装置が事件解決に大きく寄与したことを新聞で読んでいたので、犯人の指示以外にすでに新聞で報じられたような手を使うことが、息子を無事取り返す妨げになるのではないかと、ためらった。犯人たちはどうやらこのような犯行になれていない素人らしいので、ＦＢＩのやり方を知らないだろうし、装置の存在を見破るだけの技術も持っていないはずだと、ＦＢＩでは父親を説得した。このような事件では、ＦＢＩは一〇〇パーセント近い解決率を誇っているともいって納得させようとした。それに、息子を安全に取りもどすには、犯人を取り押さえることがいちばんの切り札になる、ともいった。いずれももっともなことに思われたので、シトロンは誘拐犯の要求にすべて従いたいという気持ちを抑えることにした。それに、ブリーフケースをたんねんに調べてもその電波発信装置を見つけられなかったので、装置を使うことに同意したのだ。

スクランブルがかかった張り込み班の無線が静寂を破った。「父親の車がやってきたぞ」

三〇秒後、ゴミ容器に近い別の班から報告が入った。「彼が車から出た……ゴミ容器のところに来た……ブリーフケースを入れるところだ……車にもどった……車が出ていった」

ピーター・ブレイニーの声に代わった。「ワン・スリー、受信状態はどうだ」

「ばっちりです。完璧に追跡できますよ。電波が強いから、一キロ近く離れてても大丈夫です」

ファロンはあたりを見まわしたが、ブリーフケースの追跡をすることになっている技術班長のヴァンは見えなかった。これはいいしるしだ。ここから見えないほど遠くにいても、発信器の信号をはっきり受信できるということだからだ。

数分後に捜査官たちのアドレナリンがおさまって、無線機が鳴りやんだ。つぎは誰かがゴミ容器に近づいて来るという知らせが入ればいいがと、一同じりじりしながら待った。そして、次第に腕時計を見る回数が多くなり、ダニエル・シトロンを取りまく水の深さを概算したりした。

タズ・ファロンはふたたび暗視スコープで見ていた。ゴミ容器を見るためではない、その横に積んであるゴミ袋の数を数えるためだ。

暗闇の中でもう震えてはいなかった。震える元気もなくなっていたのだ。パパから前に聞いたことがある。苦しいことを乗り切るには、苦しい中にも何かやることはないかと探せばいいと。最初ダニー・シトロンはそのとおりにした。ときどき手錠をたぐり寄せては、見落としたことはないかと錠前を調べたりして、増してくる水かさに負けないようにと必死でがんばった。そして、もうすぐパパが助けに来ると自分に言い聞かせた。

だが、今となってはだんだんと増してくる水の恐ろしさを無視することはできなくなった。一〇時間もの間、水位が刻々と上がってくるのを感じていたが、突然、ぞっとするような冷たい水が首の付け根に触れて、鋭い鉄輪のように首を締めつけた。一瞬息が止まりそうだった。非情な黒い水面から顔までの距離は、もう首の長さしかない。水道水の消毒臭がはじめて鼻をついた。体中をパニックが駆け抜けた。「助けて！」と叫んだあと、今の声を聞いた人がいる気配がないかと耳を澄ませた。何も聞こえないので、用心しながら息を吐いて、つま先立ちしていた足を下ろし、生きるために最後に必要になったときにそなえてふくらはぎの筋肉を休ませることにした。それから、声が金属製のタンクにこだますれば、しゃべったことが本当になるとでもいうように、ダニーは声を張りあげた。「水が増えてきたから、ぼくのパパがもうすぐここにやってくるぞ」

ランズダウンのような地元の映画館は、アメリカの町からすっかり姿を消してしまった。

二〇世紀前半に郊外都市もふくめたシカゴのいたるところに建てられた小規模な映画館は、今では、大きな映画館が何軒も入ったモダンなシネマコンプレックスに取って代わられたのだ。ランズダウン劇場はアダルト映画上映館として短い第二の人生を送ったが、近隣にできたビデオショップで用が足りるようになって以来閉鎖されて現在に至っている。

映画館が閉鎖されると、まわりの小さな商店に影響が及んだ。映画の前後に軽い食事をとる場だったコーヒーショップや、書店や、ホビー&マジックショップなどだ。ホビー&マジックショップの魔術的なウインドウは、週末に映画を見に来てついさっきまで暗い館内で想像力を膨らませていた子どもたちを待ち受けていたものだ。ランズダウン劇場とちがって、そういった小さな店は壊されてしまい、残っているのは劇場の建物だけになった。あたりは更地《さらち》になって身を隠す場所がないので、FBI捜査官が身代金受け渡し場所を見張るのも容易ではない。ファロンが、〈素人の〉誘拐犯のことを、あなどれない連中だと思った理由の一つはこのことだった。

時間が容赦なくすぎていくあいだも、捜査官たちは二五万ドルが投入された容器の見張りを怠らなかった。技術の進歩で多少は捜査が容易になったといっても、人質をとってカネを要求する事件の解決に、これといった秘策などないのだ。こんなときは現金から目を離すなというのが、FBIの鉄則だ。誘拐犯と警察のあいだをつなぎ止める唯一の鎖が現金なのだ。カネを失えば、犯人も失うし、今回の場合は被害者の命もなくなる。これまで、捜査に変化をつけてきた唯一の要素は、捜査官を現金から引き離そうと犯人が考えだすあの手この手の方策だった。

　動きが出るのは、誰かが現れて、何気ないふうを装いながらゴミ容器に近づき、あたりを見まわしてブリーフケースを取りだしたときだろう。その人物には尾行がつき、捜査官たちは犯人の行った先に突入して被害者を救出する。少なくともそういう成り行きになることを誰もが望んでいた。

　だが今回ファロンには、そういった展開になるという自信がなかった。身代金の受け渡しに犯人が理想的な場所を選んでいるばかりか、子どもをタンクにつないで水を注入するというのは、ほかに例を見ないし、残酷で用意周到な計算に基づいているという点で、とても素人のやることとは思えない。水音を電話で父親に聞かせることによって、うむをいわせず父親に要求をのませている。ＦＢＩが考えるように、二人の犯人が本当にとんまな連中だとしたら、これまでのところ彼らは非常についていたということになる。

　ファロンは二軒の家の裏に駐車していた。家のあいだの狭い通路から、ゴミ容器までさえぎるものがないし、家のあいだもまわりも暗いので、容器のところからこっちは見ることができない。ファロンは運転席で体をかがめて座ると、車のミラーをすべて調節し直し、まわりの道が見えるようにした。あたりにはあまり家がないし、午前一時なので、通りにはまったく人気がなかった。

ライトを消した一台の車が後ろから近づいてきた。ファロンはホルスターのサム・リリースを叩いてホックを解除した。そしてすぐに銃を引き抜けるように身を起こした。がっしりした肩の二〇代末らしい若い男が、左右に目配りをしながら車から出て、ファロンの車の助手席に向かって歩いてきた。それが誰だかわかったので、ファロンは身を乗りだしてドアのロックをはずした。シセロ署の刑事だった。身代金受け渡し場所の近くで警官を見かけたら子どもを殺すと犯人が脅したので、シセロ署では、通常のパトロールに当たる警官が現場に入ることのないよう監視させていた。刑事は車に乗りこみ、ファロンに手をさしだした。

「ウォルト・ダンスンです」

「タズ・ファロンだ」

「車で動きまわるのは、ちょっとあぶないと思って。犯人がどの方向から来るかわからないから、出くわしでもしたらやっかいですからね。この場所なら、どこからも見えませんね」

「ここはうまい具合に隠れてるだろ」ファロンがダンスンに暗視スコープを渡した。「それに、ここからならよく見える」

ダンスンは緑の光に目が慣れるまで待って、劇場の裏をちょっと見てから、それをファロンに返した。「どうも。これはすごいですね」

ファロンはゴミ容器に注意をもどした。打ち合わせのとき、ダンスン刑事はファロンを見かけていたが、FBIの捜査官かどうかわからなかった。どの捜査官もそれぞれ見た目が大きくちがうとはいえ、いかにもそれらしいところがあるものだ。それにこういう重大事件では、誰もが捜査員特有の行動をとる。

だがファロンはちがうような気がした。ウェーブのあるブラウンの髪は、捜査官にしては長すぎるし、それを全部後ろになでつけている。厚手の白っぽいシャツはごわごわしていてネクタイを締めにくいような気がするが、それにネクタイを締めてジャケットを着たところは、かえって男っぽくてしかもきちんとした感じがする。引き締まった厳しい顔つきから、無駄をそぎ落とした日常生活がうかがえた。打ち合わせでファロンを見かけたダンスンは、彼が電話の録音テープをこっそりもちだすのに気づいて、さらに注意深くファロンのことを見ていたのだ。全員が小さなグループになってそれぞれの配置に向かうとき、ファロンは一人で自分の車に向かった。ダンスンは外に出て、劇場のある場所に向かい、あたりを探し回って、やっとファロンを見つけたのだった。そして今、ファロンがゴミ容器を見張る絶好の場所を選んだのを知った。

ファロンがスコープをおいてダンスンをじっと見つめたので、ダンスンはちょっとうろたえた。「誘拐ははじめて？」

「ええ。刑事になったばかりなんで。どうしてわかったんです？」

「楽しんでるように見えたからだよ」

ダンスンが微笑んだ。「そりゃあ警官にとって、本物の誘拐事件を扱うなんて、願ってもないことですからね。こういうことのために、警察に入ったんだから」

「FBIに手柄を独り占めされても、その考えが変わらなきゃいいが」

ダンスンが笑った。駆け出しの自分を対等に扱ってくれていることが、ファロンの口調から感じられた。「こういう事件にも、結局は慣れっこになるんでしょうね」

「そうなる恐れはつねにあるね。型どおりにことが運べばいいと思うようになる。すべてうまくいって、ハッピーエンドにおわるだろうってね。しかし、そう思ってのんきに構えるようになったら、こんな事件の捜査には関わらないことだ」

「子どもはまだ生きてると思いますか」

「生きてることを祈るよ」

打ち合わせのとき、FBI側の自信に満ちた説明を聞いて、ダンスンは当局がダニー・シトロンの生還を確信していると思った。だがこの捜査官の慎重な見方のほうが、より事実に近いような気が急にしてきた。「犯人はどうやって身代金を取ると思いますか」

「ゴミ容器のところへ、すんなり取りに行くようなアホならいいんだが」

「われわれがここにいることを、連中は知らないでしょう」

「その観測はたいてい外れるもんだ」

ファロンがまたゴミ容器の監視にもどったとき、本部からの無線が入った。「被害者のお父さんがここにおられます。何か進展があったかどうか知りたいそうです」

ファロンとダンスンの耳に、ブレイニーの声が聞こえてきた。「カネを入れたとき、何か見たか尋ねてくれ」

ちょっと間をおいて、本部の無線係がいった。「まわりには誰もいなかったそうです。それから、ブリーフケースを入れたとき、ゴミ容器の中にはゴミ袋が三つあったということです」

「われわれの車が見えただろうか」

「見なかったそうです」

「よかった。心配するなと伝えてくれ。今回の件は順調にいっている。何か起きたら、まっ先に知らせるから」

ダンスンが心配そうにファロンを見た。「車にもどったほうがよさそうですね。ちょっとあいさつに寄っただけですから」

雑談だけでなく、何か用があったのではないかと思ったファロンがいった。「ウォルト、ここはおたくの管轄だってことはわかってるが、われわれがここにいるのは、こっちに人員と電子のオモチャがそろってるからなんだ。こいつがおわったら、両方のボスはわれわれを集めてご苦労さんと解散するか、あるいは責任のなすりあいをはじめるかのどっちかだ。だから、きみはのんびり休んで、ヘマなことはみんなわれわれにさせたほうがいいよ」

「すみません」

いきなり、ほかの捜査官の声が無線機から飛びこんできた。「大変だ、ゴミ回収のトラックがやって来ます」ダンスンは外に飛びだして、自分の車に急いでもどった。ちょっと間をおいて上司のブレイニーがいった。「この夜中にか？　そいつも一味かもしれんぞ。しかしただの作業員ということも考えられる。われわれが近くにいるかどうか、犯人がそいつを使って探りを入れる気かもしれん。みんな、動くな。もしブリーフケースがそのトラックにもってかれるようだったら、われわれもあとからついていく」

ファロンが見ていると、トラックの運転手がゴミ容器をリフトに取りつけ、留め具で締めつけた。容器がゆっくりと回転しながら車の上にのぼっていく。そしてふたが自然に開くと、中のものがトラックの後部に滑り落ちはじめた。ブリーフケースが最初に落ちた。つぎにゴミ袋が二個つづいて、やがて中のものを残らず落とそうと、容器をつかんだアームが自動的に容器をゆすった。ゴミ容器が下におりだしたとき、三個目の袋が何かに引っかかって容器の中にもどったのをファロンは見た。ゆっくりと容器が地面に降りてくると、運転手がリフトを元にもどす。トラックがバックをするときの、ビービーという音が、遠くからファロンのところまで聞こえてきた。方向転換ができる場所までバックすると、トラックは通りへ出て、南の州間高速へ向けて走りだした。

ブレイニーはただちに技術班のヴァンを呼んだ。「ワン・スリー、発信音は動き出したか？」

「動いてます。トラックの中のようです」

「ブリーフケースが出るところを見た者はいるか？」

ファロンが答えようとしたとき、ほかの捜査官がいった。「トラックに落ちるのを見ました」

そこで、ブレイニーが命令を出した。「全員、行くぞ」張り込みをしていたFBIの車が一斉にトラックのあとを追い出したとき、ブレイニーが注意した。「みんな、あわてるな。一キロはあいだをあけろ。こうなったら、よっぽどヘマをやらないかぎり、こっちのものだ」

一分もしないうちに、FBIの車は列を作って受け渡し場所を出ていき、トラックの一キロほどあとを用心しながら追跡しはじめた。

受け渡し場所から二ブロックのところにある駐車場の横を最後の車が通過した五分後、ところどころにさびのある古ぼけたダークブルーのクライスラー・ニューヨーカーが、駐車場を出て映画館のほうへ走りだした。路地のところへ来ると、運転していたランディ・リーは、あたりに警察はいないかと調べながら、スピードを落としてのろのろと進んだ。リーは、通貨偽造で一〇年の刑を食らい、四年間刑に服したあと、半年前に仮出所していた。車を止めて外に出ると、近くに誰もいないので安心し、ゴミ容器に近づいて横を軽く四回叩いた。

ゴミ容器の中では、二重底になった金属板の下に共犯者のピート・エヴァンズが横たわっているのだ。エヴァンズも、武装強盗を働いて一五年の刑を言い渡され、一二年間服役したところで、最近仮釈放になっていた。二人は溶接工場で知り合った。この工場は一応、出所したばかりの服役者が社会復帰するのを助けるということになっているが、毎日九時から五時までの単調な仕事をやってみて、まともに社会で暮らしていくのはとうていむりだと二人は悟った。そこで二人は、仕事の合間を利用しては身代金誘拐の計画を立て、工場の道具を使ってゴミ容器に細工をし、エヴァンズがそこに隠れることにしたのだった。

合図を聞いたエヴァンズは、金属製の閂《かんぬき》についた大きな輪に右足を通して、ロックを引きあけた。つぎに右手を使って、肩の位置にある二つめの閂を引いた。それから蝶番《ちょうつがい》でつけた二重底を押し上げようとするが、底の隅に引っかかったゴミ袋がじゃまをしてなかなか上がらない。ブリーフケースから現金をこのゴミ袋に移し替えたあと、彼が二重底を閉めるときに、ゴミ袋をはさんでおいたのだ。今度は両手と両膝に力を入れて、底を押し上げた。ゴミ袋が底に押されて圧縮されたので、そのすき間からエヴァンズは外に出ることができた。

リーの目の前でゴミ容器のふたが開き、エヴァンズが小さなゴミ袋を抱えて這いだしてきた。

二人は車にもどり、エヴァンズの運転で路地を駆け抜けると、ＦＢＩの車が出た同じ通りに入ったが、FBIとは反対の方向へ向かいだした。

「うまくいったか」リーが訊いた。興奮のため早口になっている。

「ああ。ただしアホ野郎がブリーフケースに鍵をかけやがった。おかげで、こじ開けるハメになったが、黒いテープでうまいことふさいどいたよ」

「ちょいと見せてくれ」リーがいった。

エヴァンズが袋を渡す。「札束を調べたが、全額そろってる。ダミーは一枚もなかった」

リーが歓声を上げた。「おまえのいったとおり、親父さんはFBIに電話してたよ。トラックのあとからやつらが飛びだしてったところを見せたかったな」

「とんまなやつらだ。空《から》のブリーフケースを追っかけてるとは夢にも思ってないさ」

「運転手を捕まえると、見たこともねえやつから一〇〇ドル渡されて、ゴミをもってこいといわれたなんて話すだろうよ。一晩かかって連中が運転手を調べてるあいだに、おれたちゃ、どんどん遠くへ行っちまうってわけだ」

二人は口をつぐんで、これからどうするか、それぞれの思いにふけった。リーはフロリダに行くと決めていた。気候はいいし、むろんよからぬ楽しみもいっぱいある。今ごろは暑いことだろうが、暑いのは歓迎だし、湿気だって苦にならない。最後の冬はイリノイ州北部の刑務所だったが、あそこに暖かい時期があるなんてとても思えない。それにフロリダには海がある。毎日海辺に行くつもりだ。夜ともなれば、女の寝息を思わせる波の音を聴くことができる。刑務所では、毎晩同じようにすぎていった。おかしなやつらがわめき立て、襲われる危険もたえずある。弱い者が襲われて痛さのあまり助けてくれと悲鳴を上げる声が外から聞こえてくる。だがリーには逃げ道があった。毎晩、心は海に行っていたのだ。まぶしい海で潮風に吹かれながら暖かい波間に浮かぶことを夢見ていた。

「計画は変えたほうがよさそうだ」エヴァンズがいった。

リーはどきっとした。エヴァンズがすぐカッとなる男だということは刑務所で見ていたし、そうなると手がつけられなくなることも知っていた。誘拐の計画を立てていたとき、エヴァンズは一度手順を決めたら、絶対に〈おれの計画〉を変えようとしなかった。リーがおずおずと尋ねた。「変えるって?」

「ゴミ箱に入ってるときに考えたんだが、あのガキは生かしておく必要がある。殺したりしたら、ヤバいことになるかもしれん。あそこにもどって水道の栓を止めたほうがいい。何もわざわざ殺しの罪まで背負い込むことはないからな」

リーはちょっとほっとしていった。「おれも賛成だ」

「そうだよ。カネは手に入ったんだ。シャバでなきゃそれを使えないからな。子どもを殺したとなりゃ、FBIはしゃかりきで追ってくる。金持ちからそいつのひと月分の稼ぎぐらいを分捕ったのとは、わけがちがう」

エヴァンズはUターンをして、使われなくなった工場へ向かった。そこに子どもを閉じこめておいたのだ。

　ダニー・シトロンは音が聞こえたような気がした。タンクに水を取り込むバルブは、今では水面下三フィートのところにあり、その音もほとんど聞き取れないほどになっている。ダニーは、水音の向こうに何か聞こえないかと耳を澄ました。また聞こえた。足音だ。それとも誰かの話し声だろうか。パパの声だろうか。「パパ！」と叫んでから、じっと耳を澄ます。いきなり、水がはじめてあごのところまで来た。ダニーは首を後ろに傾けると、つま先で跳び上がった。「パパ！」息を整え、単調につづくタンクの音のほかに何か聞こえないかと耳を澄ました。だが足音も話し声も聞こえない。あるのはただ、すぐそこに迫った恐ろしい夜の闇だけだ。ダニーはまた気を落ちつけて、つま先立ちしていた足を下ろした。口に水が入らないよう気をつけながら、これまで数え切れないほど何度もやったように、片足を上げてみた。足をタンクの底に固定している手錠を調べるためだ。前に試したとき以上には動いてくれない。かすかになったとはいえ、バルブの音は聞くまいと思っても耳に入ってくる。

「早く来て、パパ。早く！」ダニーは心の中でささやいた。

　五キロあまり走ったあと、クライスラーは未舗装道路に入った。リーが訊いた。「どうした。道がちがうじゃないか」

　それを無視してエヴァンズがいった。「臭いゴミといっしょに、ゴミ箱の底に入ってたとき、おれが何考えたと思うか？　ムショにもどったような気がした。あの穴蔵にな。ムショにいたとき二つ決心したことがある。第一に、今度シャバに出て、またここにもどって来るくらいなら、その前に死のうと決めた。第二に、何がなんでも楽しもうと決めた」エヴァンズは車を止めた。そして、リーのほうを向くと、しばらく彼を見ていた。「つまり、こういうことだ。今ここに、一生遊んで暮らせるカネがある。あのガキはおれの顔を覚えてるだろう。そのことが、おれの楽しみのじゃまをするにちがいない」

「ピート、あの子を殺すなんて、考えもしなかったよ。親父さんがいわれたとおりにするとわかってた。そして、そのとおりだったじゃないか。あの子を殺したら、殺人で追われることになり、そうなったら、楽しみどころじゃなくなるだろ」

　エヴァンズはそのことをちょっと考えた。「そうだな、おまえのいうとおりかもしれん。あの子が面通しでおれたちを見分けることはむりだろう。だからこそ、小さいガキを選んだんだよな」エヴァンズはカネの入った袋を手に取った。「警察に車を止められるかもしれんから、こいつを隠したほうがいいだろう」といって、それをリーに渡した。「トランクに入れようや」それから座席の下に手をやってリボルバーを取りだした。「これも後ろに入れたほうがいい。うまい具合に、遊んで暮らせるだけのカネが手に入ったってのに、銃のせいでつかまっちゃ、割に合わんからな」二人が外に出ると、エヴァンズはクライスラー・ニューヨーカーの大きなトランクを開けた。「そいつを、できるだけ奥に押しこんでくれ。後ろのスピーカーの下に入れたらいい。サツが探すにしても、連中は奥まで入るのをいやがるからな」

リーは袋をもってトランクに入ると、後部座席の下のあたりを手で探った。エヴァンズがいった。「あのな、もう一つ問題があるのよ。おまえは殺しが嫌だという。ってことは、おれにしてみりゃ、おまえが自分の刑を軽くするためにおれを売るかもしれん、ってこと」

「ピート、おれがそんなことするわけないだろ」リーは自分があぶない状態にいることに気づいて、トランクから出ようとした。

エヴァンズは銃をリーに向けた。「おまえの取り分も手に入れれば、おれは二倍楽しめそうだしな」

やめてくれとリーが手をあげかけたとき、エヴァンズは相手の頭に二発撃ちこんだ。それからトランクを閉めて車にもどった。無事に州から出たあと、死体は寂しい墓地にでも捨てればいい。発見されたとしても、自分と関係があるとは誰も思わないだろう。エヴァンズは、スティーブンソン・エクスプレスウェイへ向かった。一キロ近く走ったところで、グリーンと白の大きな標識にしたがって、セントルイスへ行く道に入った。その五〇〇メートル後ろで、青灰色のマスタングが慎重に速度を調節した。

タズ・ファロンはほかのFBIの車といっしょには行かなかった。犯人が、ブリーフケースを入れる場所を作るために中のゴミ袋を取りだしておいたのはわかる。しかし、中にあった三つの袋のうちの一つが引っかかったのはおかしい。一〇年間FBIで仕事をしてきた彼は、うんざりするほど何度も、ゴミ容器の中をかき回したことがある。ゴミ容器の中は、袋が破けたり捨てるときに引っかからないように、なめらかな造りになっている。袋は何に引っかかったのだろうか。それから、身代金の回収になぜわざわざスピードの遅いトラックを使ったのだろうか。ここでファロンは、犯人がブリーフケースの鍵をかけないことと、黒いブリーフケースを使うことをくり返し要求していたことを思い出した。鍵をかけないのは、ブリーフケースを手に入れてからすばやくカネの勘定をするためだとわかる。だが、特定の色を指示するとはどういうことか、さっぱりわからなかった。

どんな事件にも矛盾点はあるものだ。そういった小さな矛盾は、いくら調べても説明がつかないこともある。犯人全員がすっかり自白したあとも、どうしてもわからない謎が残るのだ。ファロンが駆け出し捜査官だったころは、それらの謎をすっかり解き明かそうとやっきになったものだったが、あまりこだわらないほうがいいと思うようになった。ただし、彼が〈三連勝単式〉と呼ぶものになっているときは別だ。つまりつじつまの合わない三つのことが同時に起きたら、それが偶然である確率は非常に低い。競馬で、一着から三着までの馬を同時に当てる確率が天文学的に低いのと同じなのだ。引っかかったゴミ袋、遅いトラック、ブリーフケースの色指定は、そういった異常さを物語っていた。どう考えても何かが進行中だ。FBIにはわからない何かが。それがファロンの結論だった。

そこで彼は、あとに残ってゴミ容器を見張ることにしたのだ。トラックの追跡には、十分すぎるほどの人数が当たっている。数分後に、ダークブルーのクライスラーがそろそろとゴミ容器に近づいてきたとき、ファロンは誘拐犯の一人にちがいないと確信した。二人目の誘拐犯が容器から這いだしてきたときは、びっくりしてただちにほかの捜査官たちに無線連絡した。そのときFBIはトラックを止めてブリーフケースを調べていた。それが空だとわかったので、方向転換してランズダウンにもどりはじめていたところだった。

誘拐犯たちの車が出ていったあと、ファロンは尾行しながら、犯人の動きを無線でみんなに知らせた。ファロンはライトを消してクライスラーのあとから未舗装道路に入り、二人目の犯人の殺人を目撃した。少なくともこの殺人は、止めようがなかった。それにもっと肝心なのは、もしファロンが止めに入れば、子どもの居場所はわからずじまいになる可能性があった。それはつらい決断だったが、突然のことで殺人を止める間もなかったのが、かえってありがたいほどだった。それにしても、犯人は高速を西に向かっているので、子どものところへ行くわけでもないし、居場所を知らせるために父親に電話するつもりでもなさそうだ。ここいらで、総力をあげてかかり、ダニー・シトロンの居場所を知っている唯一の男を止めるべきだと思った。

「タズ、こっちはきみのすぐ後ろだ」上司のブレイニーだ。「こいつをどうする気だ？」

ファロンはクライスラーのさらに前方を見て無線のマイクを取ると、通信しているところを犯人に見られないように体を低くした。「道がそれほど混んでないから、私はやつの前に出ます。逃げだしたらまずいから。そっちは四台で取り囲んでください」

ブレイニーは、後続の車に、犯人の車を四台で取り囲むように指示を出した。そしてみんながファロンに近づいてきた。「よし、タズ、用意はできた。都合がいいときに知らせてくれ」

ファロンは心臓がどくっと大きく三つ打つのを感じた。車を停止させるのは、とくにハイウェイではつねに危険を伴う。何が起きるかわからないのだ。しかし、今すぐそれをやらなければいけないし、しかも失敗は絶対に許されない。ファロンは車の時計に貼りつけたバンドエイドをむしり取り、ダニー・シトロンの残り時間があまりないのを見てとった。そしてマスタングのアクセルをいっぱいに踏みこむと、できるだけ何気なく見えるようにクライスラーの横を通過した。

アクセルを放したときは、犯人の車の一〇〇メートルほど前に出ていた。「今だ」ファロンはマイクに向かって叫んだ。バックミラーの中で、ＦＢＩの車が四台、隊列を崩しクライスラーめがけて猛スピードで飛ばしてくるのが見える。一台がクライスラーの左に走りこみ、エヴァンズの前端に接近しすぎたので、エヴァンズが右に急ハンドルを切ったのは、右側につく車が突っこんできた直後だった。頑丈なクライスラーの後ろに接触したＦＢＩの車は、一八〇度スピンしながら高速道路脇の土手に乗り上げた。

エヴァンズは何台もの車が取り囲もうとしているのを知った。また右に急ハンドルを切り路肩にはいるとアクセルを踏んだ。左の車も前の車もそれにならう。エヴァンズは左の車に向けて発砲した。エヴァンズを生きたまま捕まえないと、子どもの命は救えないことを捜査官たちは知っていた。左の捜査官がスピードを落とす。つぎにエヴァンズが前の車を撃ったので、前の車は脇によけて減速するしかなかった。エヴァンズは高速道路の中央にもどって、アクセルをめいっぱい踏んだ。

これをみたファロンは時速一九〇キロあまりにまで加速した。「しばらくやつを捕まえといてください。まん中のレーンを走らせておいてほしいんです。私はずっと前に行って、エンジンブロックにライフルを撃ちこんでみます」

ファロンは一キロ半ほど先に出ると、ブレーキを踏んで止まり、トランクを開けるレバーを引いた。トランクからショットガンを取りだし、マガジンにすばやくライフルの弾を三発こめる。すでにクライスラーは二〇〇メートル以内に迫っていて、時速一四〇キロほどで近づいてくる。ファロンはショットガンを肩に構えて、ラジエーターグリルに狙いを定めようとした。

ファロンのショットガンにはライフルの照準はついていず、銃身の先に小さな照星があるだけだ。引き金を引いた。四つあるヘッドライトの一つが砕けた。ラジエーターグリルにつけた狙いがはずれたのだ。巨大な車はすでに一〇〇メートルもない位置にあり、その両横を二台の車がはさんでいるので、エヴァンズはファロンのマスタングへ向けて直接突っこんでくるしかない。エヴァンズは右の車に一発撃ちこむが、その車はよけようともしない。

ファロンはもう一発を薬室に送りこみ、マスタングの後部に寄りかかってショットガンを膝に固定させた。それから二秒間狙いをつけたあと発射した。今度はグリルのど真ん中に当たった。小さな爆発音が二度聞こえてクライスラーのエンジンが止まったが、手遅れだった。車は一〇〇キロ以上の速度で走っているし、ファロンとの間は三〇メートルもなかった。さあFBIの捜査官をひき殺してやるぞ、といった鬼のようなエヴァンズの表情までが、ファロンに見てとれた。

ファロンが伏せてマスタングの後ろ下にもぐりこんだ瞬間、クライスラーが突っこんできた。いくつものタイヤが鋭いきしみ音を立てて車が止まり、ほかの捜査官たちが銃を引き抜きながら車から出てきた。

ファロンは車台にしがみついていた。衝撃でマスタングが前に押しやられることがわかっていたので、クライスラーに轢《ひ》かれるのを避けるためだった。車は彼を一〇メートル以上引きずったあとでやっと止まった。仰向けで車の下から出るとそのままクライスラーの下にもぐりこんだ。上から噴きだしてくる液体がやけどしそうに熱い。エヴァンズに見られないように用心しながら、助手席のドアの下から外に出た。

エヴァンズはドアを開けようとしたが、左の腕が砕けて肉が裂けている。後ろの捜査官たちが、車を盾にしながら両手を上げろと怒鳴る。両側からも後ろからも、狙いをつけられて、十字砲火を浴びる位置にいた。

エヴァンズは刑務所にもどったが最後、一生出られないとわかっていた。自由も選択の余地も完全に失われた。残った選択肢はただ一つ。エヴァンズは床のリボルバーを取りあげると、撃鉄を起こし、それをこめかみに当てた。そして、こちらに銃を向けている捜査官たちにいった。「あんたらがよろしくいってたって、ダニーに伝えてやるぜ」

ファロンは窓から跳びこんでリボルバーをつかんだ。だがエヴァンズのほうが早かった。

三八口径が火を噴いた。

第三章

ダニー・シトロンは、自分の居場所を知っている二人の男が死んだことを知るよしもなかった。もし知ったらパニック状態になったことだろう。水がついに下唇のところまで来ていたのだ。しかしダニーは、静かに頭を後ろに傾けて首をのばした。

上司のブレイニーがファロンのところに駆け寄ってきた。「タズ、大丈夫か」ファロンの腕を取ってそっと向きを変えさせた。道路の上を引きずられたせいで服が何ヵ所か裂け、背中がこすれて出血している。

「こいつを止められると思ったが」

「この男はいずれにしろ、こうなったさ」ブレイニーは腕の時計を見た。「時間がない」エヴァンズを見つめたままのファロンはそれが耳に入らないようすなので、ブレイニーはほかの捜査官に向かって怒鳴った。「この車と死体を徹底的に調べろ。子どもの居場所がわかるものがあるにちがいない」

ダンスン刑事がいきなりファロンの横に現れた。「なんてことだ。ピート・エヴァンズが自殺するとは。シセロの町の誇りになるようなことをついにやってくれたよ」

「こいつを知ってるのか？」ブレイニーが訊いた。

「そうなんですよ。制服警官だったころ、何度もぶちこみましてね。テープを聴いたとき、どうも聞き覚えがあるような気がしたんだ」

「シセロの人間なのか？」ファロンが訊いた。

「生まれも育ちもそうです。ここから離れたのは、刑に服してたときだけですよ」

ファロンは刑事の腕をつかんだ。「来てくれ」自分のマスタングに連れていくと、エンジンをかけてテープをプレーヤーに押しこんだ。「何か心当たりがないかこれを聴いてみてくれ。きみがいうようにシセロを出たことがないなら、子どもの居場所がわかるような何かがあるかもしれない」

テープを聴きおわったダンスンがいった。「すみません。何もわかりませんでした」

「どこに勤めてたか知らないか？」

「勤める？　勤めたことなんてないと思うが。働いてたとしても、短期間でしょうね」

「ダニーを入れた容器のことを彼がいうのに気づいただろう。たんに、ある物とかタンクとかいわずに、〈ステンレスのタンク〉といった。そこまで細かくいうからには、それを扱った経験があるにちがいない。それに、水流を〈調整した〉といった。ということは、そういうことをやりつけてたんだろう。だが、もっとも特徴的なのは、タンクの直径を正確に知ってたことだ。そんなことを知ってるからには、そこで働いたことがあるにちがいない」

「署に電話して、前の勤め先を調べさせましょうか」ダンスンが訊いた。

「ダニーにそんな時間はない」ファロンはブレイニーに向かって叫んだ。「ハカセはどこです？」

「トランクの男を調べてる」

ファロンはクライスラーの後ろにまわり、マサイアス・ジョーンを見つけ出した。

ＦＢＩでは、犯罪科学研究所に配属する捜査官を、あらかじめ数年間捜査現場で仕事させることにしている。実地の経験を積ませて、現場捜査官に有益な助言をおこなえるようにするためだ。ジョーンもそういった捜査官の一人だった。応用数学の博士号をもっていて、現在シカゴで研修中なのだ。身長一八三センチでやせ形、動作がゆったりと大きいので、ひょろりとした印象を与える。つやのないダークブラウンの髪はスタイリングジェルで光らせ念入りにカットして、さりげなく乱したようにくしけずっている。しかし、顔のほうは、もっと冴えない。たるんだ面長の顔は青白く、疲れたように見える。かすかに焦点が合わないくぼんだ目は、めがねをかけていたとしても隠すことはできないが、その欠点はコンタクトレンズのせいでいっそう強調されていた。それにレンズのせいでいつも不自然なまでに目を見開き、ひんぱんにまばたきをする。彼の左耳に小さな穴があるのをめざとく見つけて、ＦＢＩに入る前はイヤリングをしていたのではないかという者もいた。ぶしつけな同僚が、髪型を変えたらどうだとか、もう少しましな格好をしたらどうだというと、いつも人のよさそうな顔で、これでも精一杯おめかししてるんだというように肩をすくめるのだった。

ファロンとダンスンが見つけたとき、ジョーンはランディ・リーの靴のにおいをかいでいた。そして短くいった。「いい香りだ」

ファロンがいった。「香りだと？　おいおいハカセ、気を散らさないでやってくれよ。子どもが入ってるタンクだが、何がわかれば大きさが計算できる？」

「大きさを知ってどうするんです」ダンスン刑事が訊いた。

「犯人はシセロから出たことがないといっただろ。かろうじてわかってるのは、大きなタンクらしいということだけだ。正確な大きさがわかれば、何に使ったタンクかわかるかもしれず、きみが場所を特定できるかも知れないじゃないか」

「やってみましょう」ダンスンがいった。

「どうだね、ハカセ」ファロンが訊いた。

「工場で使うタンクだったら、円筒形だろう。円筒形なら、円周と高さがわかればいい。底面かける高さの問題だからね」

「高さはわかっていない」

「底面は？」

「テープを覚えてるだろ。ダニーは端から一五フィート離れたところで、タンクの底の中央につながれてると、エヴァンズがいっていた」

「そうだな」ジョーンが遠くに目を凝らした。「しかし高さなしじゃ容積は出ないよ。だけど水位の上がる速さがわかってるから、タンクに流れこむ水の速さは計算できるな」

「それで何がわかる?」

ジョーンは目を閉じた。まもなく手帳とペンをジャケットのポケットから取りだした。

「水位は毎分一五分の一インチずつ上がっている。それから、タンクの底面は、全部インチに変えて計算すると、一八〇インチの二乗かける円周率で一〇万一七三六平方インチになる。だから、これを一五で割ると、毎分六七八二立方インチの割で水が流れこんでいることになる。一ガロンは約二三〇立方インチだから、毎分約二九ガロンの水がタンクに流れこんでいるわけだ」ジョーンは目を上げると、分かり切ったことだというようににっこりした。

ファロンは計算のほうはさっぱりわからなかったが、ジョーンがまちがうはずはないとわかっていた。「結局どういうことだ?」

「市の水道は一般に一インチ平方あたり三〇から四〇ポンド流れる。これを換算すると、毎分一五から二〇ガロンになる」

「それで?」

「それで、もしシセロの水道の水圧が二九ガロンに満たないなら、子どものいる場所では、水をためてそれだけの水圧にできる貯水槽をもってるんだろう。そういった高度な設備をそなえた場所がこの町にいっぱいあるとは思えない」

ファロンがダンスン刑事のほうを向いた。「どうだね、ウォルト。今は使ってない建物だと思うが」

「シセロは小さな町ですけど、使ってない建物を片っ端から当たってたらたいへんですよ。私は警官だから、水道設備のことは何もわからないんです」

「わかる人間を知ってるだろう」ファロンがいった。

ダンスンは無線機を口に当てて、警察の通信指令室を呼びだした。「ダンスンだ。自宅にいるハーブ・ダニエルズを呼んでくれ。緊急の用だ」それからファロンとジョーンにいった。「町の水道部長です」

一同は時計を見て、通信指令が出るのを待った。「ハーブが出ました。どうぞ」

「ハーブ、子どもが誘拐されて、命が危ないんだ。FBIの人と代わるから、彼から話を聞いてくれ」ダンスンはジョーンに無線機を渡した。ジョーンがタンクの容量、流入する水量、しかもそこが今操業停止しているらしいことを、手短に話した。

通信指令がいった。「別の回線で水道局のコンピューターを調べるそうです」

ダンスンが無線機を取って叫んだ。「細かい数字は必要ないんだ、ハーブ」

一同が待っているところへ、車と死体の検分を指揮していたブレイニーがやってきた。

「子どもの居場所がわかるようなものは何もなかった」ファロンが、今やろうとしていることを説明する。

やっと通信指令が出た。「可能性は六ヵ所あるそうです。いちばん有望なのは、テンプル・ストリートのソーヤー石けん工場で……」

ジョーンが口をはさんだ。「靴のにおいはどうだろう？」車のフロントシートに走っていき、そこにおかれたエヴァンズの死体の左脚をぎこちなくもちあげると、そのにおいをかいだ。「石けんの匂いだ。その石けん工場にちがいない」ジョーンとファロンは、そばの車に駆け寄った。

ダニー・シトロンはこの二〇分間つま先立ちをしていて、のばしすぎた首の後ろが痛くなってきたところだった。鼻からしか息ができないので、絶対に動かないように用心していた。冷たい水のせいで足のふくらはぎがけいれんをはじめている。結果は同じだとわかっていたが、息を止めてもう一度足の手錠を試してみた。つま先立ちしていた足を下ろして引っ張ってみる。それから息を吐き出し、またつま先立ちになった。すでに大きな声を出す元気もない。もう時間がないよ、パパ。

ソーヤー石けん工場へ急行する車の中で、ジョーンが科学者らしく落ちついていった。「水位の上がる率を考えるときに、子どもの占める容積も計算に入れてたんだろうか」

「どういうことだ」

「一時間に四インチ水位が上がるようにセットしただけなら、子どもの体がいくらかのスペースを取るから、それより速く水位が上がるはずだ」

「どれだけ速くなる？」

「大して速くはならないが、もうあぶないかもしれない」

車が工場の駐車場に走りこんで止まった。五年前までソーヤーは何種類かの高級石けんを作っていたが、結局コストがかかりすぎるので生産を中止している。工場の立地条件は理想的だったが、ソーヤーがやめて以来買い手はついていない。

ファロンは後部座席のショットガンをつかむと、入口を探しはじめ、ジョーンに一方からまわるよう手で示して、自分は別の方向からまわった。

ファロンが裏にまわると、ジョーンが後ろから走ってきて小声でいった。「ここにまちがいない。水道のメーターが動いてるから、タンクに水が入ってるんだ」

「ドアはあったか？」

「押し上げ式のドアが一つだけあったが、何年も開けたようすがない。メーターを見たらすぐ引き返してきたんだ」

「するとここととメーターのあいだにドアがあるにちがいない」用心しながら二人が角を曲がると、先のほうに従業員の出入口があった。ファロンが下を指さした。ドアの前の雑草に、踏まれた跡が残っていて、草がドアの下にはさまれている。「ここだ」取っ手を試したがドアは開かない。ファロンはポケットからライフルの弾を取りだし、ショットガンの弾薬をできるだけ音をさせないように出してから、ライフルの弾を薬室に送りこんだ。三メートルほど下がってから引き金を引く。錠が爆発でこわれ、ドアの上半分が内側に傾いた。

ジョーンがそれを蹴り開け、二人が中に飛びこむ。内部には、端のほうに高さ六メートルほどのタンクが四基並んでいる。ほかに人はいないようだ。二人は二基のステンレスタンクに駆け寄り、タンクの外を取りまくようについている金属製の細いはしごをのぼりはじめた。二人とも子どもの名を呼んだ。ファロンが先にてっぺんに着いた。中は乾ききっている。ジョーンのタンクも乾いていた。

ファロンは三基目をのぼりだしたが、途中で足を止めて冷たいステンレスの壁に手を当てた。「振動が伝わってくる」それから、一度に二段ずつ駆けあがった。

はしごのいちばん上に着いて、下を見た。七歳のダニー・シトロンがそこにいた。ただし、水面に出ているのは、頭頂と指だけだ。酸素不足のため爪が青くなっている。「ハカセ、ここにいた。だけど意識がない。おれは中に入るから、ここの排水口を見つけてくれ!」

ファロンは縁から下におりて、一瞬端で止まったあと、足から先に四フィートの水の中に入った。片方の手錠が足首にきつく食いこみ、もう一方の手錠は、太いステンレスの輪に留めつけてある。この輪は、最近タンクに溶接してつけたらしい。

口移しの人工呼吸をしようかとちょっと思ったが、水がのどに入って気道をふさいでいるので、空気が肺に達しないことがわかっていた。それに子どもが水面下にいては気道を開けることは不可能だ。ファロンは水面に出て叫んだ。「ハカセ、排水口は見つかったか?」

答えがないので、ファロンは水にもぐってもう一度手錠を調べることにした。ポケットから自分がもっている手錠の鍵を取りだした。ふつうの手錠ならたいていのものはこれで開くのだが、これは造りの悪い安物だった。鍵穴の構造がまったくちがう。また彼は立ち上がって怒鳴った。「ハカセ!」まだ答えがない。

ファロンは腕を子どものウェストにまわすと、もう一方の手を子どものあごの下に入れて、鼻だけでも水面に出そうとした。だが水面は鼻のすぐ上にあるのだ。彼はまた水底にもぐった。力まかせに引っ張って開けようとしても手錠はびくともしない。銃で撃つことも考えたが、たとえ水中で発砲できたとしても、弾の速度が遅すぎて、頑丈な鎖を破壊することはできないだろう。

そのとき、FBIの訓練学校での実習を思い出した。指導教官が、手錠は捕《ほ》捉《そく》のための仮の道具だから、手錠をかけられた者のそばを長時間離れてはいけないといったのだ。手錠は比較的簡単に壊すことができるという。それを実際に見せるために、教官は細くて堅い針金を、手錠の輪の一重の部分と二重の部分の接点に押しこんだ。すると、すぐにそこが開いたのだ。しかしファロンには針金がない。

教官が針金を差しこんだのと同じ場所を調べた。接点の遊びが、警察で使うものよりずっと大きい。ファロンはポケットの中身を思い浮かべた。身分証がある！　身分証にバッジがピンで留めてあるのだ。彼は安全ピンをはずして、それを子どもの足首にはめられた手錠に差しこんだ。バネで止められたツメを押しているのが感じられる。輪の一重になった部分を引くと、手錠が開いた。

すぐに子どもを肩にかついだ。そのとき、足が引き込まれるような感じに襲われた。ジョーンがタンクの排水口を見つけたのだ。だが水はまだファロンのウェストより上にある。彼はできるだけ高く跳び上がり、着地すると同時に、またできるかぎり荒っぽく跳び上がって肩が子どもの胃にぶち当たるようにした。子どもはまだ意識がない。また二回つづけて跳んだ。まだ変化がない。

今では水が半分引いたので、ファロンはつぎにはさらに高く跳ぶことができた。うなだれた子どもの顔が背中に当たった。そのとき、子どもがもどしはじめた音が聞こえた。ファロンは子どもを下ろして、真っ青な顔に血の気がもどるのを見守った。今では吐くのと同時にむせて咳きこんでいる。

子どもの嘔吐がとまるまで背中を力をこめて叩いてやる。ダニーが最初にいったのは、「パパはどこ？」だった。

ファロンはにっこりした。「お父さんの代わりに迎えに来たよ」

第四章

法廷に判事が入ってきたとき、カート・デッカーは、予想外の展開になりそうだとすぐに感じた。判事はむっとした表情で目を据え、汚らわしいものでも見たように眉を寄せていたからだ。そして、挨拶なんかクソ食らえといったようすでどさっと裁判官席に腰を下ろすと、もってきた書類を読もうともちあげた。めがねをかける前に、判事は目を上げてデッカーを見た。法廷中の者が、判事の注意を引かないようにそっと腰を下ろして、断罪がはじまるのを待った。

なぜ判事がいつもに似ず怒りをあらわにしているのか知るよしもないので、検事補までが作り笑いを浮かべながら、今日の裁判がとびきりすばらしいものになることを願った。

だが誰がどんな顔をしていようと、デッカーは痛くもかゆくもなかった。何しろ一〇年間もイリノイ州のマリオン刑務所で服役したことがあるのだ。ここはアメリカでもっとも苛酷な連邦刑務所で、アルカトラズに代わる最高レベルの警備態勢を敷いた施設として建てられたものだ。連邦刑務所の場合、どこの刑務所で服役するかは、さまざまな要因で決まる。空きがあるかどうか、犯した犯罪のタイプや重大性の度合い、家族がどこに住んでいるかなどといったことだ。ときには担当者の寝起きの善し悪しのような、好い加減な理由で決まることさえある。だがマリオン刑務所に送られる理由はただ一つ、アメリカでもっとも危険な犯罪者だということだ。

デッカーは二年間に三台の装甲現金輸送車を襲ったかどで一五年の刑を言い渡され、マリオンに送られた。そこに入ったデッカーは、仮釈放を狙うなら、誰からもちょっかいを出されず、毎日のように刑務所のどこかで起きる暴力沙汰に巻きこまれないことだと思った。そしてちょっかいを出されないためには、攻撃的になることが必要だと経験から知っていた。刑務所内で野放し状態の残虐行為をかいくぐるすべを会得《えとく》したのは、一九のときに武装強盗を働いて、オハイオ州の刑務所で六年の刑に服したときだった。その当時すでにデッカーは、父親譲りの頑強な体をしていた。むしろ父親よりさらに背が高く、敏捷だったといっていい。体格がいいことも効果があるが、日々をしのぐには、威嚇が大いに効果的だと、すぐに気づいた。そして、手がつけられないほど凶暴な男だと思わせなければいけない、体が頑強なだけではだめだと考えた。

マリオンでは、大勢の受刑者の中に入れられるとすぐに、囚人の中でもっとも恐れられているのは誰だと訊いてまわった。誰の答えも同じだった。カリール・ハラーと自称するブラックムスリムだという。翌日、何百人という受刑者のいる刑務所の中庭で、デッカーはハラーに近づいた。ポケットには、歯ブラシの柄を溶かして鉛筆の先のように尖らせたものを忍ばせてあった。デッカーはハラーに、これからおまえが腰抜けだということを証明してみせるといって、その武器を手渡した。ハラーはびっくりしてその歯ブラシで作ったナイフを見つめた。もう一度デッカーは、おまえが骨なしだということを証明してやるといい、最初の三回はその武器でかかってきていい、その後こっちから攻撃する、と言い渡した。大勢の囚人の前でバカにする気だとわかったハラーは怒り狂い、デッカーの腹をめがけて二度つづけざまに突いてきた。それがデッカーの腹をそれたので、ハラーは大きく腕を振ってまた突っかかり、歯ブラシの柄の半分までをデッカーの首に突き刺した。その瞬間、デッカーは片手でハラーののど首をつかみ、別の手で拳をつかんで、相手の指の骨を三本折った。それから、相手の腕の動きを封じておいてから、ハラーの右腕に全体重をかけてのしかかったので、ハラーの肘がはずれた。その後デッカーはやおら立ち上がり、首から歯ブラシのナイフを抜き取ると、それを身もだえする相手の上に落とした。自分の傷口から血が流れでるのもかまわず、デッカーは落ち着き払ってたばこに火をつけた。

わずか一分足らずの出来事だった。そのとき、受刑者たちは、ブラックムスリムがもはや刑務所中でもっとも腕っ節が強く物騒な男ではなく、デッカーのほうがよほどあぶない男だと知ったのだった。デッカーの狙いはそこにあった。一〇年の服役期間中、デッカーの異常性は、この話が口から口へ伝わるごとに増していった。あとになると、彼がたばこを吸うたびに首の傷口から煙が出たと、何人かが断言したほどだ。

だから判事の顔色ぐらいでびくつくようなカート・デッカーではなかった。連邦刑務所から出て再度現金輸送車を襲ったので、裁判を待つあいだ三ヵ月間拘置されていたものの、今回は証拠調べだけだとわかっていた。隣では弁護士が、目の前の書類の端を上《うわ》の空でいじっている。デッカーは手をのばして弁護士の腕を叩いた。弁護士はまっすぐ前をにらんだまま、デッカーを無視した。

判事はめがねをかけ、目の前の書類を読むふりをしながら、ごくかすかに首を振っている。まるで、そこに検察側の盲点が見つからないのを悔しがっているかのようだ。

デッカーはまた弁護士のほうを向いた。「どうなってんだ」ふだんから怒気を含んでいるデッカーの声は、この短い質問だけで十分脅しになっていた。やっと弁護士はブリーフケースを開けると、封をした封筒を寄越した。

中にはドイツ語で書かれたメモが入っていた。

きみの件は取り下げられる。きみの父上の実像と、きみの将来について知りたかったら、午後八時にメリディアン・ホテルのバーに来てほしい。

署名はない。誰が書いたものか弁護士に訊こうとしたとき、判事が検事補にいった。「検察側は、何かまだつけ加えることがありますか」

検事補はいぶかった。捜索の有効性は問題になったが、それも適法な捜索であることがはっきりしていた。そのことと判事の表情からして、検察側に有利な判決が出るものと思っていたが、何度も裁判に負けたことのある検事補は、今の判事のそっけない口調に危機感を抱いた。「裁判長、被告人デッカーは現金輸送車襲撃の罪に問われておりますが、これは、犯人に好都合だという理由だけで警備員が射殺された別の襲撃事件に酷似しているのです。その上、被告人は似たような犯罪で有罪になっています。すなわち、三台の装甲現金輸送車を襲撃しており、イリノイ州マリオン連邦刑務所で一〇年近く服役していました。デッカーは共犯者の氏名を明かそうとしませんが、本件がデッカーと共犯者によるものであることは明らかであります。盗まれた現金の入ったキャンバス地の現金袋がデッカーの車のトランクから発見されたばかりか、シートの下から見つかった銃身の短いカービン銃は、犯行に使われたものと同じだと、二人の警備員が証言しています」

判事は今度は共感をこめて話したが、少々むりをしているようすだった。「その点はすべて承知していますが、そういった証拠品をどうやって入手したかが問題なのです。銀行の現金袋が発見されたのは、被告人が武器の不法所持で逮捕されたあとでした。その逮捕も、彼が車で走行中に違法と思われる停止命令を受け、車を捜索された結果でした」

「裁判長、捜索令状は確かにありませんでしたが、緊急事態のもとで、デッカーの車を犯行に使われたものと判断せざるをえず、したがって、この捜索は許容できるものであります。

もし彼の車を停止させていなければ、この事件の解明は不可能だったことでしょう」

けんか腰に近い口調で判事がいった。「そういった点は重々考慮しました。その捜索は事件発生後三日たっていた。たとえ法を最大限に拡大解釈したとしても、それだけの期間がたっているものを緊急事態とはいえないはずです」そういうと判事は被告人席に向けて話しだした。「デッカーさん、きみがこの犯罪に関与していることは疑いの余地がない。しかしながら、きみの弁護人の正当性を認めざるをえません。つまり、きみを犯罪に結びつける唯一の証拠物件の合憲性が認められない、という点においてです。警察による車の捜索は違法であるといわなければならない。しかもほかに証拠がないからには、本件は却下せざるを得ない。しかし、よく心にとめておくように。もしふたたび、きみが私の法廷に現れるようなことがあったら、二度ときみが世間に放たれることのないよう、こちらはあらゆる手を尽くすつもりである」判事は最後に小槌を一回だけ打った。

弁護士はデッカーの手をおざなりに握った。デッカーが訊いた。

「このメモはどこから来た？」

「弁護料はすでにもらった」弁護士はただそれだけいうと、それ以上の説明は必要ないというように、ブリーフケースを閉じて法廷を出ていった。

デッカーは署名のないメモをもう一度読んだ。今のところこれ以上のやっかいごとはまっぴらだったが、自由をもたらしてくれた人物が、何らかのやっかいごとを持ちこもうとしているのは明らかだ。そうでなければ助けてくれるわけがない。しかし、告訴の取り下げには相当な額のカネが動いているはずなので、もちこまれるのもおいしい話にちがいないとデッカーは思った。だが用心しなければいけない。ちょっと行って話を聞くだけだ、と自分に言い聞かせた。ハンパな話だったら断るまでだ。誘惑に対する警戒、これは犯罪者を救う心得だ。

第五章

メリディアン・ホテルは、クリーヴランドの古いホテルだ。この都市が鉱工業とそれに付随する産業で栄えた世紀の変わり目に建てられたが、第二次大戦以来、凋落の一途をたどり、数年前にスウェーデンの企業に買い取られて、ヨーロッパの古い旅館に似せて改装されていた。本物らしさを強調するため、内装にはマホガニーの鏡板を張り巡らし、どっしりとしたカーテンや敷物や趣味のいいアンティークの複製品で飾り立て、どこのものとも判別のつかない強い訛りでしゃべるフロントが客の応対をする。

薄暗いラウンジは人もまばらで、レコードのピアノがさりげなく流れてくる。カート・デッカーはまっすぐバーに向かいビールを注文した。カネを払おうとしたら、隅のブースにおいでのあの紳士からすでにいただいています、とバーテンがいった。疑ってかかるのがいちばんだと自分に言い聞かせながら、デッカーは一口ビールを飲んでからブースへ向かった。

ロルフ・ブルナーが立ち上がった。ブロンドの髪は短くカットされ、軍隊スタイルといってもよかったが、巧みに段をつけてあるところからすると、腕のいい人間の手になったことがわかる。注文仕立てのダブルのスーツは、やはり高級品らしい。薄明かりのもとで見るブルナーの顔は、完璧な左右対称に思われ、その中央に細く尖った鼻があった。だが近づいてみると、左頬に三本の長い傷跡がありそれらが口の端まで達していたので、デッカーはぎょっとした。薄くなったその傷跡はいやでも人目を引く。そして、どうしてついた傷かと考える。それがわかれば、その人物の強靭さを証明することになるはずだった。

だがデッカーは、見たところ相手が身だしなみに念を入れているところからすると、カネを持っているようだと判断し、傷は手術で目立たなくしたり、すっかり取り除けるのに、そうしないで粗暴な印象を与えているのは、意図的にそうしているのだと見てとった。刑務所で受刑者たちは、虚勢を張っていろんなことをする。けしかけられると、針やナイフで自分の体を傷つけたり、ひどいときは指を切断したりすることもある。そういった者にとって入れ墨や傷跡は階級章のようなものであり、それなしでは刑務所の生活が惨めなものになると思うのだ。どんな弱みがあってそういった極端な行為に走るにせよ、もとになった弱みのせいで、彼らは恐ろしく危険な人間になりうることを、デッカーは何度も思い知らされていた。

そのドイツ人は落ち着き払って手をさしだした。「デッカーさん」デッカーがその手を取った。「ロルフ・ブルナーです」

デッカーはビールを掲げて見せた。「ドリンクをどうも。それから、ほかにもだいぶ払ってもらったようで」

ブルナーはかすかに首を動かしてちょっとうなずき、わかったという動作をした。「いや、いいんですよ。まあ掛けてください」

デッカーは腰を下ろすなりいった。「ところで、その理由を聞かせてもらおうか」

ブルナーが短く笑い声をもらした。「まったくアメリカ人ときたら、世間話をするひまもないんだな」

「世間話なんて、本心を隠すためのペテン《スキャム》みたいなもんだ」

「あの、すまない——スキャムとは？」

「人をたぶらかすこと」

デッカーがこれほど単刀直入に切りこんでくると思わなかったブルナーは、体勢を立て直すのにちょっと時間を要した。「きみをたぶらかしに来たんじゃないことは今にわかる。その反対だ。この会合からわれわれ双方が大きな利益を得ることになる。しかしまず、頼みがあるんだが、ドイツ語で話を進めてもいいだろうか」

「もちろん《ナテューアリッヒ》」

「ありがとう《ダンケ》、英語で考えるのは苦手なんでね。それに英語の慣用句もあまりわからないし。すでにお気づきと思うが、私はドイツ人だ。ここへはある申し出をするために来た」

「それがどんなものか聞く前に、おれの親父のことを知りたい」

「またきみは核心をついてきた。父上はドイツについて話したことがあるかな？」

「酔ったときだけ」

「ドイツで何をしていたか、聞いたことがあるかね」

「アメリカとロシアにぶち壊しにされたとだけいってた」

「ドイツの政治に対する興味は？」

「おれはアメリカの政治にも興味がない。それに、親父が興味をもつものは、なんでも精一杯憎むことにしていた」

「そうか。私はドイツ民主連合党に属している。党の一員としてきみに会いに来た」

「何度もいわせないでほしいが、あんたの問題に首を突っこむ前に、おれの親父のことを知りたい」

「すまない。アメリカでは英語にも手こずるけど、きみのせっかちにも参るね。エーリッヒ・ルーカスという名前に覚えがあるかね」

「覚えはないね」

「これが父上の本名だ」ブルナーが大きな封筒を渡した。デッカーがそれを開ける。「それは父上のSS時代のファイル」

デッカーはナチスドイツについてあまりよく知らなかったが、悪名高いSSのことは刑務所でいろいろ読んで知っていた。「SS！　……親父は掃除夫だった」

「きみの手の中にあるのが真実の姿だ」感情のこもらないブルナーの口調が、かえってその言葉に真実味を添えていた。

「このことをお袋は知ってたんだろうか」

「一人息子のきみにもいわなかったのなら、話したとは思えないね」

デッカーはファイルの表紙をめくった。中には、モノクロのはっきりした写真がホッチキスで留めてあった。ドイツの軍服を着た若いころの父親の姿だ。デッカーに階級はわからなかったが、将校だということはわかった。つばつきの帽子を深すぎるほど目深にかぶったところが、決然とした印象を与えている。右肩の上から射す日の光が、顔に影を作り、右頬とそのすぐ下のあごの線だけを照らしている。顔と目線をかすかにカメラからそらしているところは、写真などというくだらないことにつき合っている時間はないといわんばかりだ。決然とした感じの男だ。上着の左ポケットには、太い黒の十字が留めてあり、白か銀色の縁取りがしてある。同じメダルが首からもかかっている。「このメダルはなんだ?」

「騎士十字勲章。英雄的行為に贈られるドイツ最高の勲章だ」

デッカーはそのまま五〇年前の写真に見入っているうちに、それまで父親の中に見られなかった威厳のようなものがあるのに気づいた。この英雄をあんな惨めな年寄りに変えたのはなんだったんだろうと思わずにいられない。「親父はどうして名前を変えたんだろう」

ブルナーはたばこに火をつけ、首を傾けて煙を天井に向けて吹いた。「戦争犯罪人にされたんだ」

ブルナーの口調はそっけなかった。〈戦争犯罪人〉などたんなる〈政治的に正しい〉表現にすぎないといわんばかりだ。「親父は何をやったんだ」

「あるロシアの捕虜が処刑されたらしい。その件を調べるために父上が必要だった、ただそれだけだ。ユダヤ人どもは、できるだけ多くのドイツ人に罪を着せたかったんだよ。きみの父上は、非常に有名で勇敢な人だった。ドイツには優れた軍人はいなかった、いたのは人殺しだけだと世界に思わせたかったんだろう。父上はドイツ国民に愛されていた。その父上の名声を傷つけることができれば、ドイツの名をさらに汚すことができるからね」

デッカーがビールを飲み干すと、ブルナーはもう一杯注文した。その間にデッカーは相手の話を考えてみた。写真で見るような高潔な戦士なら、〈ただその件を調べるため〉なのに、ドイツから逃げて、惨めな酔いどれの掃除人になったりするだろうか。自分が知っている残酷な父なら、囚人を射殺するよう部下に命じることも、あるいは自分で手を下して射殺することも、あっさりやってのけたにちがいない、とデッカーは結論づけた。デッカーはファイルを繰りはじめた。「ただの人事記録じゃないか。出身校、顔写真、所属部隊。親父が何をしたかは書いてない」

「それにはわけがあるんだ。戦争末期、高級将校のファイルは、連合国に悪用されそうな部分が削除されたものが少なくなかった。多くのドイツ人同様、私も父上の偉業についてよく知っている。父上はヒトラーの突撃隊と呼ばれていてね。非常に困難な使命があってとうてい遂行不可能と思われるとき、ヒトラーはよく父上を呼ばれたものだ。もしよかったら、二度目に騎士十字勲章をもらったときのことを話してやろうか」

デッカーは突然、不本意ながら父親に対する賞賛の気持ちを抱いた。「うん」

「戦争中、枢軸国側についたハンガリーでは、ホルティ提督がハンガリー王国の摂政だった。ところがホルティは、ヒトラーに忠誠を誓ったにもかかわらず、形勢不利とみるやそのひと月後に、ロシアと交渉をはじめた。ヒトラーは激怒し、ホルティを拉致してくるよう、きみの父上に命じたんだ。少数の部下を引きつれ旅行者を装った父上はブダペストに飛んだ。だがホルティ提督はそういうこともあろうかと、身辺の警護を厳重にしていた。父上の一隊は偵察の結果、拉致は不可能だと判断した。ところがホルティにはミキという名の成人した息子がおり、いちばんのお気に入りだったが、ある日、そのミキの警護が比較的手薄であることに気づいた。数の上で圧倒的に不利だったが、父上たちはハンガリー軍に攻撃を仕掛けた。負傷しながらも父上は、手榴弾を投げつづけ、ついに提督の息子を連れて脱出に成功し、息子を空路ウィーンに運んだ。それ以後、ホルティはもはや問題ではなくなった。そして、第三帝国が無敵であるという、ヒトラーの確信はさらに強まったわけだ。ヒトラーは、父上を自分の山荘に招き、翌日に勲章を与えた。第三帝国にとって父上は真の英雄だった。ドイツ人の鑑《かがみ》だとヒトラーが考える人だったんだ」

「ここじゃカスみたいな人間だった」

「掃除人にはもったいない人だと、きみは気づいていたにちがいない」

デッカーは当時のことを考えた。「昔親父がおれにハイスクールをやめさせようとしたとき、おれたちは口論をしてついに殴り合いになったことがあった。おまえは才能を粗末にしていると親父がいった。自分はアメリカ一のおエラい掃除人のくせして、よくもそんなことがいえたもんだ、とおれは言い返したよ。そのとき、なんかあるような気はしたがね」

二人は口をつぐんだ。デッカーがたばこを取りだし、火をつけようとポケットを探っていると、ブルナーがおもむろにポケットに手を入れ、銀箔を張った二つ折りの紙マッチを、人さし指と中指の中ほどにはさんで取りだし、デッカーに渡した。デッカーがたばこに火をつけたあとそれを返す。ブルナーは同じようにして指にはさんでから、ジャケットのポケットにもどした。「親父ほどひどい男を見たことがない。まわりの者みんなを惨めにした。とくにお袋はひどい目にあった」

ブルナーがいった。「きみは父上の誇りだったと聞いていたが」

デッカーが声を立てて笑った。「おれの知ってるかぎりじゃ、親父には誇りなんて無縁だった。それに、おれの知らないどっかの英雄の写真を見せりゃ、おれがムショに舞い戻るようなやばいことを引き受けると思ったら、とんでもない思いちがいだぜ」

ブルナーがすかさずいった。「私の目的は、きみと合意に達して取り決めをすることだけだ。きっと喜んで引き受ける気になると思うよ」

デッカーは立ち上がり、ファイルをブルナーに返した。「刑務所に入らずにすんだことは感謝する。だが、親父が五〇年前に入れ込んでたことのために、またあそこに舞い戻るのはごめんだ」

「だったら、一〇〇万ドルでやる気がでるかね」

はっとこわばったデッカーの顔に笑みが広がった。「アメリカドルで一〇〇万か？」

ブルナーがうなずく。「どういう仕事か知りたくなるだろう？」

「それだけのカネが動くとなると、誰かが死ぬことになるんだろうな」

ブルナーが平然としていった。「少なくとも、その誰かは三人いる」その答えを聞いてもデッカーはひるむようすもなかった。「しかもそれは出発点にすぎない」

「なんの出発点だ」

「きみにあるものを取りもどしてもらうための」

「何を？」

「莫大な価値のあるものだ」

ブルナーがそれ以上説明しないので、デッカーはちょっと考えた。「それがなんであるか正確にいわないのは、おれが独り占めすると思ってるからだ」

「立場が逆だったら、きみだって当然そう思うだろう」

「すると、お互いを信用するにはどうしたらいい？」

「きみが信用できる人間だということを示してほしい」

「どうやって」

「私がいった三人のうちの一人がニューヨークに住んでいる。その人間をリストから消して、くれれば、信頼の基礎が築かれたとみなしていい」

「人殺しをさせて、おれの首根っこを押さえようってわけか」

「私の立場だったら、担保を取ろうとするのは当然だ」

「仕事がおわっても、その担保はおれに一生ついてまわる」

「この件できみのやったことは、決して明るみに出ないと誓うよ」

デッカーはちょっと苦笑した。「ここいらじゃ、〈誓う〉なんてことは、いささか時代遅れなんだよ」

ブルナーはこれ以上くわしい話をしたくなかったが、デッカーが何らかの保証を必要としていることはわかっていた。「取りもどしてもらいたいものが何だかわかれば、明るみに出ることで私がこうむる打撃は、ナチスの年寄りを何人か殺すどころのものではないとわかるはずだ。その場合、私の立場はきみの立場よりずっとあぶなくなる。要するに、二人が互いの犯罪を知っていることで、二人は動きがとれなくなるというわけだ。それに、こっちはきみにカネを払って殺人を依頼していることを忘れないでもらいたい。そうなると、私もきみ同様、アメリカの当局に追われる立場になるはずだ。それから、きみが最初の仕事をやりおえたら、きみの忠誠心が証明されたとみなして、一〇万ドルを払う。残りは、仕事がすべておわってからだ」

ブルナーが何を回収してほしいのかわからなかったが、一〇〇万ドルが鼻先にぶら下がっているとなれば、そんなことはどうでもよかった。「いつもいっしょに仕事をする仲間がいる」

「この三人に死んでもらうおもな理由は、きみに回収してほしいものの存在を彼らが知っているからだ。その理由だけで、すでに一人死んでいる。きみの仕事の一つは、存在を知る人間を一人残らず消すことだ。一人でもほかから邪魔が入ることを避けたいし、きみの仲間がその一人になることは絶対に困るのだ。きみの仲間は、探すものが何か教えられなくても、命令に従うかね」

「それだけのカネのためなら、大丈夫だ。それに、現金輸送車を襲ったときだって、おれは仲間を見捨てるようなことは決してしなかった。おれのいうことなら、なんだって聞くさ」

「きみが自分の責任で人を使うのなら、それでもいい」

「当然だ」

「仲間が問題を起こすようなことがあれば、きみに責任を取ってもらうといってるんだ」

「で、問題が起きたと判断するのは誰だね」

「私だ、もちろん」ブルナーがいった。

たとえ一〇〇万ドルが目の前にぶら下がっていても、脅しをかけられるのは、デッカーにとって面白くなかった。「ところで、あんたが弱い者いじめをするようになったのは、政治家になってからかね、それとも、それは生まれつきかい？」

トゲのある物言いにも動じる気配を見せずブルナーはちょっと考えてからいった。「弱者は誰かがまとめて支配する必要があると気づいたのは、子どものころだった」

「それを今やってるわけか？」

「歴史に名を残す大人物はみなそれをやった」ブルナーがいった。

「人殺しも、歴史に名を残すために必要なのかい？」

デッカーのような人間からそんなことをいわれるとは予想していなかったので、ブルナーは、相手を見損なっていたのではないかと思った。「きみは人殺しができるかね」

「腹を立てたら、やるね」デッカーが答えた。

「どんなことに腹を立てる？」

「誰かがおれを支配しようとしたら」

ブルナーが笑った。「それが限界だと覚えておこう」

「たしかナチスの最大の問題は、限界を知らなかったことだと思うが」

「ああ、それはたしかだ。その点では、われわれはナチスを決して評価していない」ブルナーがデッカーに小さな紙切れを渡した。「明後日の午後六時、ニューヨークのこのホテルに来てほしい」

第六章

ジョナサン・ガイストは、大学に入って間もないころ、自分の才能では絵描きになるのはむりだと気づき、教師になろうと決めた。だが第二次大戦のせいで、その計画もふいになった。そのうち軍隊に取られるにちがいないとびくびくしていた彼を救ってくれたのが、ある教授だった。その教授は、ヨーロッパ中から押収された美術品の整理・保管をする責任者だった。絵が好きで鑑識眼もあるガイストのことを覚えていた教授は、兵役免除の手続きをしてくれ、ガイストをオーストリアのリンツに連れていった。そこでガイストは、数十人の男女と共に、世界最大の美術館をつくるというヒトラーの構想実現に向けて仕事をすることになった。彼の友人や親戚は、日々戦争の恐怖に直面しながらすごしていたが、ガイストはヒトラーの略奪美術品のカタログ作りという、のどかな仕事をしていたのだ。

最初のうちガイストは、〈総統のたくわえ〉計画の中でも、ごく軽微な役割についていた。ところが連合軍がベルヒテスガーデンの町に迫ってきたとき、ガイストは急遽《きゅうきょ》ゲーリングの居宅に呼びだされた。そこで彼は、ドイツからひそかに持ちだす美術品の選別を手伝うことになった。

美術品が梱包され厳重な警戒のもとに運びだされたあと、選別に従事した人間がゲーリングの書斎に呼ばれた。とりわけゲーリングは若いガイストが祖国に対して大きく貢献したと感謝の意を表し、ＳＳの名誉ある指輪、髑髏《どくろ》の指輪を贈った。これには、死の象徴である髑髏のほかに、いくつかの神秘的な象徴が彫ってあり、ドイツ人の〈心的な〉美徳を高めるものとされていた。ガイストは、ＳＳ隊員の切望してやまない髑髏の指輪をもらったことを非常に名誉に思い、ゲーリングと第三帝国に永遠の忠誠を誓ったのだった。

ほかのナチと同じく、ガイストも最初は中東に逃げた。しかし、ヨーロッパの混乱状態が中東にもおよび、より安全な地をめざして、アメリカに行くことにした。これは彼にかぎったことではない。そのころ多くの元ナチが実名や偽名を使ってアメリカに入国した。当時世界の自由を脅かしはじめた共産主義の脅威から逃れるという名目だった。

ニューヨークに着いた彼は、ドイツ語の専門的な定期刊行物を英訳する仕事に就いた。収入は大してなかったが、余暇を利用して美術品取引の業界に入り込むには好都合だった。ヨーロッパは戦後の混乱期にあり、美術品取引でニューヨークが世界の中心になっていた。ガイストは、暇さえあれば芸術家や画廊のオーナーとつき合うようにした。美術館や画廊巡りをしていないときは、芸術家たちが集うカフェやコーヒーハウスの紫煙の中で夜の時間の大半をすごした。

リンツで膨大な量の名画に接した経験をもつ彼は、さまざまな様式のヨーロッパ絵画について非常にくわしかった。美術市場は活況を呈していたが、繁栄したらしたでそれに伴う問題も生じていた。贋作《がんさく》が次第に多くなり、売り手も買い手も自衛のために、ガイストに鑑定を頼みに来るようになった。

近年は、ロワー・マンハッタンのソーホーに小さな事務所を構えるまでになっていた。そして美術品仲買人としてかなりの地位を築き、大きな取引があると、ときどきその名が新聞に載ることもあった。それなりの暮らしはしていたものの、彼くらいの年齢の男が夢見るような安定した資産を築くことはかなわず、いい取引はないかとつねに待ち望む、といった生活だった。

ベルヒテスガーデンで目にした膨大な美術品のことを考えるたびに、あれは今どこにあるのだろうかと思うのだった。そして、あそこにあった絵の仲介を頼まれる機会がそのうち訪れるのではないかと、夢想することもあった。

ガイストはまもなく、自分が信用されるのは、ヨーロッパ人であることがなぜか大きく寄与していることに気づく。それに気づくと、ヨーロッパ出身であることをわざと強調するようになった。うやうやしく頭を下げておじぎをし、決して急がずゆったりと構えて客の応対をし、黒っぽい三つ揃いのスーツを着て、金の懐中時計をもった。脂《あぶら》で固めて大きく弧を描いた口ひげまで蓄えた。話す英語には強い訛りがあり、短母音が二重化してもたもたしているが、その話し方には彼の母語であるドイツ語の几帳面さと威厳が備わっていた。美術取引の業界で彼は、押しも押されもせぬ権威として信用されるようになっていた。

したがって、『マルリの水飼い場』というアルフレッド・シスレーの絵がひそかに競売にかけられたとき、競売のおこなわれる画廊の主人から、彼の〈上得意〉に競売の話をもちかけてくれないかと頼まれたのもふしぎではなかった。そのシスレーは、例の〈たくわえ〉にあった絵の一つで、ゲーリングの命令で梱包した覚えがあった。そこで顧客の一人に電話をした。その顧客は有名なアメリカの劇作家で、最近はフランスの印象派に凝っていたので、当時の絵ならなんでも手に入れたいと大乗り気だった。そして、三〇〇万ドルまで値をつけていいから絵を手に入れてほしいと頼まれた。

ガイストは興奮した。あのコレクションはアメリカにあるんだろうか。東西ドイツの統一後、誰かがついに政権をとろうと動きだし、その活動資金に〈たくわえ〉を売ることにしたんだろうか。もしそうなら、残りの絵を売る仲介役に自分がなれるのではないか、と期待が高まるばかりだった。

あの夜、ひそかにゲーリングに呼ばれたとき、この件について口外しないことを誓わせられ、もし誰かに連絡する必要が生じたときでも、ゲーリング自身かハンス・トラウヒマン以外の者には決して話してはいけないといわれた。ガイストは、まだドイツ国内にとどまっていた弟に、封をしたトラウヒマン宛の手紙を入れて送った。その手紙に、シスレーの絵がニューヨークの私的なオークションに出されようとしていると書いたのだった。もしすべての絵を売るつもりなら、自分はニューヨークの美術取引で名をなしているから、売買の仲介をさせてもらえたらありがたい。弟は〈たくわえ〉のことを知らないので、返事をくれるなら自分に直接送ってほしい、と書いた。

だが、返事は弟から来ただけだった。頼まれた手紙をとどけたが、トラウヒマンはその一〇日後に病死したというものだった。

今夜ガイストは、新人アーティストの展覧会に行くことになっている。ある女性の作品が小さな画廊で展示されているのだ。彼女は空手の教師だったが、おもに仏教の瞑想によって才能に目覚め、金属を溶接して芸術作品を創りだしたのだ。芸術作品といっても、こういうものはとるに足らないガラクタだ、とガイストは思っていた。

美術市場はつねに〈新鮮な〉作品を発掘しようと血道を上げている。うっかりするとアメリカという国はひどく退屈なところになりかねないので、新しいものなら、それが一時の流行におわったり陳腐なものであっても、なんでも飛びつくのだ。こんなことを考えるのも、自分が年を取って柔軟性がなくなってきたせいだろうか、とガイストは思うのだった。不満がつのるにつれ、若い頃のことをひんぱんに思い出すようになっていた。ナチスドイツの時代には伝統があり、移ろいやすい気まぐれなものに惑わされないだけの美学があった。今夜ガイストが展示会に行くことにしたのは、間近に迫ったシスレーの競売について、何か噂が聞けるのではないかと思ったからだ。競売に参加できるのはほんの一握りの人間だけで、その中の一人に加わった彼は、ニューヨーク美術界でつかの間のステータスを手に入れたわけだ。そして、こういったところに顔を出していれば、そのつかの間のステータスも確固たるものになるはずだった。

今夜の展覧会場は、少なくとも早いうちは、空手を教えていた頃の弟子たちや、彼らと同じくらい鑑識眼のない熱心なファンでいっぱいになるはずだった。彫刻のことより溶接のことのほうがはるかに理解できそうな連中だ。しかしながら、ガイストたちはその点を心得ていて、RV車が全部いなくなってから画廊に出掛けていくことにしていた。

自分の事務所へ行く階段を上りながら、なんてひどい場所だろうとぶつぶついったが、考えてみれば階段の傾斜が急に感じられるのは年のせいなのだ。彼は自分の年を呪った。ガイストは留守電にメッセージが入っていないか調べるつもりだった。例の劇作家がシスレーの競り値を上げようとしているからだ。むろん、今夜画廊で競売の詳細について人に話すわけにはいかないが、いろんな事情に通じていればそれだけ大きな顔ができる。ニューヨークの業界では、これは大事なことなのだ。

留守番電話の表示装置を見ると、メッセージが三つ入っていることがわかった。ガイストはスーツのジャケットを脱いで、無意識のうちにぶつぶついいながら腰を下ろした。鉛筆と紙を手に取ったが、三回とも無言で電話を切っている。最後はほんの一〇分前だ。電話帳に載っていないここの電話にまちがい電話がかかってくるのは、一回だけでもおかしいのに、三回もかかったと知って嫌な気がした。メッセージを消そうと巻き戻しボタンを押したとき、電話が鳴った。「もしもし」なぜかガイストは用心しながらいった。

「ヘル《ミスター》・ガイストをお願いします」

〈ヘル〉をつけて呼ばれることはほとんどありえないし、相手がドイツ語を知っていることが、その発音からわかった。長い間眠っていた警戒心が、老ナチの胸によみがえった。こんな胸騒ぎを覚えるのは、この五〇年間なかったことだ。とっさに彼はいった。「申し訳ないが、今ここにはいません」電話が切れたとき、心の中で自分のドイツ訛りを呪った。

机の引き出しを開けて、奥のほう、何冊かのノートの下から黒い革張りの指輪入れを取りだした。ふたを開けて髑髏のしるしをじっと見つめた。あの夜、この指輪をゲーリングから贈られ、これをつけて墓に入るようにという指示を受けて以来、ガイストは一度も指にはめたことはなかった。

なぜかわからないがガイストはそれを指にはめた。その指輪が彼のドイツ魂を鼓舞したのか、息苦しいほどの恐怖心が軽くなったような気がした。

階下の鍵はかけただろうか。ときどき忘れることがあるのだ。彼はまた自分の年を呪った。

そのとき、妙な音がした。錠前の中で金属がこすれるかすかな音だ。歯科医が細いスチールの器具で歯の治療をするときのような音。ガイストは音のするほうに声をかけた。「誰だ」

こすれる音が大きくなった。そして……これまで何度聞いたかわからない、カチッという金属的な音がした。錠前がはずれる音だ。「そこにいるのは誰だ」

今度は、それに答えるように、足早に階段を上がってくる若者らしい足音がした。ガイストは受話器を取りあげ、911番にダイヤルした。濡れたような髪をした屈強なロン・スレイドの長身がいきなり目の前に現れ、手から電話をもぎ取った。声をあげる間もなく、第二の男ジミー・ハリソンが、ガイストの口を手で覆う。スレイドが電話で話した。「ええ、今何時か知りたくってね。……それが、急ぐんですよ。一時間ほどしたら人に会う約束があって……」スレイドがハリソンを見てにやりとした。「向こうが電話を切ったよ」そしてハリソンにガイストの口をふさいだ手をのけるよう合図した。「これでおしゃべりができるよな、ガイストさんよ」

それに答える前に、また階下のドアが開き、さらに二人の足音が事務所に向かってあがってきた。今度の足音はもっとゆっくりで落ちついている。ロルフ・ブルナーとカート・デッカーが二階の踊り場に現れた。

ガイストは後から来た二人を見てから、自分を襲った二人に目をもどした。「なんの用だ」

ブルナーがドイツ語でいった。「もっともな質問だ。ハンス・トラウヒマンから頼まれて来た」ガイストは何をいうべきかわからなかったが、トラウヒマンの名前が出たからには、例の〈たくわえ〉に関係があるにちがいないと思った。「〈総統のたくわえ〉のことを誰に話したか、聞きだしてほしいとトラウヒマンにいわれた」

「中佐は死んだ」

老人の答えを無視してブルナーがいった。「ああそれから、これはカート・デッカー。父親のエーリッヒ・ルーカスのことは知ってると思うが」

「ヒトラーの突撃隊の？」

ブルナーはデッカーのほうを向いて、デッカーを喜ばすというより怒りに火を注ぐような口調でいった。「ほらね、きみの父上は有名人だろ」

デッカーはブルナーの意図をくんでガイストののど仏をつかんだ。ガイストはちょっとあがいたが、デッカーの力にはとうていかなわないと悟った。

またブルナーがいった。「〈総統のたくわえ〉のことを誰に話した？」

肺の酸素が残り少なくなったガイストが両手でデッカーの手首をつかんで一瞬もがいたが、無駄だと悟り、息も絶え絶えに答えた。

「誰にも……誰……にも！」

デッカーがガイストを軽々と椅子からつまみ上げ、一同の目を見るように顔を上向かせた。「それが嘘でないと、どうしてわかる」

「私は年寄りだし、死にたくないからだ」

嘘をついた証拠が少しでも現れていないかと、デッカーがガイストの顔をしげしげと見る。「嘘をついたまま墓に入りたくはないだろ、え?」

「殺さないでくれ、カネならあるから」

ブルナーは、デッカーにうなずいて、手を放すよう合図した。「これはカネの問題ではない。誰に話したかいうんだ」

ここでガイストは、殺されると思った。理由がわからない。裏切ったことはなかった。それなのに、この男たちは誰が絵のことを知っているか教えろという。ということからわかるのはただ一つ。絵のことを知っている者をすべて消すということだ。ガイストは顔に傷のある男の目をのぞきこんで、その恐れが現実のものであることを知った。誰にも絵のことは話していないが、もし話していたら、そのせいで自分は殺されるだろう。もし話していなかったら、絵のことを知っているという理由でやはり殺される。突然、ガイストの声が威厳をおびた。「私は誓いを破ったことはない。なんとでも好きなようにしろ」

ブルナーは、このときはじめて、トラウヒマンが賢明だったことを理解した。絵を探しに行く前に自分を殺せといってきかなかった。この仕事をやり遂げるにはどうすべきか、トラウヒマンはまず身をもって示したのだ。トラウヒマンが示してくれなかったら、ブルナーは警告だけしてガイストを解放していただろう。それがどんなに危険をはらんでいるか、ブルナーは今わかった。生きたままにしておけば、この使命の達成はおぼつかない。ブルナーはたばことライターを取りだしていった。「誓いを守ったことと、腹が据わってることを誇らしく思っているようだね。仮にだが、もしトラウヒマン中佐がここに現れたとしたら、彼の命令に今でも従うかね」

その質問を聞いて、ガイストは一瞬助かりたいという思いに襲われた。ひょっとしたら望みがあるかも知れない。「もちろんだ。あんたがいったとおり、私はずっと誓いを守ってきたんだ」

「だったら、なぜ私が彼の命令を実行しなければならないか、わかるだろう」

ここでガイストは、ブルナーが自分をいたぶっているだけだと気づいた。これまで感じたことのないほどの激しい怒りにまかせてガイストが言い返した。「知るもんか。これまでずっと、なんの問題もなく死人の命令に従ってきたんだ」

ブルナーが笑った。「あんたらナチスはしぶといよ」

ガイストは何もいわなかった。これ以上いうべきことはない。ブルナーはたばこを落とすと靴でそれを踏みつけた。それからデッカーのほうを見て、かすかにうなずいた。

スレイドが老人の後ろに立ち、口をふさいだ。手にはいつの間にかナイフが握られている。ためらうことなく、それで老人ののどを切り裂いた。首の左側のたるんだ皮膚を鋭い鋼が切り裂いたとき、ガイストはもがいた。刃はすぐに頸動脈に達し、なま温かい血が首を流れる。つぎに彼は、心臓の鼓動が弱くなりだしたのを感じた。

奇妙なことにガイストは、自分を殺すやり方の手際よさに感心した。こんなふうに抱えられれば、殺す者は一滴も血液を浴びずにすむ。この男は、前にも人を殺したことがあるんだろう。

最後にスレイドがそっと手を離して、老人を床におく。

ハリソンはすでに、四人の手が触れた場所をふき取っている。スレイドもそれを手伝いだす。ブルナーは、落ち着いて手慣れた二人のようすに感嘆した。ここに入って以来の行動を覚えているらしく、入念にたどってなめらかな面を順序よくふき取っている。

デッカーがドイツ語でいった。「これが担保だ。さあ、そのフューラーフォァベハルトについて話してもらおうじゃないか。

〈たくわえ〉だよ、〈総統のたくわえ〉。ええと……〈総統のたくらみ〉だっけ？」

その中の一点が競売にかけられる。〈たくわえ〉。一〇〇点の絵が隠してあるんだ。二、三日したら、〈たくわえ〉の絵は終戦時にドイツからひそかに持ちだされ、ドイツの新しい指導者のための資金になるはずだった。それを取りもどすために、私がやってきたというわけだ」

「絵はどこにある」

「一〇〇万ドル払うのは、それを見つけるためだ」それからブルナーは、ハンス・トラウヒマンの監房に呼ばれたことを話したうえ、〈たくわえ〉そのものについてはもとより、その在りかを知っている人間についても洗いざらい説明した。

「そのトラウヒマンってやつは、あんたにラトコルブの居場所をいえと、死ぬ前になんだってブラウンにいわなかったんだ」

「ブラウンはゲーリングに厳命されていた。ラトコルブの居場所は、ゲーリングかトラウヒマン以外の者に決していってはならないと。ブラウンは、異常なほど忠実な男らしい。ゲーリングとトラウヒマンが死んでもそれに変わりはない。命令されたことはあくまでも守るだろう。それに、ブラウンも生かしておくわけにはいかない。ブラウンを殺す前に、なんとかしてラトコルブの居場所を聞きだせ」

「どうやらあんたは、いっしょに行かないらしいな」

「私はこれ以上この件に関わるわけにはいかない。それに、きみの仲間はすごいやり手とみた。ところできみとの連絡はどうやってつける?」

 デッカーはガイストの机からペンを取りあげ、メモパッドに名前と電話番号を書きつけた。シャツでペンをぬぐったあと、それを机の上に投げてもどした。それから、番号のあとが下に残って証拠にならないよう、パッドの紙を五枚ちぎり取ると、それをたたんでポケットに入れた。次に、番号を書いた紙をブルナーに渡す。「この女は信用していい。おれは日に何度か、連絡が入ってないかここを調べるよ。さてと、カネを払ってもらうことになってたな」

「もちろん払うよ。カネはホテルの金庫に入っている」というと、階段のほうを手で優雅に示した。「行きますかな」

 ブルナーはガイストの死体を見下ろした。

仕事を終えたハリソンとスレイドが、通りかかる者はいないかと見張りながら、階段の下で待っている。ブルナーとデッカーが階段を下りて半分ほど来たとき、「しまった！」といってブルナーが上にのぼりはじめた。

「どこに行く」デッカーが訊いた。

「上にたばこの吸いさしを残してきた。吸い殻からDNAがわかることもあったよね」

デッカーはそのまま階段を下りていく。「急いでくれよ」

ブルナーは死体の脇を通って、吸い殻をつまみ上げた。ジャケットのポケットからビニールの封筒を取りだす。中には、銀箔を張った二つ折りのマッチが入っている。ホテルのバーでデッカーがたばこに火をつけるとき使ったものだ。ブルナーはそれを取りだすと、光にかざして、デッカーの指紋がくっきりついているのを確かめた。注意しながら、それをガイストの胸におき、吸い殻のほうはビニールの封筒に入れた。こうしてブルナーはデッカーが〈たくわえ〉を自分のものにしようとしたときに役に立つ保険を手に入れたわけだ。指紋だけで名前がわからないとき、警察はその指紋を州に送って指紋照合装置にかける必要が出てくるだろう。だがデッカーの弁護士から受けとったファイルによると、デッカーはニューヨーク州で逮捕されたことはないはずだった。

ブルナーはそこを出ると急いで階段を下りていった。

第七章

誠意のしるしは一〇〇万ドルの支払い保証小切手だった。マンハッタンのロワー・イーストサイドにある小さなワイゼル画廊で催されるシスレーのオークションには、入場料が必要だったのだ。画廊の主サム・ワイゼルが、この五〇年間市場に出ていない『マルリの水飼い場』のオークションに招待したのは、一〇人あまりの熱心なコレクターだけだ。

売り手は名前を明かそうとしなかったが、売り手の仲介人ロバート・ピアジーは、売買は極秘のうちにおこなわれること、もしこのオークションが公《おおやけ》になれば、予告なしに取りやめにする、という条件をつけていた。こういった尋常でない制限を考慮に入れ、ワイゼルは細心の注意を払ってシスレーのオークション参加者を選んでおいた。絵を買うだけの経済力があることはむろんだが、異常ともいえるこのオークションの条件を考えると、口が堅いことも同じくらい大事だった。一人一人に連絡したとき、ワイゼルは絵のことを話す前に、口外しないことを相手に誓わせた。

参加者全員に連絡を取ったあと、もともと弁護士でもある仲介人のピアジーは、一〇〇万ドルの保証金を取るという条件をつけ加えた。驚いたワイゼルは、そんなことをしたら、顧客が気を悪くすると反対したが、ピアジーは、売り主がこの付帯条件を強く要求しているといった。ワイゼルはピアジーをあまり信用していなかった。美術業界で信頼と権威を確立した人物とはとうていいえなかったからだ。しかし、売り主に直接接触できないとあれば、ワイゼルはこの条件をのむしかなかった。

そこでワイゼルはオークション参加予定者たちとまた連絡を取った。意外だったのは、誰もが、高額な保証金を要求されたことに、絵を手に入れるのと同じくらいスリルを感じているらしいことだった。これは途方もなく異常なオークションであるうえ、ひどく大げさな雰囲気が自然にできあがっていた。

しかも、このオークションはあとでたいへんなゴシップのタネになりそうだった。オークション自体もさることながら、さらに人の耳目をそばだたせることが加わったからだ。招待客の一人ジョナサン・ガイストが、その前夜に殺害されたらしいという噂が、画廊の内外でささやかれていた。

七人の男と二人の女が、小切手を手に小さなこの画廊に集まってきていた。あと二人、ワイゼルのところへ小切手を送ってきた者がいて、名を明かさないその二人は、電話でオークションに参加することになっている。開始時刻が近づくと、白い麻のジャケットを着たウェイターたちが、冷えたシャンパンと黒いキャビアを供してまわった。

一人だけ、支払い保証小切手を出さずに出席しているのが、シヴィア・ロスだ。彼女は国際美術研究財団（ＩＦＡＲ）を代表してここに来ていた。ＩＦＡＲ《アイファー》は、盗難美術品を探しだして、正当な持ち主に返す活動をしている。一週間前に匿名の電話を受けとったあと、シヴィア・ロスは絵の来歴を調べて、これは一九三九年にナチスがユダヤ系オーストリア人の持ち主から略奪したものであると結論づけた。そこでワイゼルに会いに行き、ちょっと激論を闘わしたあと、ワイゼルから協力の約束を取りつけたのだった。

ワイゼルは身軽に招待客のあいだを歩きまわりながら、ホストらしい笑みを浮かべた顔で会場をたえず見渡していた。その目はたびたびシヴィアの上に止まった。あれほど魅力的なのに、ちょっとまじめすぎるようだ。シスレーを手に入れようと期待に胸を躍らせながら入ってくる招待客を、きらきら光る黒い目で注意深く観察している。三〇代のはじめで、優雅な物腰が身についている。人の話を聞きながら微笑むことで、相手の心をつかむすべを心得ているようだ。彼女に会った男たちは、自分も若いときは夢があったのに、これまで彼女に会わずにすごして来たため惨めな選択をしてしまった、とはじめて思い至る。彼女はそんな女性なのだ。六〇代のワイゼルは、このときはじめて、自分が年を取ったことを悔やんだ。会場を見まわし、彼女がほかの男たちにも同じような気持ちを抱かせているのを知った。男たちはときどき会話を中断しては、彼女のほうをじっと見て、その視線を捕らえようとしている。

引きつづき会場を回りながら、不安と期待がもたらす興奮が高まりつつあるのを感じた。

ここで超然としているのは、ジェイソン・タルスマンだけらしい。体重が一三六キロもあるこの証券仲買人は、絵にもうるさいが、食べることに関しても同じくらいうるさい。今彼はシャンパンを一口飲んでから、まるで毒でも飲んだといった顔でそれを下に置くと、次に、もうあきらめたというようにキャビアのにおいをかぎ、それがイランのでもロシアのでもなくアメリカのものだと気づいた。そのことをワイゼルに知らせるため、キャビアをのせたクラッカーを、それがどこに落ちようとかまわず指からぽとりと落としてみせた。

味がわかるのは自分だけだという顔をしやがって、とワイゼルは思った。そして声を張りあげていった。「それではみなさん、はじめましょうか」

とたんに場内が異様な静寂に包まれた。なにしろ絵を手に入れるのはただ一人なのだ。一同が腰を下ろすと、制服を着た二人のガードマンが、覆いをかけたイーゼルを運んで来た。ガードマンはそれを会場の正面におくと、邪魔にならないように後ろに下がったが、適当な場所で立ち止まって、期待に燃える招待客たちにその値打ちを思い知らせることを忘れなかった。

シヴィアは、後方の席に着いた売り手の代理人ピアジーのそばに腰を下ろした。競りの間、彼のようすを観察しようと思ったからだ。ピアジーはシャンパンをがぶ飲みすると、興奮を抑えながら両隣の客たちに話しかけている。この男は自分の本心を抑えるのが下手だ、とシヴィアは思って内心喜んだ。彼の弱みは欲が深いことで、これは大いに見こみがある。

その手の弱みにつけこむのは、シヴィアの得意とするところだったからだ。

芝居がかった除幕式がはじまった。シスレーとその作品についてワイゼルが少々うんちくをかたむけたあと、ワイゼルの助手がおもむろに覆いを取り除くと、客のあいだから低いつぶやきが漏れた。

シヴィアはシスレーの絵をよく知っていた。印象派の中では比較的地味な存在だが、彼は印象主義の創始者の一人とされている。モネやルノワールと同時代の画家で、繊細で清澄な風景画で名高い。彼より有名な同時代の画家たち以上に、その作品は広々とした大気のすがすがしさを描きだしている。たえず新しい技法を試していたモネが、その結果雑な絵も描いたのに対して、シスレーのものはどれをとっても見事に完成された絵になっている。

この絵も、彼のほかの作品と同じく、空が大きな部分を占めている。暗い雪景色だった。ぼやけた描写の沈鬱な絵で、シスレーの特徴である明るく陽気なところがない。調べた結果、脂の乗り切った一八七六年の作だとシヴィアは考えていたが、彼の最高傑作とは言い難く、そのことが価格にどう影響するか、興味のあるところだった。

開始価格は一〇〇万ドルだった。シヴィアがピアジーのほうをちらっと見ると、笑いを抑えられないという顔をしている。

二〇分後、ワイゼルが絵の売買が成立したと宣言した。電話で四六〇万ドルの最終価格がつけられたという。

大兵肥満《だいひょう》の仲買人は、椅子から跳び上がると、だまされてひどい映画を最後まで観てしまったとでもいうように会場から足音荒く出ていった。

落札した人間が会場にいないので、ほかの者は、これが見納めと絵の近くに寄ってきた。シャンパンのボトルがさらに何本か開けられ、人々は気抜けした顔でそれを飲んだ。ピアジーは自分のグラスにシャンパンをついだあと、サム・ワイゼルのところへ行き、握った手を勢いよく振った。「おめでとう、サム」

「ありがとう、ロバート。あんたの依頼主にもお祝いをいいたいよ。ところで、ちょっといいかな、事務所で話したいことがあるんだが」

ピアジーは、また空になったグラスを機嫌よく掲げてみせた。「こいつをあと少し飲ませてくれ。すぐ行くから」

ピアジーがバーテンのところへもどっていくと、ワイゼルがシヴィアに合図をした。五分後、三人はワイゼルの個人オフィスに腰を下ろしていた。「ロバート、こちらシヴィア・ロスさんだ」

シャンパンのせいと、大金が手にはいるという期待のせいで顔を火照《ほて》らせたピアジーは、愛想笑いを抑えることができない。「これはこれは。オークションのとき、あなたのことは気がついてましたよ。値は付けられましたかな?」

サム・ワイゼルは興味津々《しんしん》で椅子の背に身をあずけた。ピアジーは株価操作ではやり手だという評判をとっている。こんな回りくどい取引の仲介を頼まれたのも、そのせいだろう。自分は、これからはじまる闘いでシヴィアの側に立って、ひと肌脱がざるをえないだろうとワイゼルは思った。だが、シヴィアはすでに、ワイゼルに対するのと同じく、ピアジーに対しても、一歩優位に立っているようだ。自分の助けはいらないかもしれない。なにしろ早く闘いの火ぶたを切りたくてうずうずしているようすなのだ。シヴィアはハンターであり、ロバート・ピアジーに逃げ道はなさそうだった。

「それが、私はちょっとちがうんです。お金を使わずに絵を集めてますの」シヴィアが謎めいた微笑でピアジーの好奇心をあおった。

「それだったら、大したものは集まらんでしょう」

「とんでもない。最高傑作をいくつも手に入れました」

シャンパンと、まもなく手に入る仲介料のせいで、ピアジーは有頂天だったが、シヴィアのようすには、喜ぶのはまだ早いと思わせる何かがある。ピアジーは闘志がわいてくるのを感じた。闘いの始まりを何度も経験したことのある彼は、この魅力的な女を敵に回すことになるんだろうかと思った。思いちがいであればいいと念じながら、ピアジーはとびきりの愛想笑いを浮かべていった。「降参。どういうことなんです？」

「国際美術研究財団というのをごぞんじですか」

「いやあ、知りませんな」

「盗難美術品の回収をする機関です」

ピアジーに入ってくる仲介料は何十万ドルという額になるはずだ。準備段階をふくめてこの取引に要した時間は四〇時間足らずだった。話がうますぎるとは思っていたが、これまで何度もうまい話を扱ってきた。ただ飯には危険がつきものだ。しかしその危険を排除するために闘うのが、彼の商売だ。しかも、彼はそれを得意としている。かすかに残るシャンパンの酔いを武者震いで払いのけながら、ピアジーはこの仲介料をフイにしてなるものかと思った。ワイゼルのほうを見ると、われ関せずと涼しい顔をしている。ピアジーはシヴィアのほうを向いた。

「なるほど。するとあなたと私がここにいるのは偶然じゃありませんな」

「あなたの絵は、一九三九年にSSによって押収されたものです」

「そいつは残念だ。しかし弁護士である私は私有財産の所有権について少しばかり知識がありましてな。そこで――」

シヴィアが三ページからなる文書を手渡した。「この絵の差し押さえ命令です」

ピアジーは手早くページをめくった。「そっちにこんな権利は――」

「あります」

「こっちも裁判所の命令を取ることができる」

「たぶんね。でも、手弁当であくまでも闘う気でいるユダヤ系弁護士が何人いると思う?」

「何人だろうと気にしない」

「怒りがおさまったら、気になるはずよ」ピアジーの頭がめまぐるしく働いた。「なんでまた、オークションの前に差し押さえなかった？　そのほうがはるかに簡単だろうに」

「たしかにそうね。でもそうなると、こっちに取引材料がなくなる」

「よくわからないが」

「今はお互い、相手のほしいものを手にしている」ピアジーにはまだわからない。「交換条件があるの」

「どういうことだ」ピアジーがいった。

「そちらにはいくら手数料が入るの？」

「一〇パーセント」ピアジーはサム・ワイゼルを見て、ワイゼルが彼女の側についていることを悟った。「オークションの開催者であるサムに、一万ドルが行ったあとだけど。しかしそのことはすでにわかってたはずだ」

シヴィアは非難がましい相手の言葉を無視した。「するとそちらには五〇万ドル近くはいるわけね。それは大金だわ。こちらの希望がかなえられれば、この差し押さえ命令は使わないことにする。すなわち売買はそのまま つづけられ、あなたには仲介料がはいるわけ」

「で、そっちの希望とはいったい……なんだ」

「売り手の名前と住所」

「弁護士には依頼人の機密を明かすのを拒否する権利がある。そんなことをしたら倫理違反だ」

「今の世の中に、倫理を気にする人がまだいたなんて、すばらしい。何十万ドルという収入をあきらめるのも辞さずにね」

ピアジーは文書を見たが、読んではいなかった。「この取り決めはここだけの話だろうな？」

「もちろん」

「一つだけわからないことがある。おたくの財団が盗難美術品の回収だけをやるなら、なぜこの絵と引き替えに名前と住所を聞きだしたりするんだ」

「このシスレーをもっていた人物は、同じくらい価値のある作品をあと四点か五点もっていると思う。その中の二点はヴァン・ダイクとフェルメールで、これよりはるかに高額になると見込んでいるの」

ピアジーが疑わしげにいった。「そりゃあかなり大胆な予想だな。そっちの財団では、何かまだつかんでるんだろ」

シヴィアが声をひそめて身を乗りだした。「ひと月後には、今夜シスレーを買った人物に対しても、別の裁判所命令が出ることになってるの。でも、あなたのいうとおり、これはここだけの話」

ピアジーがにやりとした。この女に対する新たな賞賛の気持ちがわいた。「そして私の仲介料は正当な取引からえたものだから、取り消しの対象にはならない」

「うちの弁護士はそう見ている」

「用意周到だな。だが一つ訊きたいが、このオークションのことをどうやって知った？ どこにも知られないよう細心の注意を払ったんだが」

「匿名の電話がかかってきたのよ。どうやら至るところに協力者がいるようね」

「そうらしいな。こっちの仲介料はいつももらえる」

「売り手の住所を教えてもらい、こちらでそれが確認できたらだから、二週間から三週間後だと思う」シヴィアがワイゼルを見ると、彼がそのとおりだというようにうなずいた。

ピアジーは倫理違反を犯すことで心の葛藤があるとでもいうように、ためらって見せた。

「売り手はジョンソンと名乗った」

「ファースト・ネームは？」シヴィアが訊いた。

「一度もいわなかった」

「住所か電話番号は？」

「連絡はいつも電話だった。おまけにいつも向こうからかけてきた。電話番号を訊いたら、その必要はないといわれた。向こうから連絡するというんだ」

「お金はどうやって渡すつもりだったの」

「絵が売れたら、連絡するといっていた。こういうことが起きるのを恐れていたにちがいない。カネが入ったら、海外の口座にでも振り込ませるつもりだったんじゃないかな」

シヴィアがいった。「ピアジーさん、あなたはご自分の利益を守ることにかけては、恐ろしく慎重な方とお見受けしましたけど。それほど用心深い取引相手について、それしかわかってないとは、とても信じられない」ピアジーは答えない。「いいですか、こっちで売り手の居場所を突き止めたあとでないと、売買は成立しないのよ。そのときになってはじめて、この売買は成立するわけ。成立しなかったら、あなたは四六万ドル近いお金を手に入れそこなうのよ」

ピアジーはちょっとのあいだシヴィアをにらんでいたが、逃げ道はないと観念した。「ドイツ訛りのジョンソンという男は、この絵を保険つきで送ってきた。まず銀行の金庫に送ってきて、今夜こっちに配達されたんだ。サムに訊いたらいい。絵の鑑定のために、彼が専門家に見せたんだから」

シヴィアがワイゼルを見ると、ワイゼルがうなずいてみせた。シヴィアがいった。「今夜それが着いたとき、私も念入りに梱包を調べたわ。発送元がわかるようなものはないかと思って。あなたが何かを見つけたとしたら、私より優秀な探偵だってことになる」

「残念ながら、そういう肉体労働は得意でないんでね。銀行の記録はマル秘扱いだが、たんまり鼻薬をかがせた結果、差出人がマーティン・バックという人間だとわかった」ピアジーが手帳を取りだすと、そこから小さなカードを抜いてシヴィアに渡す。「イリノイ州デスプレーンズという町に住んでいる。調べたところ、シカゴのすぐそばだった」

シヴィアが住所を書き写す。「これだけわかれば十分ね。うまくいったら、サムから連絡があると思うわ」

サム・ワイゼルが立ち上がって机をまわり、手で入口を指しながら、話がおわったことを暗に示した。ピアジーがいった。「ロスさん、なかなか面白かったよ。あんたの犠牲者になるのを楽しんだといってもいいほどだ」

ピアジーが出ていったあと、シヴィアがいった。「彼、気がついてたかしら」

「そんなことはどうでもいいんでしょ？」ワイゼルが皮肉っぽくいった。「あなたは住所を手に入れた。それが目的だったんだから」

「オークションのこと、後悔してます？」

「こっちは苦労を重ねて、この世界で信用を築き上げてきたんですよ。お客をだましたと思うと後味が悪いな。とくに今夜集まってきたような、長年のつき合いのある客だとね。みんな、とてもよくしてくれたから」

「それは、つまり金銭の問題でしょ？」

「信頼の問題だ。みんなに嘘をついたんだから」

「あなたが黙ってれば、わからないわよ」

「そうかな？　ピアジーはどうなんです？　仲介料が手に入らないとわかったら？」

「ピアジーが何をいうかしら。〈カネをもらって弁護士の守秘義務に違反しました〉っていうわけ？　弁護士資格を剝奪されたうえ、この町では二度と売買の仲介はできないわよ」

「今夜ここに来たのは、わたしにとってみんな大事な人なんだ。なんと、一人あたり一〇〇万ドルももってきたんですよ。高値をつけた二人のうちの一人が、あなたのところでとりあえず絵を押さえるために値をつけたなんてことがばれたら、こっちの商売はもうおしまいだ」

「仕方なかったのよ。そのマーティン・バックも、ピアジーに電話してきてうまくいったと思うでしょうよ。私たちの手が及びつつあるなんて気がつかないわ」

「私たちって？」

「これからシカゴで、手を貸してくれる人を見つけるつもり」シヴィアがいった。

「すると、私の協力を取りつけたようにして、誰かを説得するわけだ」

「あの弁護士さんにいったように、私たちには至るところに友だちがいるの」

「私たち？」ワイゼルがシヴィアの目をのぞきこんだ。「これは、この絵だけの問題じゃなさそうだな」

「この絵や、そのほかの似たようなものすべてが、私たちの同胞の受けた仕打ちを象徴してるのよ。財産を取りあげる意図で、殺したのよ。手に入れた富を享受している人間がまだいる。あなたも同じユダヤ人として、もっと怒ってもいいと思わない？」

「あなたはすでにこっちの罪悪感を利用して、協力を取りつけたではないか。これ以上私の鼻先にそれをぶら下げるのはやめてくれ」それからワイゼルは少し落ちついていった。「ずいぶん使命感に燃えているようだが、まだ若いじゃないか。こういうことが起きたとき、まだ生きてもいなかった」

「今生きてるわ」

第八章

サンカルロス・デ・バリローチェは、アルゼンチン・アンデスの懐深く抱かれた美しい小さな町だ。ここは一〇〇年前にチリから来たドイツ人によって開かれた。その気候と険しい山々は、ババリア地方を思わせる。ゲルハルト・ブラウンが一九四五年にドイツからはじめてここに来たとき、いちばん気に入ったのが、故郷に似ている点だった。だがここに移り住んだ多くの元ナチにとって、それよりもっと大事な点は、アルゼンチンがファシズムの味方だったことだ。

しかしそれも半世紀前のことで、聖域での庇護を求めてこの小さなスキーリゾートにやってきた第三帝国の将校たちも、多くはこの世にいない。ブラウンの妻も、五年前に死んだ。今は独り住まいの彼のところを訪れる人もまれになっている。だが今日四月二〇日は総統の誕生日で、第三帝国の男たちが年に一度だけ集まってかつての自分たちを思い出す日だった。

今や残されたのは五人だけになった。ブラウンは彼らが自分の招きに応じて、夕食にやってきてくれたのがうれしかった。みんながソーセージやチーズやブランデーや葉巻をもってきてくれた。こういったものは、そんな贅沢品が悪徳だと思いもしなかった若いころのことを思いださせてくれる。今日だけはブラウンも、甘美な昔の思い出に浸ることにしてすっかりくつろいでいた。八〇代の初めとはいえ衰えはまったく見えず、がっしりしたあごの線は引き締まり、手の力も強い。今でもスキーをやりスキート射撃をやり、薪《まき》はぜんぶ自分で割っている。

　もうすぐ真夜中だが、五人は若い頃の思い出と、年代物のブランデーによる酔いに助けられて、ジョークをまじえながらまだ語らっていた。彼らの力強い笑い声は、異郷で暮らす逃亡の身であることなど意に介さないというように、空気を突きぬけあたりにこだました。ブラウンがグラスをもって立ち上がった。「乾杯しよう」ほかの者も立ち上がる。「アドルフ・ヒトラーへ！」

「総統へ《アウフ・デル・フューラー》！」一同は軍隊式に整然とそれに応えてグラスを掲げた。それからグラスを合わせて愉快なやりとりをしていたとき、ドアをノックする音がした。

　ほかの者たちがまだ声高に話をつづけているとき、ブラウンが行ってドアを開けた。家の中から射す光から半分身を隠すようにしたカート・デッカーが、微笑みながらいった。「ヘル・ブラウン？」

　ブラウンは、完璧に近い相手のドイツ語の中に、かすかなアメリカ訛りがあるような気がした。「そうです《ヤー》」

デッカーが革ジャケットの下からオートマチックを取りだすと、サイレンサーをつけた銃口をブラウンの唇に押しつけた。ＳＳの元少佐は無言の命令の意味を理解した。

そこへ突然、銃をもったジミー・ハリソンとロン・スレイドが現れ、ブラウンの横をすり抜けて中へ飛びこんだ。テーブルに着いていた者たちを二人があっという間に制圧したのを見とどけると、デッカーはブラウンもいっしょになれという身振りをした。

四人の客は、侵入者たちの無言の命令に従い、テーブルの前で両手を頭にやっていた。デッカーがドイツ語でいった。「ブラウンさん、お楽しみのところを邪魔してすまないが、トラウヒマン中佐に頼まれてあんたの力を借りに来た」

「おまえはアメリカ人《ドゥ・イスト・アメリカーナー》だ！」ブラウンが嫌悪の情をこめて吐き捨てるようにいった。

「親父も終戦のときにドイツから逃げた。仕方なしにアメリカに隠れたんだ」

「名前は？」

「ルーカス。エーリッヒ・ルーカス少佐」

ブラウンの顔に驚きの色が表れたが、相手につけ入るすきを与えまいと、元の腹立たしげな表情にもどした。「ルーカス少佐の息子なら、おまえの中にも偉大な軍人の血が流れているはずだ。そんな男が、祖国に忠誠を誓ったわれわれに対して、このような振る舞いをするはずがない」

「祖国を思う気持ちがそれほどあるなら、こっちの仕事を手伝ってくれるだろうな。トラウヒマンに頼まれて、〈総統のたくわえ〉を回収しに来たんだ」

「〈総統のたくわえ〉など、そんなものは知らない」

「ブラウンさん、なめるんじゃないよ。〈学芸員〉が絵を売りに出してんだ。だからあるドイツの党員に頼まれて、そいつらが政権をとるための資金にするため、〈たくわえ〉を回収することになった。〈学芸員〉の居所を聞きだすまでここを出ていくわけにはいかんのだ」

「いっただろう、そんなものは……」

デッカーがさっと向きを変えてテーブルの前にいる男に狙いをつけると、鼻の下に銃を撃ちこんだ。椅子の高い背もたれに頭ががくっとあたり、上唇に血が滴ったと思ったら、首から力が抜けて前に倒れた。

「さてと、ヨーゼフ・ラトコルブがどこにいるか、話してもらおうか」

ブラウンは無言の抵抗でそれに応えた。デッカーはほかの男の額に銃口を突きつけた。

「あんたぐらいの年になると、つぎつぎと友だちを亡くすのは耐えられないと思うがね」

「人の死には何度もつき合ってきたから、死が迫っていることぐらいわかる。誰一人ここから生きて出られそうもないのに、話すことなど何もない」

デッカーはこの老人のしぶとさに内心感心した。ガイストと同じく、誓いを破るくらいなら死を選ぼうというわけだ。ブルナーのいったとおりだ、ブラウンの口を割らせるのは容易ではない。「あんたら、五〇年前には、さぞ手ごわかったろうな」銃を突きつけた男の後ろに立っていたジミー・ハリソンにデッカーが合図をした。ハリソンがジャケットからテープを取りだし、その男の口に二本貼りつける。ブラウンの顔を不安がよぎった。あっさり撃ち殺す気なら、口をふさぐ必要はないはずだ。

デッカーはゆっくり銃を下ろすと、老人の股間に一発撃ち込んだ。老人は傷の程度を調べ血を止めようと両手で傷口をつかんだとたん、痛さのあまり目を剝いてくぐもった鈍い悲鳴を漏らした。

デッカーはもうすぐ望みのものが手に入ると思った。それからの数秒間、傷ついた男が、テープでふさがれた口からうめき声を漏らしながらのたうち回るようすを、一同恐怖の面もちで黙って見守った。ブラウンに目を据えたまま、デッカーは隣に座った老人の股間に銃の狙いをつけた。

ゆっくりとブラウンがいった。「シカゴにいるが、どこだかは知らない」

デッカーがまた撃った。今度は、口をふさがれて撃たれた男の額だった。どさっと重い音を立てて老人が床に倒れる。「今度は協力する気になったろう。この男の苦しみを終わらせてやったんだからな」

「SSの将校として、私は祖国と同志に忠誠を誓った。きみのお父さんは、そのことを教えなかったようだな」

デッカーが笑った。そしてすぐそばの老人の胸にサイレンサーを突きつけて撃った。「親父がおれに何を教えそこなったか、あんたにわかるわけがない」銃を上げて最後に残った客の頭を撃つ。

ブラウンは怒りのあまり歯を食いしばった。デッカーが訊いた。「シカゴのどこだ」

「いっただろう、どこだか知らないと」

「たった今四人殺したんだ。聞きださずにおれが引き下がると思うか」

年老いたナチは背筋を伸ばしていった。「そしてこれから私を殺そうとしている」

「たしかに。しかし、殺されるか、殺——され——るかはそっち次第だ」

「どうちがうんだ」

「これまで何かを聞きだすために、おれが何度こういう言い方をしたか知らんだろう。しかもそのたびに、おれは嘘をついていた。つまり、最後に殺さなかったのさ」ブラウンはじっと前をにらんで脅しに動じていないふりをした。デッカーは老人の手首を握り、その手が恐怖で震えているのを確認した。「少佐、SS時代に教えられなかったか。人間の神経は、足と手にもっとも多く集まってるって。刑務所に入れば、たちまちそいつを思い知らされるよ」デッカーがどうするつもりか、正確にはわからなかったものの、思わずデッカーに捕まれた手をほどこうと力任せに引いたが、無駄だった。

デッカーは老ナチの片手を下に引いて足に押しつけた。そして銃を発射すると手と足を弾が貫通した。ブラウンは床に倒れこみ、痛みで顔をゆがめながら身を丸めた。「左手もやろうか」

老人は左手を体の下に隠した。デッカーがその手をつかんでぐいと引いた。そして手を高くあげさせてそこにサイレンサーを押しつける。ブラウンが口走った。「わかった、わかったよ。住所は書斎にある」

デッカーは老人を腕に抱えると半分引きずるようにして、隣の部屋に連れていった。そしてデスクの前の椅子に投げだした。ブラウンは、ベルトにチェーンでつないであったキーホルダーを、いいほうの手で取ると、それで引き出しを開けた。大きな黒い金属製のボックスを取りだし、ボックスについた小さな南京錠を別の鍵で開ける。ゴムバンドで束ねた三冊の手帳が中から出てきた。そこからいちばん小さな手帳を取りだそうと、ブラウンがもぞもぞしているので、デッカーが手帳の束をもぎ取っていった。「どれだ」

「茶色の」

デッカーがそれを抜きだしブラウンに渡す。ブラウンが手帳を膝で支えて、ぎこちない手つきでめくる。「これが彼の使ってる名前だ……マーティン・バック」

デッカーがそこを見た。イリノイ州デスプレーンズ市の住所と電話番号が書いてある。

「それがラトコルブだとどうしてわかる」

「私が電話をかけるから、あんたはそれを聞いていればいい」

「だからといって、ラトコルブだってことにはならない」

「その手帳を見てくれ。定期的にかけていることがわかるはずだ。通話記録がとってある」デッカーは手帳をめくってその部分を見つけた。だがブラウンの思惑より時間をかけてそれを調べている。「判で押したように六ヵ月ごとにかけてるな。最後にかけてから、二ヵ月しかたっていない。今かけたら、何かおかしいと勘づかれる」ブラウンが目を落としたので、デッカーは自分の推理が正しかったと確信した。「まったく油断のならんやつだ。しかし、おまえらのことがだんだんわかってきたぞ。じつに用意周到で、あらゆる場合に備えている。だから、緊急事態が起きたときに、密《ひそ》かに連絡する何らかの方法が決めてあるにちがいない」ブラウンはまだこちらを見ようとしない。「おれの目を見ないってことは、そのとおりだってことだ。仕事をラクにおわらせたいと思わないか、あんただって早くラクになりたいだろう」

ブラウンが目を上げてデッカーを見た。「そんな取り決めはできてない」

ブラウンの口調には説得力がない。「まだ嘘をついてるな」デッカーはちょっと部屋の中を見まわして、めざすものを見つけると、手をのばしてブラウンのいいほうの手をもちあげた。そして平然と手のまん中を撃ち抜いた。ブラウンは手を胸に抱えながら床に転げ落ちた。「どうだね、少佐」

今やブラウンの口調は痛みを通り越して怒りに満ちたものだった。「断る!」

「いつも使い方がまちがわれる言葉がある。その一例がこの言葉だ。銃をもった人間に対して断るなど決していうな」デッカーがスレイドに、手を貸すよう合図した。二人はそれぞれがブラウンの手首をつかむと、デッカーの先導でブラウンを後ろ向きに引きずって壁のところまで行く。床から一メートル半のところに、荒削りの材木を横に渡した長いコート掛けがあり、金属製のフックが六個、ボルトでつけてある。デッカーはブラウンの右手を端のフックのところに引きあげて、傷口をそこに引っかけた。そしてスレイドにも左手を同じようにしろと合図した。スレイドがもういっぽうの腕を引っ張って反対側の端のフックに掛けようとした。「端のフックには届かないよ」スレイドがいった。

この家に入って以来はじめてデッカーが英語を使った。「その隣なら届くだろう。こいつが自分で抜け出せなきゃ、それでいいんだ」

いわれたとおりに、スレイドがブラウンのもう一方の手を取って、血だらけの傷口をフックに掛けた。三人のアメリカ人が無言で見守る中、ブラウンは、無傷のほうの足に体重をかけて、なんとか手にかかる重みを減らそうとしている。

ブラウンは怒りに身を任せることで痛みを忘れようと、大声でわめいて、あらん限りの力を振り絞ってデッカーに唾を吐きかける。だが狙いははずれた。デッカーがいった。「さあ、どうだ」

「取り決めなんかない」その声が、痛みのせいで力を失ってきた。デッカーが銃をもちあげて撃った。無傷だったほうの膝が砕け散り、全体重が手にかかるようになった。老ナチはついに痛みのあまり金切り声を上げた。それが数秒で消えると、デッカーがくり返した。「さあ、どうだね」

「下ろしてくれ」

「まず、話せ」

ブラウンが歯のあいだからうめいた。「ある名前を名乗ることになっている。すると相手は、私からの伝言だとわかる」

「なんて名前だ」

「まず下ろしてくれ」食いしばった歯のあいだからブラウンがいった。「このままで、おまえらが出ていくかもしれんから」

デッカーが時計を見て、ハリソンとスレイドにいった。「長居をしすぎたようだ。下ろしてやれ」二人はブラウンをフックからはずして、椅子まで運んでいった。

ブラウンがデッカーをにらんだ。「電話したら、私が心臓発作を起こして死にそうだから、そのことを知らせてくれと、あんたに頼んだというんだ。次に、これからはあんたが六ヵ月ごとに電話するという。すると相手が名前を聞いてくるだろう。そこでここが肝心なんだが、正確な発音で、ヘル・シュタウフェンベルクと答える。その名前をあんたがいうと、相手は電話を切るだろう」

デッカーがくり返す。「ヘル・シュタウフェンベルク」

「そうだ」ブラウンがぐったりとデスクに倒れこんだ。

デッカーが受話器を取りあげてダイヤルする。それからスレイドのほうを向くと英語でいった。「こいつが声を立てないようにしろ」スレイドがブラウンの頭を引き起こし、口を手でふさぐ。

電話の向こうで声がした。「もしもし」

「マーティン・バックさんを頼みます」

「私がバックです」デッカーはブラウンから聞いたとおりに電話した理由を話した。「お名前は？」

デッカーはバックの声に懸念の色が表れたのを感じた。用心しながらデッカーがいった。

「ヘル・シュタウフェンベルク」次にデッカーが聞いたのは、電話が切れる音だった。どうもおかしい、と思ったがそれがなんであるかわからない。バックの応対はブラウンがいったとおりだったが、言葉のやりとりのあとで、何か最後の応答がありそうな感じがした。だが一筋縄ではいかない老ナチたちの手の内を読むのは容易ではない。デッカーはスレイドに、ブラウンの息の根を止めるよう合図した。スレイドは、ガイストに使ったのと同じやり方でブラウンののどを切ると、血が流れてしまうまでブラウンを支えていた。デッカーが最後にブラウンを見たとき、その顔には満足感に似た表情が浮かんでいた。まるで死ぬことが自分に有利に働くとでもいうように。

第九章

雨が降ったりどんよりと曇ったりした日はいつもそうだが、主任特別捜査官のオフィスは、分厚い黒のカーテンで閉ざされていた。主任特別捜査官すなわち支局長であるラルフ・ステイマンが、シカゴに着任早々このカーテンをオフィスにつけさせたのだ。このことは、ヒラの捜査官のあいだですぐに話題になったが、ある日ステイマンが威圧的な声で部下に命じているのが外まで漏れてきた。「ここが暗くしてあるときは、私がわざとそうしているんだ」それ以上の説明は必要なかった。新任支局長の肩書きのうち〈主任〉の部分が、〈捜査官〉の部分よりはるかに優先順位が高いというわけだ。〈触らぬ神にたたりなし〉という警告が、そのオフィスの中をアメーバのようにゆっくりと広がっていった。

ファロンは暗くて広いオフィスの中を、唯一の光源に向かって進んだ。ステイマンのデスクの端に、薄暗い電気スタンドが一つだけついているのだ。アボカド色の傘にさえぎられて、支局長の顔は暗闇に守られるようになっているらしい。

ラルフ・ステイマンはハンサムとは言い難い。顔はほっそりしているが、青白くて締まりがなく、平らなところもなめらかな線もない。そのため風采が上がらず、ほとんど人の記憶に残らないといっていい。目もまたあまり用をなさず、円を描いてデスクに落ちるグリーンがかった光の範囲内にしか焦点を合わせることができないようだ。例によって彼は、デスクに注がれる光の後ろに腰を下ろしていた。時折顔をかすめる光が影を作り、その顔に表れるドラマを映しだしている。その計算されたポーズを見ると、こんなことを男がどうやって考えつくんだろう、とふしぎになるのだった。

デスクの上には、メタリック・ブルーのたばこの煙が立ちのぼっている。支局長の前においた二脚の椅子の片方に掛けているのは、ファロンの上司ピート・ブレイニーだ。息が詰まりそうな空気から逃げるため、ブレイニーは椅子の中でできるだけ煙から遠ざかろうとしている。だがその努力も無駄のようだ。ＦＢＩの体重制限を三〇キロ近くオーバーしているので、はみ出した胴回りの肉が椅子の腕の下にはさまり、彼は椅子の中で身動きできない状態にあるからだ。

ステイマンはたばこを音を立てて一度すばやく吸うと、すばやく吐き出し、できるかぎり遠くに煙を吹きやった。そしてファロンに椅子に掛けるよう手で合図してから、自分のたばこを値踏みするようにちらっと見る。半分近く吸ったそれを、灰皿に少なくとも一〇回はていねいに突き立てて完全に火を消した。まるで、これを最後のたばこにしようと、またもや密かに誓いを立てたとでもいうように。火が消えたのを確認すると、残った部分を最後の仕上げに押しつけてそれを半分にへし折る。

ブレイニーがおそるおそる口を開いた。「彼はほんとに忘れたようなんですよ。そうだよな、タズ」

ファロンがすぐに答えないので、ステイマンがいった。「われわれはみんな大人なんだ。捜査官は、どんな些細なことでも覚えている義務があり、そのために給料をもらっている。これは些細なことではない。表彰され、長官から感謝状をもらうほどの手柄じゃないか。私が捜査官だったら、しっかり覚えておいて、みんなの前に出ていくがね」まだファロンが答えないので、支局長は身を乗りだして光の中に入り、答えを待っていることを強調した。

ファロンは無表情に見返してきた。その手はリラックスしたようすで、椅子の両腕から垂らしたままぴくとも動かない。まるで、その手までステイマンに答えることを拒んでいるかのようだ。しばらくして支局長は、ファロンについてよく考えようと、後ろに身を引いて影の中に入った。この捜査官のどこがこうも引っかかるんだろう。彼の態度のどこかに、えらく気になる部分があるのだ。こんなふうに彼が守勢に立つはずのとき、ひどくくつろいだようすで、落ち着き払っている。これは演技にちがいないと考えたが、そのとき、シトロンの息子の誘拐事件についてブレイニーがいっていたことを思いだした。身代金受け渡し場所で、事態が緊迫すればするほど、ファロンは超然と冷静になったと。この男についた糸を引いて操るのは、どうやら至難の業のようだ。そのときステイマンは、何が心に引っかかっているかに気づいた。ファロンには操る糸がそもそも存在しないのだ。

かといってファロンに人を食ったようなところがあるわけでもない。ほかの捜査官がこれほどあからさまに答えを拒んだら、ステイマンは、それを明らかな反抗と考えたことだろう。しかしブレイニーのような部下がいる前であっても、ステイマンは自分の権威が侵害されたという気がしないのだ。今も、もう少しでかんしゃくを起こしそうになったが、ファロンの超然とした態度にあってステイマンは拍子抜けしていた。ほかの人間が相手なら、どういうことだと詰問しただろうが、この捜査官のまわりは静かな空気に包まれていて、それに対して騒ぎ立てたらこちらの器《うつわ》の小ささをさらけ出すことになるのがわかるのだった。

そして、黙ってすわっているファロンには、どこか危険なにおいもする。ステイマンはファロンの濃いブラウンの目が、無表情に平然と、自分を取りまく暗闇を探っているのを感じた。まるで飛びかかるだけの値打ちのある獲物が現れるのを待っているかのようだ。どうしてこんな男ができあがったんだろう、と思わずにはいられなかった。いったいこの男はどんな修羅場をくぐってきたんだろうか。

またブレイニーが、なんとか沈黙を破ろうとした。「いやあ、私だってしょっちゅう物忘れをしますよ。そうだよな、タズ」

「支局長は、私が忘れたわけでないことをごぞんじですよ」ついにファロンが口を開いた。ブレイニーが、仲介役としての役割をあきらめて、体から空気が抜けたように椅子の中でへたりこんだ。

ステイマンは、糊のきいたシャツのカラーから少しでも楽になろうと首を後ろにのばし、次に、すでにまっすぐになっているネクタイの結び目を直した。

ファロンがいった。「家で銀行強盗の件を調べてたんです」

「後回しにできなかったのか」

「できたでしょう」

「だが、記者会見のほうが重要だとは考えなかった？」

「そうですね」

「冗談じゃない。たまには褒めてもらいたいのが人情だろうが」

「大げさに褒められるのは苦手なんですよ」

ステイマンが封をした封筒を引き出しから取って、デスクの先に押しやった。ファロンがそれを取ってスーツの内ポケットに入れる。

「開けてみないのか」支局長がいった。

「いくら入ってるんです？」

「一〇〇〇ドル。税込みで」

「だったら、もう開けなくてもいいでしょう」

「長官の感謝状を読みたくないのか」

ファロンは封をしたままの封筒をポケットから取りだして、その端を額に押しつけた。

「ファロン殿、貴殿はダニエル・シトロン誘拐事件において多大なる功績をあげられました。一〇〇〇ドルの報奨金を進呈すべく、小切手を同封してあります。貴殿の並々ならぬ捜査活動において……」

「わかった、わかった」ステイマンが力なく笑う。「たしかに、どれも同じ文面かもしれん。だが誰もが、自分だけは特別だと思いたいもんだ」

「その点は、FBIで仕事している人間の誰もが陥るわなですよ」

「きみもそうか？」

「私もそうです」

ステイマンはなんであれファロンが何かを認めたのに満足して、話題を変えることにした。「ピート、誘拐事件のほうはどうなってる？　すっかり片がついたのかね」

ほんのちょっと前には必要だったらしい警戒の色は、ピート・ブレイニーの声から消えていた。「ただ一つ残っているのは、撃ち合いの件を本部がどう考えるかということです。タズが本部からの連絡を待ってるところです」

ステイマンがファロンに訊いた。「何かいってきたかね」

「さあ。今日はここに来たらすぐ、支局長のところに行くよう秘書にいわれたもんで。伝言のライトがついてましたが、誰からのか調べるひまがなかったんです」

ステイマンが椅子を後ろに引いて自分の電話を手で示した。「今調べたらいい」

ファロンは支局長のデスクをまわって自分の内線番号をダイヤルした。次に暗証番号を打ちこむと、スピーカーフォンのボタンを叩いて自分の席にもどる。聞こえてきた声に一同驚いた。「ファロン捜査官、こちら、ダニーの父親のデイヴィッド・シトロンです。できたら今夜夕食をごいっしょしたいんですが。電話をいただけますか」

ステイマンがいった。「なんの用だろう」

「ただ夕食をいっしょにしたいんでしょう」

「シトロンのような男がただ夕食をいっしょになんかするものか。ああいう人間には気をつけろよ。少なくともFBIにとっては、かなり問題の多い男だからな」

「誘拐事件で礼をいいたいだけじゃないですか」ファロンがいった。

「FBIの捜査官がほいほいと出掛けてって、いかがわしい過激派と食事をするわけにはいかんよ。何を考えてるかわかったもんじゃない。誘拐事件の捜査中に、彼のことを洗ったら、ぞろぞろ出てきたじゃないか。自分の身は自分で守らなきゃだめだ。これから一年ほどして誰かがいちゃもんをつけてきたとき、きみがデイヴィッド・シトロンのような人物とつき合いがあるなんていわれたらまずいからな」

「電話しないほうがいいってことですか？」

「本部にかけて意見を聞いてみよう」支局長がFBI本部の番号にダイヤルした。

「ミスター・ハンシンガーのオフィスです」

「シカゴのラルフ・ステイマンだけど。彼いる？」

「お待ちください」

ハンシンガーが電話に出ると支局長がスピーカーのボタンを押した。「やあ、ホモ嫌いのラルフか。なんだね？」

「こっちはスピーカーフォンがオンにしてあるんですよ。うちの捜査官のタズ・ファロンと、その上司のピート・ブレイニーがここにいます。古いユダヤ防衛連盟のファイルに載ってるデイヴィッド・シトロンという男から、タズのところに電話がありましてね」

「待ってくれ、ファイルを出すから」三〇秒ほどしてハンシンガーがいった。「よし、出たぞ。この男については、最近の情報も載ってるな。まだ親イスラエル活動に関係しているようだ。わかってるかぎりでは犯罪性はないが、中東の政治に関わってることはまちがいない。その男がなんといってきた？」

「彼の息子が二週間前に誘拐されましてね。無事に息子を取り返すのに、タズ・ファロンが大いに貢献したんです。そこでシトロンがタズを夕食に招待したいというわけです」

「そうか、そういうことがあったな。何か魂胆があると思うわけか」

「今のところよくわかりませんが、何かあったらまずいから、そっちに知らせておこうと思いましてね。彼に関して何か新しい情報がありますか」

ハンシンガーはちょっと口をつぐんでいたが、やがて上の空といった声で「あ、いやいや、何もない」といってから、またしばらく無言だったが、「先方はこっちに恩義を感じてるんだろうか」と訊いた。

どうなんだというように、ステイマンがファロンを見る。ファロンは電話の向こうまで聞こえるように、わざと大きな声で答えた。「少なくとも一回ただ飯を食わせてくれるくらいの恩義はね」

相手がFBI本部だろうと一向に遠慮しないファロンの態度に、ステイマンがあきれたように頭を振った。「どうですかね。ファロンは今彼からの留守電を聞いたばかりなんです。まだこっちからは電話していません。どう思います？」

「シトロンのような男は、貴重な情報源になるかも知れない。中東にコネがあるから、相当役に立ちそうだ。タズ、彼をこっちに引っ張りこめると思うかね」

いい情報源が重要であることはファロンにもわかっていたが、個人的な不幸につけこんでスカウトするのは気が進まなかった。「今そちらから聞いた話から想像すると、だいぶ手ごわそうですね」

「たしかにそうだが、いい情報源は往々にしてそういうもんだ。夕食に出掛けてって、当ってみたらどうかね。だめでも、やってみるだけのことはある」

ダニーを救出して家に連れていった夜、父親のデイヴィッドの反応にファロンは驚いたものだ。一応礼はいったものの、非常に態度が硬くて、素直に喜びたくないといったようすだった。それを見てファロンは一瞬、ピッツバーグの狭いアパートで実の父親とすごした最後の六年間を思いだした。たばことビールのにおいをぷんぷんさせながらドアを入ってきた父親は、冷たくよそよそしかった。聞こえるのは、食事をする音と、つけっぱなしの面白くもないテレビの音だけだった。

だがシトロンの目には、まちがいなく安堵の色が表れていた。息子の生還を心から喜んでいたのだ。それなのにこのよそよそしさはどういうことだろう、とファロンはいぶかった。ユダヤ防衛連盟時代のことにこだわっているのかも知れない。当時FBIとユダヤ防衛連盟は、闘志をむき出しにして対立していたが、結局は互いに牽制しあっただけにおわり、直接対決することはなかった。最初ファロンは、シトロンが感情を表に出さないタイプかと思った。だがそういう人間が夕食に招待するというのも矛盾した話だ。ファロンはいつか機会があったら彼のことをよく観察しようと考えていた。「電話してみます」

ファロンとブレイニーがまだいるあいだに、支局長は受話器を取りあげたので、それ以後の会話は二人に聞こえなくなった。「じゃあそういうことで。ところで、ドレンゲイトはいつリタイアするんです」相手の答えを聞いたあと、ステイマンは二人にくるりと背を向けると小声でいった。「私は言いくるめられちゃって。もう二年もここにいるんですよ……私のことを頭に入れておいてもらうとうれしいんですがね。あとですぐ連絡します」ステイマンは電話を切ると、二人のほうを向いた。「ところでタズ、やつを引きこめると思うかね」

「むずかしいでしょうね。あの晩、感謝してはいるようでしたが、新しい友だちをほしがるようなタイプには見えなかったから」

「成功したら、うちの支局の大手柄だ」

「いっしょに食事してみますよ」あまり気がなさそうにファロンがいった。

支局長がブレイニーにいった。「ピート、ちょっとはずしてもらえるかな」

自分の部下と話したいから座をはずしてくれといわれてとまどったブレイニーが目を伏せていった。「いいですよ」

ブレイニーがドアを閉めて出ていく。ステイマンは新たなたばこに火をつけると、表情をこわばらせていった。「最初きみに会ったとき、権威にたてつかなきゃ気がすまないタイプだなと思ったものだ。しかし、きみはたんに権威を認めないだけだと、だんだんわかってきた。それは非常に羨ましいことだ。ただしきみの上司になった人間にとっては別だ。そういう人間にとっては災難というものだ。はっきりさせておきたいが、きみが私の権威を認めようが認めまいが、私にとってはどうでもいい。きみはいい仕事をしてくれる。だからある程度は大目に見ることにしている。だが横っ面を張られるようなことはごめんだ。要は、少なくとも見かけ上はこっちが上司でなければいけない」ここでファロンが、わかりましたというようにうなずくのを待とうと、ステイマンはちょっと言葉を切ったが、もしファロンが素直に同意しないなら、あるかなきかのわずかな権威さえも失うことになるとわかっていた。

「あの子はきみがいなかったら死んでいただろう。シトロンはきみに借りがある。それにFBIにもな。互恵主義で行こうじゃないか。最善を尽くして彼をこっちに引きこんでくれ」

支局長のオフィスを出て自分の部屋にもどると、そこにブレイニーがいた。

「なんの話だった?」ブレイニーが訊いた。

「少しは課長を見習えといわれました」

「そりゃまた妙だな。ところで、シトロンに電話する前に、ちょっとこっちの頼みを聞いてくれないか」

「何をするんです?」

ブレイニーが二ページの書類をファロンに渡した。「こんなゴロ球はきみには物足りないだろうが」

ファロンは事案のタイトルを読んだ。〈被疑者不詳／被害者 ゲルハルト・ブラウンほか／FPC〉「国際捜査協力《FPC》? これは赤十字か動物愛護協会のやることじゃないんですか」

「きみのような優秀な捜査官に、こんなつまらん事案は扱えんよな」

「やれやれ、うまいことといってやらせようってわけだ。課長の管理能力についてこれまでいってきたことをぜんぶ撤回しますよ」

「単純な話なんだ。デスプレーンズ警察の署長を知ってるだろう」

「ジャック・ハッセルマンですね、もちろん。彼がシカゴで刑事をしてたころに知り合ったんですよ。〈木曜の給料日強盗事件〉で三ヵ月いっしょに仕事しました」

「だからこれをきみに渡してるんだよ。そのあとを読んでみてくれ。二日ばかり前のニュースで聞いたと思う。二度電話すればすむことだよ。一度は電話会社、次にきみの友だちのハッセルマンに。シトロンの招待でただ飯を食うまでの時間つぶしになるさ」

それは南米駐在のＦＢＩ法務担当官から届いたｅ－メールをプリントアウトしたものだった。タイトルの最初の言葉は、Unsub(s) となっている。つまり事件は解決していないということだ。Unsub とはＦＢＩ用語で、unknown subject すなわち被疑者不詳ということである。カッコの中のｓは、共犯者がいるかどうか、警察が決めかねていることを示している。ブラウンなる人物は、第二次大戦中のナチらしく、ほかの四人もナチと思われるが、彼らがアルゼンチンのサンカルロス・デ・バリローチェにあるブラウンの家で殺害されている。ほかの者はみな銃で撃たれて殺されたが、ブラウンだけは、のどを掻き切られている。その上ブラウンは両手と右足と左膝を撃たれているところからすると、どうやら拷問を受けたらしい。金目のものは家から何もなくなっていない。殺害の最中に、その家からイリノイ州デスプレーンズ市へ一回だけ電話がかけられている。最後のパラグラフにデスプレーンズにある家の電話番号が書いてあり、アルゼンチン司法省からの要請として、その番号の人物の名前と住所を調べてほしいとある。そして、その人物に犯罪歴があるかどうか、地元警察に内々に問い合わせてほしいといってきているのだ。いかなる場合でも、南米の司法当局の捜査が終了するまで、その人物に直接事情を聞くようなことはしないでほしい、という。

犯罪が起きたのははるか彼方であり、頼まれた仕事はごく些細なことにすぎないのに、ファロンはこの事件に興味をそそられた。ナチスが権力の座にあったのは地球の半周先で、しかも半世紀もたっているのに、誰かがかつてのナチスを虐殺するだけの価値ありとみたのだ。老人たちが自分たちの流した血の海の中に倒れているようすが目に浮かぶ。ナチの大義に忠実であれば天寿を全《まっと》うできるという彼らの信念を、この殺人が無惨な形でうち砕いたのだ。アドルフ・アイヒマンが誘拐されたときのように、今回もイスラエル工作員がやったことなのだろうか。だがそうであれば、なぜシカゴ近郊の町に電話があったのか。それにイスラエル工作員が犠牲者を拷問する必要があったとは思えない。「なかなか興味深い事件だ」ファロンが独り言を声に出していった。

「おいおい、やめてくれ。〈内々の調査〉と書いてあるだろ。あそこの署長と知り合いだから、内々に話ができると思って、きみに話をもってっただけじゃないか。このケースもいろいろ受けとり方があるかもしれんが、リンドバーグ誘拐のような大事件がそうしょっちゅう起きるわけじゃないんだ」

「FBIじゃ、〈対岸の火事も明日は我が身〉って昔からいいますよね。そう思って楽しみにしててください」

「タズ、頼むから脅かさないでくれ」

ファロンは、いやだよというように、眉をぴくぴくと動かした。ブレイニーがデスクの向こうから手をのばしていった。「それを返してくれ。南米の事務所にまわしとくから」

ファロンは、ブレイニーに取られないように書類を引っこめた。「いやですね」


「デイヴィッド・シトロンです」

「やあシトロンさん。タズ・ファロンです」

「タズ。デイヴィッドと呼んでください」

「伝言聞きましたよ」

「ダニーのことでは、改めてお礼をいわせてください。あの子を見るたびに胸がいっぱいになるんです」

「うまくいって、うちでも喜んでます」うちといったが、早くもシトロンをＦＢＩの協力者に引き入れようという魂胆で、自分はそういったのだろうか、とファロンは思った、

「今夜、いっしょに食事をいかがですか。ちょっとお話ししたいことがあるもんで」

「何かまずいことでも？」

「そういうわけじゃないんですが、電話では話せないんですよ。スウィーニーをごぞんじですか」

「ああ、ロワー・ワッカー通りの」

「ええ。七時にどうです？」

「いいですよ」

ファロンは電話を切ると、次に事務職員を呼び出し、デスプレーンズの電話番号を伝えて電話会社にかけて調べてほしいといった。返事を待っているあいだ、またシトロンのことを考えた。ちょっとお話ししたいことがある、電話では話しにくい、といった彼の口調はちょっと不気味だった。それに、息子が無事に帰ってきたときのよそよそしい彼の態度がまた気になる。つねに自分のまわりに謎の煙幕をかけておく男なのかもしれない。ファロンはデスクの上の書類のことを考えた。五〇年後に誰かがナチスを殺す必要があると考えたのだ。シトロンのようなユダヤ人が、恐怖を忘れ安逸に流れることを恐れて犯行に及んだのだろうか。なにしろ彼らは、モーセの導きでエジプトを脱出したあと、それを記念して三〇〇〇年間過越《すぎこし》の祭りを祝ってきたではないか。三〇〇〇年のあいだ自由の身だったのに、その後ナチスによってガス室に送られたのだ。シトロンが世間と距離をおいている理由も、このあたりにあるのかもしれない。ゆめゆめ油断するな、というわけだ。

第一〇章

ドレイン・スウィーニーのレストランは、この七〇年間というもの、容易には探しだせない場所に建っているが、それこそ、かつてのギャングの望むところだった。アイルランド系ギャングが、イタリア系と同じくらいシカゴで幅を利かせていた禁酒法時代、ギャングたちは、昼間はたえず気を配って緊張していなければいけないので、夜になってくつろげる隠れ家がほしかった。そこで、アイリッシュ・ギャングの一員だったスウィーニーが、そういった店を開く役目を負わされたのだ。その場合、何よりもまず店の立地条件では妥協するな、といわれた。そこで選ばれたのが、シカゴのダウンタウンに近い、二階建ての道路ワッカー通りの下側であるロワー・ワッカー通りだった。車の通行量が多いので、店の一ブロック以内に駐車することは不可能だ。だから車に爆弾を仕掛けることもできないし、運転手がエンジンをかけたまま車の中で待っていることもできない。外から見ると、倉庫か何かのようにも思えるし、長い間使っていない会社の建物のようにも見える。看板もないし、窓もない。それとわかる入口はただ一ヵ所で、スチールの枠のついた黒塗りの古めかしいドアがあるだけだ。

その後、スウィーニーの息子から孫へと店が受けつがれ、店の伝統も大事に守られてきた。料理はシカゴでも第一級だが、この店がレストランガイドに載ることはまずないし、新聞・雑誌の紹介欄に載ることもない。ここへ来る客は、退廃的な文明の光を当てることによって、この店の独自性がそこなわれるのを嫌っているかのようだ。

夜ともなると、ここの入口は、ロワー・ワッカー通りの街灯が投げかける薄気味悪いグリーンの光を浴びて、過去の時代へと人を誘《いざな》う。中に入ると、いつ敵対するギャングが現れ、いかがわしい取引をするか、あるいは何も知らずにくつろいでいた客を撃ち殺してもおかしくないような気がしてくる。へたをするとその両方がはじまりかねない雰囲気だ。

今夜、ボーイ長も兼ねる現在のオーナー、スウィーニーが着ているスーツは、前がダブルでラペルの広い、三〇年代を思わせるチョコレート色のピンストライプだった。ウェイターは全員が白の長袖シャツに黒い革のボウタイをつけて、髪はべったりと後ろになでつけている。内部は薄暗くて、明かりといえば、藁《わら》を巻いたワインのボトルに差したキャンドルだけだといってもいい。誰もがひそひそ声で話をし、料理のオーダーをするときでさえ、低い単調な声でささやく。すべてイタリア語で書かれたメニューは、よそ者にはわからない冗談でも書いてあるのかと思わせる。水のほかにおいてある飲み物はワインだけで、それも芳醇なキアンティが、禁酒法時代そのままにティーポットからカップへと注がれるのだ。八つあるテーブルの席は一晩に一回しか客の入れ替えをしない。予約を取るのはむずかしく、たいていは最低三週間前から申しこんでおかなければならない。食事の約束をしたのは今日なので、デイヴィッド・シトロンは顔が広く、その中には進んで力になろうという者が何人かいるのだろう、とファロンは思った。

ファロンの目が暗がりになれないうちに、スウィーニーがやってきて、予約はしてあるかと訊いた。スウィーニーはまだ三〇代はじめだというのに、ごわごわとした頭髪はかなり白くなっている。それをまん中よりちょっとはずして分け、ぺったりとなでつけている。背が高くて肩幅が恐ろしく広い。

「デイヴィッド・シトロンさんと約束があるんだが」

「ファロン様？」

「そう」

「こちらへどうぞ」

ファロンはスウィーニーの幅広い背中のあとから狭くて暗いレストランの中を歩いていった。スウィーニーが立ち止まって脇によけたとき、ファロンはデイヴィッド・シトロンが一人でないのを知って驚いた。シトロンが立ち上がって握手をする。

「タズ、来てもらって感謝しています。ニューヨークから来た知人を紹介させてください。こちらシヴィア・ロスさん」

ゆれるろうそくの光がシルクのようになまめかしく彼女を包み、その姿をちらちらと見え隠れさせているところが何ともいえず美しい。濃い色の髪が、ほの暗い中でもつややかに光り、きれいに顔を包んでいる。黒い瞳はエキゾチックだが、どこかに欠点があるような気がファロンにはした。

彼女がテーブル越しに優雅な手をさしのべてきた。それを取ったファロンは、また目に注意をもどした。ふっくらとしたほお骨の上の谷間におさまった下まぶたが、ふつうの目のように上向きにカーブがつかず、まっすぐになっていて、そのため目が小さく見え、まるで目の上に仮面をつけているような感じなのだ。その欠点を隠すように巧みにメークアップがしてあるので、それが目立たなくなっている。

ファロンは彼女の手を長く握りすぎたことにはっと気づいた。彼女がちょっとおかしそうにこっちを見上げている。ファロンは、ほっそりと長い指から手を放すと、「よろしく」といった。

「初めまして、タズ」シヴィアがやり手セールスマンのように、ちょっとオーバーな笑顔をつくった。「お名前、オーストラリアのタスマニアを略したものでしょ?」

「タズラーなんですよ。だがタスマニアにも関係がありましてね、曾祖父にちなんでつけられたんです。一八〇〇年代半ばに、アイルランドからオーストラリアに送られて刑に服したんです」

「囚人? ＦＢＩでは採用のとき、素性・経歴をすっかり調べ上げると思ってましたけど」

「調べるったって、そうそう昔まではさかのぼりませんよ。それにうちじゃあ、初代タズラー・ファロンは政治犯だと思いたがってましてね」

「革命家か何か？」

「英国のカネを盗んで大英帝国の崩壊に貢献したようですよ」

「英国政府から盗んだってこと？」

「いや、正確にはプロテスタントから盗んだんです」

「それで政治犯になるんですか？」

「アイルランドのカトリックにとっては、立派な政治犯ですよ」

シヴィアが笑った。「誘拐事件のことデイヴィッドから聞きましたわ。すばらしいお手柄でしたのね」

ファロンは椅子の背に寄りかかって、両手をポケットに入れた。「極上のレストランに招待され、すばらしい雰囲気の中でお世辞をいわれるとは、私の経験からすると、次に来るのは何かの頼み事だな」といってシトロンのほうを見る。

こうあからさまにいわれると、ほかの者なら気を悪くするところだが、シトロンは単刀直入に切りだされてむしろ喜んでいるように見えた。「シヴィアはニューヨークにある国際美術研究財団に属してるんですよ。ごぞんじですか」

「これから、電話ではいえない話に入るようですね」

シヴィアが口をはさんだ。「主な仕事は盗難美術品の回収なんです。アルフレッド・シスレーってごぞんじ？」

「さあ」

「印象派の重要な画家なんです。彼が描いた『マルリの水飼い場』というのを最近ニューヨークで回収したばかりです。オーストリアで盗まれたものを」

「いつ？」このひと言は、盗まれた日を訊いているというより、彼女が避けようとしていることを話すよう要求していた。

シヴィアはシトロンのほうをちらっと見た。「一九三九年に」

ウェイターがやってきてファロンに訊いた。「ティーですか？」

「どうやらたっぷりティーがいりそうだ。ティーポットをここにおいといてもらおうか」ウェイターは三人のティーカップに赤ワインを注いだあと、テーブルの上にポットをおいた。

ファロンはアルゼンチンで殺された五人のナチスとデスプレーンズ市にかかってきた電話のことを考えた。「絵のことはよく知らないが、一九三九年といえばナチスがオーストリアを占領してた時期だ。ナチスがその絵に何か関わってるのかな？」今回も彼の口調は質問というより要求だった。

「ええ、ナチスが盗んだ絵です。ナチスが盗んだ五〇万点近い絵のひとつなんです。とくにユダヤ人からね」感情を抑えてはいるものの、その口調に怒りがこもっていることは明らかだった。それはナチスに向けられた怒りであって、自分の質問に対する怒りではないだろうと思ったが、ファロンには自信がなかった。

シトロンがいった。「シヴィアがニューヨークから電話をかけてきて、力を貸してほしいといったんですよ。頼りになる人がほかにいないもんで」

「デイヴィッド、感謝するってことの意味を、おたくがちゃんと理解してるかどうか、自信がなくなりましたね。いいですか、息子さんを助けだしたんだから、借りがあるのはそっちのほうだと思ってたが。しかし私が勘ちがいしてるのかもしれない。キリスト教徒とは、感謝の意味がちがうんですよね?」

シトロンはすまなさそうにちょっと笑うと、ファロンのいうことがわかったというように、一回だけゆっくりとまばたきをした。「ごもっとも。しかしこれはきわめて——」

シヴィアがシトロンの手にそっと手をかけた。「私が話すわ。手を貸してくれる人が必要になり、せっぱ詰まってそちらに話をしてほしいとデイヴィッドに頼んだんです。〈せっぱ詰まって〉といいましたが、この問題が法律の枠内だけで解決できるかどうか自信がなかったからです。だますような話のもって行き方に思われたらあやまります。今夜中にぜんぶお話しするつもりでした。最初から率直に話さないですみません」

ファロンの見たところ彼女はふだんあやまりつけていないようだし、率直に話すのもやりつけているかどうか疑問だった。ファロンはワインを一口飲んだ。「これから話されるのは、どうやらふつうのＦＢＩ捜査官がやりたがらないことのようですね」

「シスレーの絵は、同じユダヤ人から持ち去られた、少なくとも三点の絵の一点なんです。でも盗まれたのは全部で五点あるかもしれません。これらの絵について何かがわかったのは、一九三九年以来今回が初めてなんです。この絵を売りに出した人物が、ほかの絵ももっているんじゃないかと、こちらではにらんでいます」

「そんなに長い間消息がわからなかったんだから、それは可能性が低いんじゃないですか？」

「あとの二点はヴァン・ダイクとフェルメールという、非常に有名な巨匠の作品です。もしそのどちらかでも、これまで一般市場に出てきたら、たちまち注目を集めて私たちの耳にも入ったはずです。今回シスレーに私たちが注目したように」

「で、もし一般市場に出なかったら？」

「直接コレクターにひそかに売られたということは考えられますね。でもそれをやってきたのなら、なぜシスレーを競売にかけたんでしょう。それに、こちらとしては、手がかりがあればなんでも調査しなければなりません。ＦＢＩのお仕事だって、そうだと思いますけど」

「なぜ正規のルートを通さないんです。そちらの組織では、以前捜査機関と協力して似たようなことを解決したと思いますがね」

「ええ。何度もそうしていますし、それがうまくいっています。でも、何点もの絵をもっていると思われる相手の場合、いくつもあるそちらのハードルを越えるのに長々と手間取っているうちに、相手が警戒するでしょう。そうなると、まちがいなくほかの絵の回収はできなくなります」

「だから、あなたは公式な非公式の資格でここにいるわけですか？」

「本当は、非公式な公式の資格なんです。財団は私がこれに関係していることを知りません。うちには、調査の手はずに関する厳しい規則がありまして、とくにＦＢＩ相手となるとうるさいんです」

ファロンはシトロンのほうを見た。その表情からは彼の考えを読みとることはできなかった。「そして私ならうるさくないと踏んだわけだ」

「ひとつの絵を手に入れるには、何年もその絵を探しつづけて、やっとかすかなチャンスをつかむんです。だから二点以上の絵が見つかる可能性が出てきたからには、長ったらしい手はずを踏んでいるうちにこれまで失敗したような、そんなことは避けようと思ったんです」

「アメリカの捜査機関全体がやってできないのに、私に何ができるというんです？」

「シスレーの売り手はシカゴまでたどれたんです。あなたのお力を借りれば、なんとかほかの絵の在りかを突き止めて、絵がどこかに移される前に押収できるんじゃないかと思って」

ファロンは笑った。「いったいどうやって突き止めるんです」

「デイヴィッドに聞いたんですけど、誘拐事件のとき、ＦＢＩの人たち全員が見当ちがいの方向に行ったのに、あなただけが危険を冒して別のほうへいらしたとか。あなたのような才略のある男性なら、何か見つけられると思いましたわ」

ファロンは一瞬シヴィアをじっと見つめていた。彼女が男性といったときの言い方に、注意を引かれた。ごくかすかに語調を強め、のどの奥から色っぽく声を出して、思い入れをこめてこっちを見たのだ。彼女がこの手を使うのはこれが初めてではないという気がした。

「あなたは、人から断られたことがあまりないようですね？」

シヴィアはテーブルの上に手をのばして彼の手の上においた。「力を貸していただけます？」

とっさにファロンは、シトロンを協力者として取りこむようにというFBI本部の要望を思いだした。ファロンはシトロンを見ると、こっちの要求がなんであるかはっきり話そうと思って単刀直入に訊いた。「手を貸せば、FBIには何が手に入るのかな？」

シトロンはちょっと改まって、両手をテーブルの上で組んだ。「そちらがずばりとものをいうのは意図的だと思うから、こちらも同じく率直にいわしてもらおう。自分の信念を曲げてまでFBIの手先になるようなことはできない。私がやっているのは、これからの世代を守ることだ。あなたがそんなふうに見返りを求めるような人だとは思えないが？」

「こちらには、訊いてみる義務があったんでね」

「正直にいってもらってありがたい。あなたのことをよく知っているわけではないが、あなたも私も、不正を憎む点では同じだという気がしている。それはときに、とほうもない重荷になることがある。私の場合はきわめて利己的なんです。つまりユダヤ人の幸せのためだけに力を尽くしていて、必要とあれば、自分の行動を正当化するのに私の宗教を使うことができる。ところがあなたは、平等にすべての人の力にならなければいけないから、そんなよりどころがない。このことがわかっていて、あなたに尽力を依頼するのはアンフェアというものだ。しかし、必要とあればアンフェアにもなるべきだと、私は歴史に教えられた。ホロコーストは、生存者とその子孫が奪われたものを取り返すまでおわらない。そしてあなたが、あんなことを許すような人でないこともわかっている」

シトロンの訴えを聞いているうちに、かすかに感情が高ぶるのを感じて、ファロンは驚いた。ナチスに略奪された絵の在りかもぜひ突き止めたかったが、目の前の女性の意図も気になるところだった。ここは断るべきだ、断りたいと思ったが、例によって胃がぎゅっと締めつけられる感じがしてきたからには、もう断ることができないと自分でわかっていた。「これには非合法なことがからむのかな?」ファロンはまだ迷っているふりをするつもりで質問したが、二人を欺くことに成功したかどうか自信がなかった。

シヴィアの口の端に謎めいた微笑がゆっくり現れたのを見て、すっかり心の内を見透かされたのに気づいた。「非合法なことが起きれば非合法になるでしょうね」

「そういう言い方は私自身何度か使った手だから、あまり励ましにはならないな」

「じつは、この先どういうことになるか、こっちにもよくわかってないんですよ。わざと法を破る気はないんですけど」

シトロンがいった。「嫌になったらいつでも手を引いてください。別になんとも思わないし、それに誰も気づきやしませんよ。少なくとも私たちはそれでかまいませんからね」

わざとあいまいにしてあるところをみると、かなり危険を伴うかもしれないが、それを認めたくないということだろう。だがファロンはすでに乗り気になっていたし、彼の観察が正しければ、この二人もそのことに気づいているらしい。「すでにひとつ問題があるんですよ、デイヴィッド。私の申し出があなたに断られたと報告すれば、今後はあなたと接触するなといわれるでしょう。シヴィアについても、同じことをいわれるのはまちがいない。だから誰かに訊かれたら、あなたとの話は進行中で、あなたにすっかり信頼されるためにはシヴィアの力になる必要があるというつもりです」

「FBIから私がそれほどまで重要視されているとは、光栄ですな」

ファロンがシヴィアにいった。「絵の売り手についてわかってることを教えてください」

「名前はマーティン・バックです」

「マーティン・バック！　デスプレーンズ市ランシング通りの？」

「どうして知ってるんです」

「アルゼンチンで五人のナチスが殺されたのを知ってますか」

「ニュースで知りました」

「彼らが殺された晩に、誰かが犠牲者の家から、シカゴ郊外に電話してるんですよ。アルゼンチン政府からFBIに、調査をしてほしいという要請がありましてね。ここへ来る直前に、電話会社から報告があり、電話の主がマーティン・バックだとわかったんです」

シヴィアは何もいわず両方の事件の関連を考えている。「となると、そのバックがアルゼンチンのナチスと何らかのつながりがあるということですね」

「しかし、どうして五人の年寄りを殺す必要があったんだろう。現地の警察によると、その家の主は拷問されたあとのどを切られている」

「六人よ」シヴィアが感情を交えずにいった。

「どういうことです？」ファロンが訊く。

「六人目のナチが殺されてるわ。ニューヨークで、ジョナサン・ガイストという男が。シスレーのオークションがある前の晩にのどを切られたんです」

「その男は、シスレーと関係があったんですか」

「オークションに参加することになってました」

ファロンはちょっと考えた。「こういうことはぜんぶ、ほかの絵と関連があるんだろうか」

「あるかもしれませんね。シスレーだって少なくとも四〇〇万ドルの値打ちはあるんです」

「最低でも三点は絵があって、シスレーはその中の一点だといいましたね。バックがあとの二点をもっているとすれば——ヴァン・ダイクとフェルメールでしたっけ、それらはいくらぐらいになるんですか」

「少なくとも、それぞれがシスレーと同じぐらいにはなるでしょう。でも、たぶんずっと高い値がつくはず」

「となると、一人の殺人につき一〇〇万ドル以上か。最低賃金をはるかに上回るな。アルゼンチンの男が拷問されているところをみると、ほかの絵の在りかを聞き出そうとしたのかもしれない」

「いったい誰が?」シトロンが訊いた。

「わからない。だがシスレーを売りに出したことが、シヴィアの調査のきっかけになっただけでなく、ほかにも何かの引き金になったような気がしてきた」

「でも、どうして電話をかけたのかしら」

ファロンが立ち上がった。「さあ。しかしここに座ってても、何もわからない」

「どこに行くんです」シトロンが訊いた。

「バックのところへ」シヴィアも立ち上がってコートを着はじめたが、ファロンがそれを押しとどめた。「待って。いっしょに来てほしいときは、知らせるから」

「私たちのほかにも、誰かがバックを探してるかもしれないのよ。今話したことはぜんぶ推測にすぎないんだから。私にしてみれば、あなたがバックの家に行って相手に身分を勘づかれたら困るわけ。たとえ絵があったとしても、そこへ私を連れてもどって行ったときは、すでに相手は姿をくらましてるでしょうよ」

シヴィアのいうとおりだ。ファロンの経験からすると、物や人を見つけるのが困難であればあるほど、それを押収したり取りもどしたりするのもむずかしくなる。バックがもっている絵が、ナチスの略奪絵画だとシヴィアが確認してくれれば、ファロンとしては、必要なら銃を突きつけてでもそれを押収し、あとは法の判断に委ねればいいのだ。

「これは言わずもがなだとは思うが、もしいっしょに連れてった場合、私のいうとおりに行動してくれるかな？」

シヴィアが微笑んでいった。「仰せに従います」

「それはありがたい。じゃあ取引といこう。いっしょに来てもいいが、用ができるまで車の中でまっていてほしい」

「取引成立」シヴィアがシトロンのほうを向いた。「いろいろほんとにありがとう、デイヴィッド」

シトロンがにこっとした。「安全第一でやってくれよ」

「安全第一でやるなら、今ごろは家に帰ってるわよ」

第一一章

現金輸送車の襲撃は、生半可な犯罪者のやることではない。こういったハイリスク・ハイリターンの荒仕事に走る犯罪者は、たんに生活の糧《かて》を得るために現金輸送車を襲うのではない。彼らは文明社会との関わりで心身共にぼろぼろになっているのだ。ちょうど追いつめられたギャンブラーが、最後にクラップスで一回に一〇〇〇ドルを賭けるようなものだ。あるいは、末期症状を呈した麻薬中毒者が、コカインとヘロインのスピードボールを一度に注射して、やっと生きた心地を取りもどすようなものだ。彼らは罪を犯すごとに、自己保存本能のぎりぎりの限界へ向かうスピードを増していく。カート・デッカーとその一味もそういった男たちだった。

イリノイ州マリオンにある連邦刑務所に入らなかったら、デッカーとロン・スレイドとジミー・ハリソンとデル・ブラントリーが出会うことはなかっただろう。最後に仮出獄したブラントリーが三人の仲間と共に現金輸送車を襲って警備員を殺したときは、出所してひと月しかたっていなかった。だが二度目の襲撃のあと、デッカーが逮捕された。デッカーに対する告訴が取り下げになったころ、あとの三人はカネに困り、大きな獲物を手に入れるデッカーの能力を前にもまして必要としていた。デッカーが一攫千金《いっかく》の口がひとつあるが、殺しもしなければならないといったとき、反応を示したのはスレイドだけだった。にっこりして、「で、それのどこがまずいんだ?」といったのだ。

盗んだメタリック・グリーンのポンティアック・ボンネビル四ドア・セダンが、ゲルハルト・ブラウンから聞きだしたマーティン・バックの家の前に停まった。デッカーがスレイドにいった。「入口のようすを見てこい」

一分もしないうちにスレイドがもどってきた。「内側からかけた本締め錠が一つ。鍵よりバールでこわしたほうが速いよ」

デッカーは静かな郊外住宅地を見まわし、大した危険はないと判断した。何軒かに電話をかけて、どこも出ないことをすでに確認してあるのだ。夕暮れ時でそのブロックでは数軒の家に明かりがついていたが、バックの家はまだ暗いままだ。「やれ。すぐにあとから行くから」

「覆面したほうがいいかな」スレイドが訊いた。

「いや。おれたちが入るのを見られたとき、覆面してたらすぐばれるからな。だが必要になるかもしれんから、みんな用意だけはしておけよ」

スレイドは車のトランクに行き、長いキャンバス地の袋の中を探していたが、やがて各種の武器や押し入り用道具の中から短いバールを見つけだした。スキーマスクも四つ取りだして、ほかの者に配る。それから、バールの端の曲がったところをベルトに引っかけると、腕でそこをしっかり押さえながら、はやる心を抑えてバックの家の玄関に向かう。

スレイドがポーチに着くと、ほかの三人も車から出て、何気ないふうを装いながらあとにつづく。タイミングはぴったりだった。三人がポーチへ上がるステップの最上段に来たとき、短いくぐもった音がかすかにして、木のドアから錠前がもぎ取られた。三人はスレイドのあとから家に入ったが、そのようすはまるで、一同が近づいてくるのを見た家の主人が、ドアを開けて出迎えたかのようだった。

スレイドの手慣れた作業のおかげで、デッカーはドアを完全に閉めることができた。側柱に、それとわからないほどの傷がついているだけで、あとは誰かが押し入ったことを示すものは何もない。

デッカーはハリソンを指さしてからその指を二階に向けた。ハリソンが無言で銃を引き抜き階段を上りだす。同じような無言の命令を受けて、ブラントリーが地下室におりていく。デッカーは台所に向かい、スレイドは表側の窓のそばで通りを見張る位置についた。

マーティン・バックを見つけたのはデッカーだった。台所の食卓の横で床に倒れたバックは、少なくとも死後一日はたっているようだ。ピンクと青のまだら模様になった顔がむくんでいる。床に倒れる前に掛けていたと思われる椅子の前の食卓に、手書きのメモがあった。傾斜をつけてきちんと書かれた黒い文字は、はるか昔にアメリカ以外の国で教えられた書体だった。

それにはこう書いてあった。

For fifty years, I have lived with the fear that
Jewish injustice was stalking me. I have now
been warned that it is at my threshold. This is
Beneath contempt. Now, with my comrades in
New York and Argentina being assassinated,
Every person I encounter, I must consider my
executioner. I have decided to put an end to this
Thing. By taking my own life, I will not only
ensure the honor of my death, but more
importantly, prevent their revenge. Unfortunately
There does not seem to be an alternative.

（五〇年のあいだ、ユダヤ人の不当な追跡の手におびえながら生きてきた。今、彼らがすぐそこまで迫っているとの警告を受けとった。それ自体は一顧《いっこ》の値《あたい》もないことだ。ところが、ニューヨークとアルゼンチンで同志が殺された今となっては、人の顔さえ見れば、私を殺しにきたのではないかと、警戒しなければならなくなった。このようなことに終止符を打ちたいのだ。自ら命を絶てば、尊厳をもって死ねるばかりか、なにより彼らの復讐の機会を奪うことになるのである。残念ながら、それしか道はないようだ〉

署名がないのでデッカーは、これを書いた人物は、実名にするか偽名にするか決めかねたのではないかと思った。いずれにしろ、〈学芸員〉であることはまちがいない。

食卓には、手彫りの木箱も載っていた。ふたにはドイツ語で〈マイネ・エーレ・ハイスト・トロイエ〉と彫ってある。ふたを開けると、柄《つか》の黒い短剣が紫色のサテン地の上に載っていた。柄にはSSのシンボルである稲妻と、鉤十字《かぎじゅうじ》にとまった鷲がついている。刃には箱のふたにあったのと同じドイツ語が彫ってあった。これは実用的な短剣ではなく、自害するときなどに取りだすものだろう、とデッカーは思った。短剣の上部のそばに小さな長方形のくぼみがあり、そこに円筒形をした小さな金属製のものが入っていた。見たところライフルの薬包のようだが、先端にねじ蓋がついていて、水を通さないようになっている。その円筒形の容器の横に、それに入るくらい小さなガラスびんがあった。端の小さなつまみが破られているので、内容物が使用されたのだろう。どろっとした透明の液体がまだ中に残っている。デッカーはそれを取りあげ、そろそろと鼻に近づけた。紛れもない独特のにおいがつんと鼻をつき、彼は思わず顔をのけぞらせた。

スレイドが後ろにやってきた。「これがバックか？」

「そうらしいな」

「こいつ、どうしたんだ？」

「青酸カクテルを飲んだらしい」

スレイドは箱と短剣に気づいた。「ふたと短剣になんか書いてある。どういう意味だ？」

「忠誠は我が誉《ほま》れ。SSのモットーだろう」

「なんだ、そのSSってのは」

「あっちで通りを見張ってろ。それからもうこの男に不意をつかれることはないんだから、電気をつけたらいい」

デッカーが、慎重に書き置きの端をもってつまみ上げると、その下に新聞の切り抜きが二枚あった。一枚はニューヨークでジョナサン・ガイストが殺された記事で、もう一枚はアルゼンチンで五人のナチスが殺されたという衝撃的な事件を報じたものだった。デッカーは書き置きをもう一度読んだ。ニューヨークとアルゼンチンの殺人にイスラエルがからんでいて、次は自分が標的になるとマーティン・バックが思ったことははっきりしている。少なくとも、次がおまえだってことは当たってたな、とデッカーは思った。

ブラントリーが地下室から上がってきたが、床の死体にはほとんど目もくれずにいった。

「地下には誰もいなかった」ハリソンが台所に入ってきて、二階にも人がいなかったと報告する。

「二人とも、絵を見たか?」

「おれが見たところ、値打ちもんはなさそうだったがな」絵のことなんかわかるわけないだろ、とでもいいたげに、ハリソンが肩をすくめる。ブラントリーは、ただ首をふっただけだ。

「もういっぺん見てこい。クロゼットから何からぜんぶ見るんだ。そして、犬がポーカーやってる看板絵みたいなの以外は、洗いざらいもってこい。おれが見るから」

二人の姿が消えるとデッカーは、床にのびている男が最後に腰掛けていた椅子に腰を下ろした。もう一度男のほうへ目をやったとき、バックのあごの赤い山羊ひげに気づいた。髪は白いのに、あごひげは混じりけのない赤毛で、まるでつけひげのようだ。デッカーは手をのばしてそれを引っ張ってみた。本物だ。書き置きに注意をもどして、また読みなおす。装飾的な字体だが、荒削りでごつごつしていて、まるで自動記録器の針か何かでなぞった跡のようだ。こういった字体は前にも一度だけ見たことがある。父親がこんなふうに書いていた。一字一字を、彫刻でもするように念を入れて得意げに書いていた。

そのとき、おかしなことに気づいた。大文字になるはずのない四つの単語が、大文字で書いてあるのだ。父親の書いたものを見慣れていなかったら、デッカーはこれに気がつかなかっただろう。しかもバックは、それをまちがいに見せかけるために、その四つの単語をわざわざ各行のはじめにおいている。何か目的があってそうしたのだろうか、とデッカーは思った。

デッカーは引き出しから小さなメモパッドと鉛筆を見つけて、四つの単語を書きだしてみた。〈Beneath Every Thing There（下に　すべての　もの　ある）〉

それをしばらく見てからスレイドを呼んだ。「これはなんだろう」

スレイドがちょっと考えた。「下にすべてのものがある。それが何かってことかい？」

「そうじゃない。この単語は、大文字に書いちゃいけない場所に、大文字で書いてあったんだ」

「行の初めだからだろう」

「だったら、なんで行の先頭をぜんぶ大文字にしてない？」

「あのなデック、誰だってまちがうことはあるさ。自殺する前だったら、おまえだって同じまちがいをしでかすかもしれんぞ。話をややこしくするもんじゃないよ。ムショで大学出と話すときがいつもこうだった。何か隠れた意味があるんじゃないかと探しはじめる。カネになる絵を盗みにきたってのに、おまえときたら、死んだ男の作文を直す気かね？」

「いや、ここには何かがある。わざとまちがえた理由があるんだ」

「まあいいさ、せいぜい考えてくれよな。謎を見つけて解くのはいつもおまえなんだから」

スレイドは窓のところにもどった。

これはパズルだろうか。もしそうなら、〈総統のたくわえ〉と関係があるんだろうか。Beneath Every Thing There……これはどういうことだ？　今度は紙の左端にそろえて単語を書いてみた。

Beneath
Every
Thing
There

しばらくなんのことかわからなかったが、やがて四つの大文字が彼の注意を引いた。B‐E‐T‐T。BETTとは、ベッドを意味するドイツ語だ。デッカーはさっと立ち上がった。「ひょっとしたら？」デッカーはスレイドに「来い」と声をかけると二階へ向かった。

二階には狭い寝室が二つあった。一つにはほとんど家具がなく物置になっている。ハリソンがそこのクロゼットの中で、棚のものを取って外に投げている。もう一つはバックすなわちラトコルブが寝ていた部屋だ。デッカーがスレイドにいった。「ベッドを動かそう」スレイドがいぶかしげにデッカーを見た。デッカーはまだ手にしていたメモ用紙を見せた。「ここに探し場所が書いてある。大文字を合わせるとBettになる。これはベッドのドイツ語だ。そして、〈下にすべてのものがある〉ということはベッドの下を探せってことだ」

二人は手早くマットレスを脇に投げやり、次に寝台用スプリングと枠をどけた。ベッドよりわずかに広いカーペットをデッカーがつかんではぎ取る。実接《さねつ》ぎになったオークの床板が二枚だけのこぎりで切り取られていて、そこに一五センチ×二〇センチほどのベニヤ板が張ってあった。一方の端に指が通るほどの大きさの小さな穴があけてある。最近切ったものらしく、のこぎりのあとはまだ新しかった。デッカーがベニヤ板を引きあげた。

中にはクロス装の小さな手帳があった。デッカーがそれを取りだして開いた。最初のページには〈フォールムント〉と書いてある。「守護者ってことだ」デッカーが大きな声でいった。次の六ページには、それぞれいくつかの文字が書いてあった。最初のページにはぜんぶで五〇文字が書いてある。

MRSFI CXYMG DOBQT QXMAZ BSODL

QHNRU KPQCE TOAJU ZQUDB BZEID ——

残りのページにはそれぞれ一〇文字が書いてあるだけだ。

SVJFDNREPT__
UATWMODLVN__
SVMIJQNSUX__
YGNEVLSZPD__
IBPKMFJQBZ__

デッカーはなんとか暗号を解こうと考えこんでいたので、タズ・ファロンの車が外に止まった音は聞こえなかった。

第一二章

ファロンはギアをパークに入れながら、マーティン・バックの家の中に人の気配はないかと見守った。一階も二階も、窓から明かりが漏れている。車が一台、玄関のすぐ前に停めてある。このあたりのほかの家では、たいてい車回しに停めてあるのだが。「どうやら、客が来てるようだ。バックはどんな男か知ってる？」

「いいえ。でも七〇代末か八〇代のはじめにはなってるはず」

「だったら、こっちのほうが足は速いな」

「あの人たちを見くびったらだめよ。引き金を引くのに、足が速い必要もないし、力もいらないんだから」

ファロンは場慣れした感じの口調に驚いた。「あんたが玄関に行ったほうがよさそうだ」

「気をつけてよ。なんていうつもりなの？」

ファロンはブリーフケースを開けて、捜査官として一〇年間仕事をするあいだに集めた名刺の束を取りだした。その中から目当ての一枚を取りだす。〈アラン・ジャクソン　ワールド不動産〉

「それがあなたなの?」

ファロンはバックの家に目をやった。「あの家は、一五万ドルはするだろう。こっちはカリフォルニアの夫婦の代理人ということにする。妻がここを見ると育った家を思いだすから、手入れがよかったら二〇万ドルまで出す用意がある、とその夫婦はいっている。だが二人を案内する前に、家をよく見ておく必要がある」

「そんなので、うまくいくかしら」

「こういう手口のいいところは、たとえ頭がいい相手に出くわしても、欲で攻めれば理屈に勝てるってこと。一つだけ問題なのは、ここにいるのがめざす相手でなかった場合、あと二日ばかりの間、買い手はどこだと腹を立てた電話が、本物のアラン・ジャクソンにかかるということだな。絵の話だけど、なんの絵を探せばいいのかな?」

「フェルメールとヴァン・ダイクは一七世紀の画家だから、三〇〇年前の油絵のオリジナルがあれば、この家にまちがいないと思っていいでしょうね。何かわからないことがあったら、家は申し分ないから、車の中にいる買い手に見せたいといえばいいわ。今夜にでも正式なオファーができるかもしれない、って。そこで私が中に入り、絵を見る。秘密の隠し場所がないかも調べてちょうだいね」

「そういう手を思いつくようになるまでに、こっちは何年もかかったのに。あっという間にどうしてそんなことを考えたんだ?」

「私って、すぐそばにいる人に影響されやすいタチなのよ。ところで、絵があったらどうするつもり？」

「バッジを見せて、押収する」

「それって法に触れるんじゃない？」ちょっと非難がましい口調だ。

「憲法の解釈が正しければね」

「それで面倒なことにならないの？」

「こっちが権利宣言をものともしないところに惚れこんでくれたのかと思ってたが。義憤に駆られるか、法律破りの幇助《ほうじょ》をするか、早いこと決めてくれ」

「どういうつもりか、知りたかっただけよ」

「心配しなくていい。あんたの目の前で相手を殴ったりしないから」ファロンはブリーフケースをぱたんと閉めた。そして、「車の中にいてくれ」というと、車から出て、バックが見ているかもしれないので、音をさせて車のドアを閉めた。こっそり忍び寄るという印象を与えたくなかったのだ。家に向かって歩きながら、玄関の前に停めた車をよく見ておいた。

家の中では、二階の寝室でスレイドとデッカーが、〈守護者〉の手帳にあった暗号を解く手がかりはないかと、夢中で引き出しをあさっていた。二人とも車のドアが閉まる音を聞き、デッカーが手を休めず、スレイドのほうにうなずいて、見てくるようにと合図をした。スレイドがブラインドを下ろした窓の外をのぞいた。「人がやってくる」

「誰が?」

「スーツを着てる」

「警官か?」

「さあ。着てるものは警官らしくない。だが、歩き方は警官だな」

　デッカーは窓のところに行き、家に向かって歩いてくるファロンを見守った。

「下に行ってブラントリーに音を立てるなといえ。中から誰も答えなかったら、行ってしまうだろう。万一ってことがあるから、覆面をつけろ」

　大男にしては驚くほどの素早さでスレイドがそっと下に行って、地下室にいるブラントリーに注意した。それからスレイドは、玄関ドアから見えないところに隠れた。デッカーは別の寝室に行って、警官が私道を歩いてくるとハリソンに知らせた。

　不動産屋になりすましたファロンはまっすぐ玄関に行き、ブザーを鳴らした。ブリーフケースを両手で体の前にさげ、無邪気に微笑んでいる。人が近づく音がしたが、誰も現れない。どうもおかしい。明かりがつき、車が正面に停まっている。ファロンは後ろに下がって息を詰め、家の床からポーチの床に伝わってくることがある、人の気配を捕らえようとした。それと同時に、すぐそばの窓に目をやり、家の中でドアが開け閉めされるときの動きがないか見守った。ずっとなんの音もしないことがかえって怪しい。

　そのとき、ドアの側柱にバールでこじ開けたことを示す真新しい跡があるのに気づいた。

指先で軽く押すとドアが開いて、ギーッという嫌な音がする。ファロンは不動産屋の役割を演じつづけようと声を張りあげた。「こんにちは。不動産取引のアラン・ジャクソンです」そのとき、カシャ、カシャッという、かすかだが耳慣れた金属的な音が二度した。オートマチック拳銃のスライドを引いてもどしたのだ。ファロンもそっとブリーフケースを下ろすと、自分の九ミリを抜いて安全装置をはずした。「誰かいますか」ファロンは家の中に向かって声を張りあげた。

答えがない。ファロンは狭い玄関の中に足を踏み入れ耳を澄ます。何も聞こえない。そろそろと拳銃の音がしたほうへ歩きだした。

スレイドは銃を手にして台所の壁にぴたっと体をつけながら、もうすぐファロンに見つかりそうなので、デッカーがまず最初に動いてくれないかと思っていた。床の死体が見つかれば、撃ち合いになるのはわかりきっていたからだ。

突然、階段の上から声がした。「なんのご用？」

驚いたファロンが怒鳴った。「ご主人にお会いしたいんですが」

「私が主人です」デッカーがいった。

スレイドは、ファロンが二歩ほど階段に歩み寄る音を聞いた。ということはこの警官が自分に背中を向けていることになる。デッカーは、警官をその位置に引きつけて、自分に撃つチャンスを作ったのだろうか。

ファロンが、「マリアン・バックさん?」と、わざとまちがったファースト・ネームをいった。

「マーティン・バックだが。どなたですか」

「話がある」

「あんた誰?」

相手がマーティン・バックでないことはわかっていた。それに状況からして、侵入者は二人以上いる。ファロンは、相手がこっちを撃ってくる恐れがあるときは、いつも自分の身分を名乗ることにしていた。「FBIだ」

ちょっとの間相手は何もいわない。ファロンは経験から、次に相手がわざと怒ったふりをするはずだとわかっていた。「住居不法侵入じゃないか」

「そのとおり。私だったら警察を呼ぶね」

スレイドはさっと壁から離れて、ファロンが立っているはずの場所に銃を向けた。標的は消えていた。

地下室では、ブラントリーがデッカーとファロンの声を聞いた。それからスレイドが今にも捜査官を殺すだろうと思った。だから自分が手伝う必要はない。それに、ほかにも警官がやってくる可能性は大いにある。彼の第一の任務は運転手なので、家の外に出てすぐに車を出せるようにしておくことにした。地下室の奥に裏庭に出るドアがある。ブラントリーは私道を通って家の外をまわり、通りに出た。そして目を玄関ドアに向けたまま、車の後ろにまわると、一回だけ短く鋭い口笛を吹いた。

シヴィアはブラントリーが家をまわって来るのを見た。ファロンが銃を抜いて中に入ったその家から、スキーマスクをつけた人間が現れたのに驚いたシヴィアは、車の中にいるのを見つかったらまずいと思った。そっと車から出ると中腰になって車の後ろに立つ。

しかし、ブラントリーの口笛に気づいて外を見たデッカーが、シヴィアが車の外に出るところを見た。デッカーは窓を開けると、FBIの車を指さす。そして自分の手首をがちっとつかんだ。車のほうを見たブラントリーは、すぐにシヴィアの頭の先を見つけて、デッカーの合図が女を人質に取れということだと理解した。

ブラントリーはFBIの車の後ろをまわって、気づかれる前にシヴィアを捕まえ、彼女の腰に銃口を押しつけた。ブラントリーがシヴィアを人質に取ったのを見て、デッカーは階下にいるスレイドのほうへ声をかけた。「あいつはどこだ」

ファロンがどこにいるかわからないので、スレイドはそれに答えて自分の位置を知られたくなかった。となると選択の余地はなくなる。FBIの捜査官を自分でやっつけるしかない。スレイドは一階をくまなく見ていたので、ファロンがいる場所は一ヵ所しかないと思った。食堂だ。スレイドはいつでも撃てるように銃を構えて、慎重に食堂へ向かった。

クロゼットの横を通るとき、そのドアが開いた音は聞こえなかった。ファロンがノブをもちあげて、蝶番に重みがかかってきしむのを防いだからだ。突然、スレイドの頭から数センチのところで、オートマチックの撃鉄を起こす紛れもない音がした。スレイドはびくりとも動かない。これはいい兆候でないことをファロンは知っていた。もしこんな状況で抵抗をあきらめるつもりなら、腕がだらりと垂れ、肩と首の筋肉の力が同時に抜けるはずだ。相手はさっとふり向きざま銃を発射する気でいるのだ。ファロンがささやく。「よかろう、撃ってこい。さあ、どうかやってくれ」

スレイドは驚いた。もしふり向いて撃てば、相手の顔を見る前に殺されるだろう。スレイドは銃を床に落とした。

ファロンはスレイドをひざまずかせておいてから、二階に向けて怒鳴った。「バックさん、あんたの友だちが、今おれの居場所を知らせるってさ」

ファロンは銃の台尻でスレイドをつついて、デッカーの質問に答えるよううながした。

「こいつに捕まった」

「そしてどぎまぎしている」ファロンが締めくくる。

ファロンがスレイドのスキーマスクを引きはがそうとしたとき、デッカーが上から怒鳴った。「おい、FBIさんよ、あんたのガールフレンドの心配でもしたらどうだ?」

玄関のすぐそばにいたファロンは、薄いカーテンを引き開けた。通りの向こうで、別の覆面男がシヴィアの後ろに立っている。シヴィアの顔は恐怖でまっ青だ。ファロンはスレイドを引きあげて立たせると、玄関のところへ押していった。スレイドが叫ぶ。「おれを外に連れだす気だ」

よろけながら玄関を出るスレイドのあとからファロンが外に出た。

ブラントリーはシヴィアを自分とファロンのあいだに押しだした。ファロンは横に動いてギャングたちのセダンへ向かう。二階から出てきた者に狙われて挟み撃ちにあうことを恐れたのだ。車の後部の陰に入り、それを自分の背後の盾にした。

デッカーとハリソンが玄関から出て、銃をファロンに向けたまま、ブラントリーとシヴィアのほうへ動きだした。デッカーはシヴィアに近づき、銃口を彼女の額に向けた。「これで五分五分だ。しかし、こっちのほうが有利だな。おれたちは三人が銃をもってるし、ガールフレンドがここにいる。それにあんたは、例によって法律や規則に縛られている」

「おまえたちの車がここにあることを忘れてんじゃないのか。ほかにアシはないんだぞ。それにもうすぐ警察がやってくるにちがいない」

「どうかな。ここいらにはほとんど人がいない。誰かが電話したとは思えんな」

ファロンは目を動かさずに自分の銃を下に向けると、地面に二発撃ちこんだ。「これで、誰かが電話する」

「これでおあいこに近くなった。取引しようじゃないか」デッカーが銃をシヴィアの耳の後ろに当てる。「警察が来て、罪のない第三者が死ぬ前にな」

ファロンはスレイドを見て、次にシヴィアを見た。「そうだな、そっちの人質のほうが、見た目がいいことはたしかだ。しかしこっちの人質はいろいろしゃべってくれそうだが」

「そいつは、ほとんど言葉がしゃべれないんだ」

「よし、バカを承知で美人を取ることにするか」

「まずおれたちが車のところに行く必要がある。だから……」といってデッカーが銃をあげて動かし、二つのグループが場所を交換しようという合図をした。そしてシヴィアとほかの二人と共にデッカーがそろそろと車のほうへ向かう。ファロンはスレイドを間に立たせながら、FBIの車のほうへ動いた。デッカーはセダンのところへ着くとすぐ、二人の仲間に車に乗るよう合図をする。ブラントリーが運転席に乗りエンジンをかけた。デッカーがいった。「あとは、人質の交換だ」

「よかろう」ファロンがいう。

「よし、二人ともゆっくり歩け」

スレイドがデッカーのほうへ向かう。それと同時にシヴィアも、駆けださないように必死でこらえながら歩きだした。シヴィアがファロンのところへ来ると、ファロンは彼女を車のボンネットの陰に押しこんだ。

スレイドがセダンにたどり着き、後部座席にすべりこむ。ファロンとデッカーは、互いににらみ合ったまま、同時に銃を下ろした。「そのうちまた、出くわすことになりそうだな」

デッカーが凄みをきかせていった。

「望むところだ。電話番号を聞いといてもいいぞ」ファロンが答えると、デッカーが銃を上げて、ファロンに狙いをつけた。

ファロンは挑むように立っていた。デッカーがにやりとする。「人によっちゃあ、殺したほうがやっかいなこともあるからな」FBIの捜査官を殺せば、あとで組織をあげた執拗な追跡がおこなわれることをいっているのだ。

デッカーはファロンの車の前輪に一発撃ちこんだ。それから車に乗って走り去った。

ファロンは震えているシヴィアに腕をまわしかけていった。「これでも、美術史は退屈な学問かね」

第一三章

頼もしいサイレンの音が聞こえてきた。サンカルロス・デ・バリローチェでの殺戮の記事が頭にあるファロンは、シヴィアを正面のポーチに待たせておいて、家の中を調べた。一階で見ていないのは台所だけなので、まず台所へ向かう。死体は入口のところから見えた。食卓をまわりながら書き置きを読んだ。それからかがみこんで死骸を調べる。

「マーティン・バックだと思う」シヴィアがいった。

彼女が死体を見ても平然としているのでファロンはびっくりした。「外で待っててくれと頼んだのに」

「待てと命令したでしょ。大きなちがいだわ。ところで、警察がすぐそこまで来てることを知らせようと思ったのよ」といってシヴィアは死体を目顔で示していった。「あの連中の仕業なの？」

「ちがうと思うね。死んでから時間がたってるから。書き置きがあるところをみると、自殺らしい。外で待ったほうがよさそうだ」

一台目の警察車両が止まると、ファロンは、これ以上銃を突きつけられるのはごめんなので、身分証を掲げて見せた。制服警官に、住居侵入の最中だったこと、家の主人は死んでいて自殺らしいことを話した。家に押し入った男たちは、北の方向に逃走したことも告げる。セダンの色と型式とナンバーを教えたあと、四人の身長・体重を話すと、警官はそれを自分の班と周辺の警察署に無線で伝えた。

ファロンはＦＢＩ支局に無線連絡した。夜勤の通信指令は急いで捜査官に呼びだしをかけるといった。屋根に赤色灯をマグネットでつけた覆面パトカーが一台、スピードを上げてやってきた。刑事が一人車から出てきて、トム・デイルと名乗る。

ファロンはバックのことと、四人と出くわしたことを話した。それからアルゼンチンとニューヨークでナチスが殺された詳細と、バックの家にかかった電話がもとで自分がここにやってきたいきさつを説明する。「するとその連中が、ほかの殺人にも関係している可能性大ってわけですね」デイルが訊いた。

「今のところ、彼らがもっとも有力です」

「どういう連中か、何かわかりましたか」

「まったくわからない。だけど一つだけいえるのは、素人じゃないってこと。まちがいなく筋金入りです。リーダー格の男は、ほとんど何も命令する必要がなかった。三人とも名前を口にしないよう気をつけてたし、何が起きても落ちついていた。しばらく中に入ってた連中じゃないかと思う。それもホワイトカラーの犯罪じゃないな」

二人が家に向かって歩きだしたとき、デイルが訊いた。「連中の目的はなんだと思います？」

「アルゼンチンと何か関係あるなら、バックを殺そうとやってきたんでしょう。少なくともバックはそう考えていたらしい」ファロンは刑事を台所に案内して、書き置きを見せた。

「どうやら、この男は誰かが自分を殺しに来ると考えて、先に死ぬことにしたようだ」

デイルは書き置きをちょっと読んだあと、割れた小瓶を調べた。「青酸化合物らしい。自殺のようだな」それから膝をついて老人の顔をよく見る。「少なくとも死後二日はたっている」立ち上がって、ふたの開いた箱を見た。手を触れずにかがみこんで短剣を子細に見ている。「この男も、ナチですよね？」

「そうでなかったら、この男はとんだ思いちがいをしたことになる」

「外の女性もFBIの人？」

「盗難美術品の捜索をやる組織の人です。ニューヨークに本部があってね。一九三九年にナチスが略奪した絵の中の一点を、最近取りもどしたんです。ほかの絵をもっていると思われるただ一人の生き残りが、バックだったわけで、彼女はシカゴに来てほかの絵のことを彼に訊くつもりだった」

「どれくらいの値打ちがあるんです？」

「彼女によると、何百万にもなるという」

デイルがヒューと口笛を吹いた。「やつらは、絵を見つけたと思いますか」

「ここから出るときもってたのは、銃だけだった」

「絵はまだここにあるんだろうか」

「あるとしたら、相当うまく隠してあるだろうな。私がここに来るまでに探す時間はたっぷりあったはずだから」

「ちょっと見てまわったほうがよさそうだ」

最初にここに来た制服警官が階段を下りてきた。「連中は二階の寝室で、探してたものを見つけたらしいですよ」

デイルがいった。「鑑識に電話しろ。それから人を中に入れないようにしてくれ」

二階でデイルとファロンは、空になった床の隠し場所をのぞきこんだ。「何が入ってたにしても、絵よりは小さなものだ。なんだと思います?」

「カネか宝石か。わからないな」ファロンが答える。

「家の中を見たあと、あなたとあの女性に署に来てもらいたいんですよ。正式な調書を作るために」

二人が階段を下りはじめたとき、玄関から言い争う声が聞こえてきた。ここから一五分足らずのところに住んでいる上司のピーター・ブレイニーだった。デイルが制服警官に、ブレイニーを中に入れるよう手で合図する。ファロンが二人を引き合わせたあとブレイニーが訊いた。「何事だ？」

ファロンがデイルにいった。「先に捜索をやっててください。ボスに説明するから」

デイルが地下室に通じる階段に向かっているとき、ブレイニーがいった。「あの女は誰だ」

「シトロンの知り合い。彼女に手を貸してくれとシトロンに頼まれたんですよ」それからファロンは、シスレーなどの絵と、オークションとアルゼンチンをたどってバックに行き着いたいきさつを説明し、一連の殺人に関与しているらしい男たちと出くわしたことを話した。

ブレイニーが頭をふった。「こういうことはごめんだといっといたのに」

「もっと大局的に見てくださいよ。だったらどうすればよかったんですか。あの連中がここに侵入してバックを殺すのを見逃せというんですか」

「まず私に相談してほしかった」

「相談したら、どうしました？　バックに連絡しろといったかもしれないじゃないですか」

ブレイニーがちょっと考えた。「そうだな、そういったかもしれん。ただ部下が危険な状態におかれると、もっと別のやり方もあったんじゃないかと考えるもんだ。これだけは約束してくれ。万が一、あいつらとまた出くわすようなことがあったら、前もって誰かに援護を頼んどくんだぞ」

「わかってます」

ブレイニーが声をひそめていった。「シトロンは脈がありそうか？」

ブレイニーに嘘はつきたくなかったが、シヴィアと仕事をつづけるには、それも仕方ないと思った。「シヴィアが絵を取り返す手助けをわれわれがやれば、こっちに借りができるとシトロンはいいました。彼女がここに来たのも、そのためですよ」

「そうか、望みはありそうだな。ただ、今後ああいったろくでなし共との撃ち合いにだけは引き入れないようにしてくれよ。彼女は一般市民だからな」ここでいきなり、休眠状態にあったブレイニーの捜査本能が目を覚ました。「正直に話してるんだろうな？　あれはえらくいい女じゃないか」

ファロンはにやにやしながらいった。「冗談いわないでくださいよ――」

ブレイニーが両手をあげてそれを制する。「明日の朝早くオフィスに来い。支局長に話さにゃならんことを忘れるなよ」

タイヤを替えてから、ファロンとシヴィアはデスプレーンズ警察署に行き、そこでトム・デイルから調書を取られた。二時間近くたったとき、デイルがいった。「この程度でいいでしょう。何か要望はありますか」

「あの家から何か手に入りましたか」

「大したものはないですね。遺留指紋がいくつかあったけど、おそらくバックのでしょう。あなたが男に捨てさせた銃にも部分指紋があり、シリアルナンバーがわかりました。それを州の研究所に送ります。ナンバーからわかることがあるでしょうが、抜かりのない連中だから、盗難品でなかったらびっくりですね」デイルは〈マーティン・バック現場〉と書かれたファイルを取りあげてめくった。「あそこからもってきたのは、ガラスの小瓶――これは青酸化合物でしょう――、そのほかには書き置きと、ナチス殺害を報じた二枚の新聞切り抜き、それだけです。見たところ自殺であって殺人ではないので、捜査もかぎられるんですよ。最近は家族の許可なしに住居からものを持ちだして、法律上の問題が起きた件がいくつかありましてね。だから、死に直接関係がないものは、残してくるんです。親戚はいないか今探してるところです。近所の者は何も知らないので、もし二四時間以内に親戚が見つからなかったら、もう一度あそこへ行って、何か必要なものがないか見てくるつもりです。とくに探したいものがありますか」

「これといってないですね」ファロンがいった。「近所の人たちはバックのことをなんといってました？」

「つき合いがなかったので、ほとんど話すことがないんですよ。ずっと昔からあそこに住んでいて、あのブロックでは最古参の一人です。クライスラーをリタイアしたとかで。あのあたりじゃ、いるかいないかわからない存在でした」

「もう一度家を見てもいいでしょうか」

「バック氏も異存はないと思いますよ。ただ何ももってかないようにしてくださいね」デイルはフォルダーのうしろにあった封筒から鍵を一つ取りだした。「本締め錠がこわされたので、用心のために南京錠をつけておきました。用がすんだら、受付に返しておいてください」

「私が渡した車のナンバーはどうなりました？」

デイルはデスクにうずたかく積まれた書類の山をあさっていたが、やがて黄色いテレタイプ用紙を見つけだした。それにちょっと目をやってからファロンに渡す。「昨日、カリュメットシティから盗まれたものです。見つけたら指紋を採るようパトロールに指示を出しておきます」

「その指示に、犯人は武器を携帯していて、きわめて危険であるとつけ加えてくれませんか」

「それだけでいいですか？」

「それから、とても投降しそうにないと」

第一四章

　またバックの家の前に着いたとき、ファロンがシヴィアにいった。「あんたが車に残るかどうかでまた言い合いがはじまるんだろうな」

「どうして残るのよ。前回残ったせいで、あんなにうまくいったじゃないの」

「こっちはここで危険を冒すわけだが、あんたはどうやら結婚してないらしい」

「つまり、結婚してもいいほど私のことを我慢できる男はいないってこと？」

「つまり、パートナーを組むからには、協力する気持ちが必要だってこと」

「で、あなたの定義によるパートナーシップは、あなたが命令して、私がそれに従うってことね」

「なぜか、急にこっちは結婚してるような気がしてきたぞ」

「私たち、ここで何をするのよ。バックは死んだのよ。絵はもうここにはなさそうだし。それに私は今日すでに一度人質になったけど、人質なんて一度でたくさんだわ」

「よし、すると車のなかで待てるってわけだね」

　シヴィアが車から出た。「あなたって、人間理解はあまり得意じゃなさそうね」

二人が家に入るとファロンがいった。「おれは地下室を調べる」

「私は何を探せばいいの？」

「警察が秘密の隠し場所を見逃してないかぎり、絵はここにはない。あんたの友だちの覆面男は出ていくとき絵をもっていなかった。だから、バックはほかの場所に隠して、隠し場所のヒントをここに残したんだろう」

「あるいはバックが絵をもっていなかったのかもしれない」

息絶えたバックの死体をまじまじと見つめていたシヴィアのようすを、ファロンは思いだした。「南米のナチスは拷問されていた。その結果犯人たちはバックのところへやってきた。連中が手に入れたい物をバックはもっていたにちがいない。あんたはもっとその点にこだわると思ったがね。もしあるなら、残りの絵を手に入れたいんだろう？」

ファロンがそういうと、なぜかシヴィアは落ち着きを失った。「わかったわよ。二階を調べてみる」

ファロンは下におりていった。地下室は狭く、一階の床面積の四分の三ほどしかない。奥には例によって給湯器や暖房炉といった機械類がある。別の端には古新聞がきちんと束ねて積みあげてある。部屋のまん中に大きな仕事机があった。机の上一面に貼った硬材の厚板は、念入りにかんなをかけて表面を平らにしてある。さまざまな道具類がおいてあった。かんな、金づち、曲がり柄ドリル、胴付き鋸《のこ》二つ、糸鋸、それから接着剤で貼り合わせたものを固定するための万力やクリップなどの締め具が半ダースほど。一つしかない引き出しの中には、木ねじや仕上げクギ、それから、木材に文字や数字を打ちこむための、金型があった。地下室には木材はまったく見あたらず、最近作業をしたことを示す木片や鋸屑さえもない。そのため、机の上に一つだけあったものが、いよいよ興味をそそる結果になった。それは絵のはめてない額縁だ。灰色がかった青に塗ってある。裏には、小さな金色のラベルが貼ってあった。黒い字で〈ライン・アンティーク・ギャラリー〉とあり、シカゴのニア・ノースの住所と電話番号が書いてある。

ファロンが一階にもどると、シヴィアは食堂のテーブルの前に腰を下ろし、嫌悪感をあらわにしてSSの短剣をにらんでいた。ファロンに気づくと「それ何？」といって彼の手にした額縁を指さした。

「地下室にあった。これをどう思う？」

シヴィアが念入りに調べる。「かなり値の張るものよ。あつらえたのね」絵が入るべき内側に指を這わせた。「一度も絵をはめたことがなさそう。私の見た限りでは、壁にかけてあった絵の中には、こんな高い額が似合うようなものはなかったわ」裏返して金色のラベルを見たあといった。「ライン・アンティーク・ギャラリー？　ドイツ系みたいね。やっぱりナチスの一人だと思う？」シヴィアがテーブルの上の木の箱を指さす。

ファロンは短剣を入れた箱をちょっと見てから、流しにいってふきんを取ってきた。箱のふたを閉め、濃い色の木材についた指紋採取のための銀色の粉末を、そのふきんで拭き取った。「何か変なことに気がついた?」

シヴィアはふたを開けて、今に残る残虐行為の証拠だというように、短剣を見た。「変なことは何もないわ」

「ちょっと大きいように思わないか?」

「大きい短剣だもの」

「幅と長さが大きいといってるんじゃない。深さだよ」

シヴィアが今度は感情を交えずに見ながらふたを閉めて、つぎにまた開けた。たしかに深いが、ふたを閉めれば、幅と長さにくらべてとくに深いようにも見えない。「どうかしら」

短剣は紫色のベルベットの台においてあった。ファロンは短剣を取ってテーブルにおいた。指先で台を調べた。短剣とさやがおさまるように形が作ってある。その両端にくぼみがあったので、布と土台をいっしょに引き上げた。箱をもちあげて、片手を箱の中に入れ、もう一方の手を外側の底に当てる。ふたの厚みと重さから判断すると、四センチ近く離れている。底は一枚ではなさそうだ。

底をこぶしで叩いてからファロンがいった。「空洞だ」蟻継ぎにした箱の四面を調べる。底面も一枚板でできていたが、菱形の小さなくぼみが一つだけある。短剣に目をもどすと、銀製のさやの先が同じ形になっているのに気づいた。それをくぼみに差しこむ。何も起こらないので、時計回りに回し、次に反対に回してみる。カチッという小さな金属的な音がした。内部に隠れた二つの蝶番《ちょうつがい》を起点にして、箱の内側の底面がぱっと持ちあがった。それを開けると、二枚の文書が出てきた。

最初の紙には、いくつもの数字と文字の組み合わせが、五つのグループに分けて書いてある。二枚目はドイツ語の手書き文書だった。シヴィアは魅入られたようにそれを見ていたが、すぐに一枚目の下にある署名に気づいた——帝国元帥ヘルマン・ゲーリング。「なんと、これはゲーリングが書いたものよ」

「明日支局で調べるが、おそらくワシントンに送って翻訳することになるだろう」

シヴィアはしばらく黙っていたが、やがていった。「いいでしょう。おたくで盗聴する人たちは、全員が英語をしゃべるわけじゃないものね」〈盗聴〉といった口ぶりからすると、FBIの使う手段と、バックのような人間が使った手段との間に大した差はないと、シヴィアは思っているらしい。

「ついさっきは、この男の権利を踏みにじってくれとこっちに頼みこんだんだから、その独善的物言いは、自由人権協会の会合まで取っとくんだな。そりゃあ、うちには翻訳者がいるさ。外国の大使館や領事館も相手にしなきゃならない。イタリア語しかしゃべれない組織犯罪のギャングもいる。南米の麻薬売人もいる。もちろん電話の傍受もする。ときには、たんに文書を翻訳する必要もある。そういった翻訳者のおかげで、テロリストが企てたニューヨーク地下鉄の爆破を阻止したからって、苦情をいわれたことはないね」

「わかった、わかった。あやまるわ。ここの用事はもうすんだの?」

「鍵を返したら、ホテルに送っていくよ。ホテルはどこ?」

「ブラックソーン」

「そこだったら、額縁を作ったアンティーク・ギャラリーからそう遠くないな。途中でちょっと寄ってみたほうがいいかもしれない。夜もこの時間なら、あたりに人はいないだろう」

「関係があると思う?」

「わからない。あんたがいったように、ライン・ギャラリーはドイツ臭いからね。このあたりにあと一人か二人のナチスがいてもおかしくない」

「特別調査局って聞いたことがある? 司法省の中にあるんだけど」

「知らないな」

「そこによると、一九四八年から一九五二年の間に、一万人のナチスが合衆国に入ったそうよ。シカゴのような都市だと、二、三人どころじゃなさそうね」

「そうなると、ますます今夜のうちにその店を調べたほうがよさそうだ」

短剣の箱を元通りにしてから、ファロンは、ブリーフケースから取りだした透明なビニールの証拠袋に、二枚の文書を別々に入れた。額縁ももっていくことにして、玄関に南京錠をかけると、二人はそこを去った。刑事のデイルはもう署にいなかったので、ファロンは鍵を当直の巡査部長に返した。ケネディ・エクスプレスウェイに入り、ニア・ノースサイドに向かう。

通りの角に、かつて地元の銀行だったらしいビルがあり、ライン・アンティーク・ギャラリーはその中にあった。入口は商店の並んだ広い通りに面していて、その通りに交差した道は住宅になっている。そこは今より折り目正しい時代に建てられた建物で、人々は誇らしげに銀行から預金を出し入れしていた。そして、その儀式を長引かせるために、喜んで銀行へ歩いて行ったり来たりしたものだ。

立方体をした二階建ての外壁は、灰色の御影石で仕上げをしてある。二階が住居になっているらしく、一つの窓のカーテン越しに弱い光が漏れてくる。もう真夜中近かった。「すぐもどって来る」とファロンはいった。

店の前に立って営業時間を調べようとしたが、まったく出ていない。一階に明かりがついているかどうかは、ファロンのところからはわからなかった。ウインドウの下端に、長年日にさらされて色あせた黒と金色の文字で〈ライン・アンティーク・ギャラリー——販売と修復——マーヴィン＆ヒルダ・ライシュの店〉と書いてある。

ウインドウの商品は、色もさえないが、展示の仕方もさえない。粗末なイーゼルには、気の抜けたような静物画が載せてある。無造作におかれた花瓶や壺は、お客に見せるというより、雨漏りを受けるためであるかのようだ。

ファロンは建物の角をまわって裏に出た。裏に入口があり、横に郵便受けがある。そこには活字体の手書きでM・ライシュとあった。ブザーがついている。

車にもどってトランクを開け、額縁を取りだした。そして二階の明かりを見上げていった。「店の主人が二階にいるんだろう。郵便受けの名前と店のウインドウの名前が同じだった」

「ちょっと遅くない？」

「バックの家に行った例の四人組が、今夜は休んで別荘でミーティングでもしてると思うかい？」

シヴィアが車から出た。「あなたっていつも同じスピードで走りつづけるのね」

「誰かが出てきたら、あんたも捜査官だと思わせるからね。二人ともFBIだと思ったほうが相手は安心して話してくれるから」

「すてき。今度はFBI捜査官だって嘘をつくわけね」

「まあそういわずに。いい子にしてたらこれが終わったとき、共和党の誰かを盗聴させてやるからさ」

ファロンがブザーを押した。答えがない。また押した。二階でドアの開く音がして、老人の声が下に向かって怒鳴った。「どなた？」

「ライシュさんですか？」

「そうだ」

「私たち、FBIの者ですが」シヴィアが非難がましい目でファロンを見た。ファロンは彼女に見られないように手を上げて自分の顔を隠した。「お話をしたいことがあるんです」

「FBI？　私が何をしたっていうんです？」

「何も。おたくの額縁についてなんです。捜査の過程で出てきましてね」

「店の前に来て、身分証を見せてもらったら中にお入れしますよ」

店の前で待つあいだ、シヴィアは心配そうにウインドウから中をのぞいている。「たとえライシュがナチでも、遠い昔のことだ。FBIにドアを開けようってんだから、ここしばらくは人を殺してないだろう」暗い店のなかで動くものが見え、ドアのほうへ誰かがやってきた。

そして八〇代と思われる、意外にも品のいい老人がやっとのことでドアの向こうにたどり着いて、誰が来たのかとこちらをうかがった。パジャマの上から部屋着を着た老人は、ヨーロッパの由緒ある人物といってもよかったが、顔はやつれていて、長い間、極限まで耐えてきた人間といった感じだ。年のせいで背中と腰が曲がり足を引きずって歩いているが、若いときはもっと背が高かったことは容易に見てとれる。逆境を生き抜いてきた者に特有の、用心深く探るような、そして的確に相手を見抜く目をもっている。ファロンが身分証を掲げて見せると、老人はすぐにドアを開けた。

「すみませんね。念の入れすぎだとお思いでしょうが、年のせいでしょうな。ここの主人のマーヴィン・ライシュです。どういったご用で?」年は取っているが、ライシュの声はしっかりしていて威厳があり、ごつごつしたドイツ語訛りがあった。

「私はタズ・ファロンで、こちらはシヴィア・ロスです」そして額縁を見せながらいった。

「こんな時間に申し訳ないが、これについて知りたいと思いましてね」

かすかに得意げな表情を見せて額縁を手でなでながら、ライシュはそのできばえを確かめてから、裏のラベルをちらっと見た。「これに何か問題でも?」

「そういうわけじゃないんですが、どういう由来のものか知りたいと思いまして」

「中へどうぞ。そのほうがゆっくりお話しできるでしょうから」

ライシュのあとにつづきながら、ファロンは店のなかが雑然としていると思ったのはまちがいだったとわかってきた。見れば見るほど、どの商品も整理して並べられていることがわかってくる。店の中の各区画に、一つの部屋のようにまとまって家具が並べられているのだ。もし誰かが居間の飾りつけをしたいと思えば、必要な家具がすべてそろった区画が二、三できているというわけだ。飾りつけのモチーフが区画から区画へと流れるように移っていく。どの区画も創意工夫に富んでいる。ライシュは、事務所は狭くて場所がないから店で話そうといって、縞柄のサテンのウイングチェアに腰掛け、それとセットになった向かい側のカウチにかけるよう二人に手で示した。「コーヒーでもいかがです」ライシュがいう。

「いや、いいんです。額縁のことを話してもらったあとは、われわれが押しかけてくる前にしていらしたことにもどってください」

「お手伝いがしたいんですよ。妻のヒルダが死んで以来、訪ねてみえる方もめったにないもんでね」

「まあ、お亡くなりになったんですか」シヴィアがいった。

「そうなんです。あれから一年近くたつなどとは、とても信じられません。昨日のことのように思えます。すばらしい女性でした。この店を愛していてね。ドイツから来たときにここを開いたのです。芸術的な才能が豊かでした。修復はすべて彼女がやりましたよ。私は若いとき金細工師だったんですが、戦争ですっかりやる気をなくしましてね。ここでは、額縁作りと帳簿つけだけで満足してました。この商売のおかげで、私たちはすばらしい人生を送ることができたんです。この国には、とてもお世話になりましたよ。あれあれ、一人でおしゃべりしてしまって。ヒルダにいつも注意されてたというのに。すみません、この額のことでおいででしたね。何をお知りになりたいんですか」

「これを誰に頼まれたか、覚えていますか」ファロンが訊いた。

「ええ、マーティン・バックさんです」

「彼の外見をいってもらえますか」

「大きくはないですね、私と同じくらいですが、肉付きはいい。七〇代でしょうか。白髪で、おかしな赤毛のあごひげを生やしてます」

「住所はわかりますか」

「控えてあると思うが」

「見せてもらえますか」

「いいですよ。ちょっと時間がかかりますけど。ほんとに飲み物か何か、いいんですか」

「ええ、ほんとに結構です」事務所は隣にあり、彼がデスクの向こうにまわって、古ぼけた黒い金属製のファイル・キャビネットのところに行くのが見えた。いちばん上の引き出しを開けようとするが、キャビネットの上面がわずかに内側にへこんでいるので、引き出しが引っかかってなかなか開かない。三度目に、いきなり開いたので、ライシュは少しバランスをくずした。中のフォルダーを繰っていたが、やっと一つ取りだした。それを二人のところへもってきて開く。「マーティン・バック。額縁を三週間で七つ注文していますね。ぜんぶこのふた月のあいだに作りました」

シヴィアが訊いた。「どんな絵でした？」

「それが、おかしなことに、絵を見たことがないんですよ。寸法だけを知らされましてね。この額は最初に作ったものですが、彼がやってきて小さすぎるというんです。それで、絵をもってくればこっちで正確に測るからといったんです。それを聞くとうろたえたようすで、絵の測り方を教えてほしいというんで、教えてやりました。その額はこっちで引き取って代金を返すといったんですが、その必要はないといわれました。ほかの額を測るときの参考にするといって笑ってました」

「額はぜんぶ同じサイズでした？」シヴィアが訊く。

「いや、ぜんぶちがいました。サイズも色も」

「客が絵をもってこないで額を注文するというのは、変じゃありませんか？」ファロンがいった。

ライシュは何かあると気がついた。「どうしてこういったことを、バックさんに直接訊かないんですか」

「死にました」

ライシュが驚いて、「なんと」といったあと、寂しげに笑っていった。「とてもいい人のようだったのに。心臓か何かですか？」

「自殺のようですよ」シヴィアがいう。

「ひどい話だ。ここへ来るときは、いつも少々おどおどしていたが、それにしても自殺だなんてねえ」

「状況が変わることがあるんですよ。額縁をはめた絵をどうするつもりか、何かいってましたか」ファロンが訊く。

「そうですね。一枚は売って、ほかのは贈り物にするといってましたね」

シヴィアがいった。「売るつもりだったのがどれか、わかりますか」

「ええ、高値で売りたいから、高く見えるように作ってほしいといわれてね。金箔の額で、両脇に玉飾りをつけました」

「寸法はわかりますか」

ライシュはファイルの中をちょっとめくった。「六三×九一センチです」

シヴィアがファロンを見た。「シスレーのサイズとほぼ同じだわ。同じ額縁のようね」といってライシュに訊く。「額縁はぜんぶセンチで測ったんですか？」

ライシュはまたファイルの中をめくった。「そうです」

ファロンは彼女が心を動かしたことに、目を見て気づいた。「それが重要なの？」とファロンが訊く。

シヴィアはその質問を無視して、ライシュに尋ねた。「コピー機あります？」

「小さいけど、事務所にありますよ」

「そのファイルのコピーを取っていいかしら」

「もちろん」

「それから長距離電話もかけたいんですけど。クレジットカードありますから」

「バカなことをいわないでください。あなたのような美人なら、どこにかけたってかまいませんよ。それに、美しいユダヤの名前ですね——シヴィアとは。今ご案内しますよ」事務所にはいるとライシュがいった。「シヴィアと呼んでいいですか」

シヴィアは不意をつかれた。「ええ、どうぞ」

「シヴィア、あなたはFBIの人じゃないでしょう?」

彼女は顔が赤らむのを感じた。「どうしてわかったんです?」

「ファロン捜査官は法の執行人ですよ。質問をするときの目はまるで嘘発見器だ。あなたは美しい人で、今夜ここでわかったことにとても驚いていた。ファロン捜査官にとって、こんなことは日常茶飯事なんですよ」

シヴィアがすまなさそうに微笑む。「二人ともFBIから来たと思われたほうが、あなたに協力してもらえるかと思ったので。じつは私、国際美術研究財団の者なんです」ライシュが知っているというようにうなずいた。「ごぞんじでしたか?」

ライシュが部屋着の左袖を引き上げて、腕の外側にある入れ墨を出した。そこには手書きの数字が一列に並んでいた――〈137188〉。殴り書きしたような乱雑な書き方に、書かれる者を侮辱する気持ちが、拭いきれない跡として残っている。青いインクは年月の経過とライシュの肌の張りが失われたことにより薄れていた。「トレブリンカの収容所にいたんですよ。ユダヤ人でしかもこの商売をしているんだから、あなたの組織を知らないわけがないでしょう」

シヴィアはこういった入れ墨を前にも見たことがあるが、それでも見るたびにひどい衝撃を受ける。口をきくまでにしばらく時間を要した。「私がいったシスレーは、一九三九年にナチスに略奪されたものです。先週、バックはそれをニューヨークにある小さな画廊でそっとオークションにかけようとしました。今聞いたことから判断すると、たぶんその金の額縁だったと思いますね。でもあれにはラベルが貼ってなかったけど」

「かんたんに取りはずせますよ」

「バックがはずしたんだわ。身元が割れないように、細心の注意を払ってましたから」

「するとバックはナチだったんですか？」

シヴィアはすぐには答えなかった。「ちょっとここで待っててくださる？　ファロン捜査官と相談しなきゃならないから」

「いいですよ。その間にこのファイルをコピーしておきますから」

シヴィアはファロンの隣に腰掛けて声をひそめた。「七つの額縁がセンチで寸法を測ってあるということは、バックが額を注文した絵はぜんぶヨーロッパのものだってことなの。アメリカのキャンバスはインチ単位だから。ヨーロッパはセンチなのよ」

「ということは少なくとも七点のヨーロッパ絵画をもってたということか」

「七点以上の略奪絵画をね」

「そう考えられるな。問題はそれをどうやって見つけるかだ」

「あなたが見つけた文書に何か鍵があるかもしれない。そうでなければ、暗号化してあんなふうに隠しておくわけがないでしょう」

「朝にでも翻訳させて解読できるようにしよう」

「さっきあなたは、敵は今夜も休んでなんかいないといったじゃないの。ライシュに翻訳してもらいましょうよ」

「ライシュに？　彼がナチかもしれないと心配してたじゃないか」

「ユダヤ人よ。それに彼はバカじゃないわ。私がＦＢＩでないことを見抜いたもの」

「そうか、ナチじゃないとしても、部外者にこれを見せていいものだろうか」

シヴィアの声が険しくなった。「部外者なんかじゃないわ。トレブリンカ収容所の生き残りなの。なんとそうだったのよ」

「トレブリンカにいたと彼が**いった**のか？」

「そう……それに、入れ墨も見せてもらったわ」

一瞬、ファロンは自分の抱いた不信感を恥じるようすだった。「すまない。しかし仕事柄、容易に人を信用するわけにいかないのでね」

「それも少しばかり度がすぎると、誰かにいわれない？」

「前にもそういわれた」

「彼のような人に起きたことを忘れないのが**私の**仕事なの。では、彼に手紙を翻訳してもらってもいい？」

「いいよ」ファロンはすっかり納得したとはいえない口調だった。「だが、二枚目の暗号解読はむりだろう」

「彼にすべてを知られなくてすむから、あなたにとって好都合じゃないの」

わざとふてくされたようにファロンは答えた。「そうだな」

ファロンが車に置いた文書を取りに外へ出たあいだに、シヴィアは事務所にもどった。

「ライシュさん、これからお願いすることは口外しないでいただきたいんです。すべてを話すわけにはいかないんですが、同じユダヤ人として私を信用してください」

「わかりました」

しばらくしてもどってきたファロンが、シヴィアにビニール封筒を渡した。シヴィアがライシュにいった。「マーティン・バックはナチでした。ナチスが盗んだ絵をこの国に持ちこむルートをもっていたんでしょう。彼の家には、木の箱に入れたSSの短剣があって、その中に隠してあったのが、この二枚の文書です。少なくとも一枚はドイツ語なので、あなたに翻訳していただければ、時間の節約になるんですが。何度もいうようですが、これについては絶対に口外してほしくないんです」

彼女が機密保持についてくり返したのは、ユダヤ人の連帯感を理解していないFBI捜査官を安心させるためだということが、ライシュにわかったようだった。「そういうことだったら、喜んでお手伝いしますよ。バックの正体を見破るべきだった。訛りがあるし、ドイツ人だし、ナチであってもおかしくない年齢だということを心のどこかでわかっていたんですが。しかし、このすばらしい国に来た理由の一つは、過去を忘れてまた人を信頼できるようになるのではないかと思ったからなんです」

シヴィアが、ゲーリングの署名のある手紙を渡した。ライシュはすぐに署名に気づいて、はっとした顔をした。「ゲーリング？」

「そうらしいですね」シヴィアがいった。

ライシュが手紙に注意をもどす。「この商売ですから、古い文書のことは知ってますが、これは本物のようだ。ほら、インクが酸化して赤茶けているでしょう。こうなるには、何年もかかるんですよ」ライシュは手紙を念入りに読んでから、次にそれを、声に出しながら英語に翻訳した。「忠実なる第三帝国の同志へ。この手紙を携えたるヨーゼフ・ラトコルブ少佐は、ドイツの将来にきわめて重要なある件に関して、予《よ》の命を直接受けたる者なり――」ここでライシュは言いよどんだ。「この言葉はどういう意味かわかりませんが、フューラーフォアベハルト、これを直訳すると、〈総統のたくわえ〉になりますね。〈総統のたくわえ〉を守るために諸君は命を惜しんではならない」ライシュが二人を見た。

シヴィアは考えこんでいる。ファロンがいった。「なんのことかさっぱりわからん。シヴィア、どうだね？」

「ごめんなさい、なんでしたっけ？　〈総統のたくわえ〉？　聞いたことないわ」

ファロンが訊いた。「それでぜんぶですか、ライシュさん」

「次にゲーリングの署名があるだけです」ライシュが文書をシヴィアに返す。「バックの正体がわからなかったとは、なんという間抜けだ。ここはぜひお力になりたいですね」

「手伝ってもらうようなことがあるかどうか」ファロンがいう。

「この商売をかれこれ五〇年やってるんですよ。業界の取引相手や友人が至るところにいます。絵を探すお手伝いができるかもしれません。どんな絵だかわかってることがありますか」

シヴィアが答える。「あまりないんです」

「だったら誰の作品かは？」

「二点は、フェルメールとヴァン・ダイクだという可能性がありますけど、確かじゃありません」

ファロンがライシュに尋ねた。「バックはほかに何かいってませんでしたか」

「さっきもいったとおり、昔のような記憶力はないんでね。しかし、バックの正体がわかったからには、彼の夢を見るでしょうから、何か思いだせるかもしれません。前にもそういうことがあったんですよ。名刺をいただけますかな？」ファロンが名刺を取りだして渡す。

「大丈夫、そのうち思いだしますから。きっとお力になれますよ」

「すでに力になってもらって、感謝してます。電話されたとき私がいなかったら、伝言を残

してお いてください」

シヴィアが暗号文書を渡した。「これはむりでしょうね」

ライシュはそれをざっと見た。「これはエニグマの暗号だ」シヴィアとファロンが、いぶかしげにライシュを見る。「エニグマ暗号機ですよ。文字の組み合わせを見ると、どうもそうらしい。トレブリンカにいるとき、私は一八で、使い走りをしてたんです。通信文が暗号化されたり解読されたりするのを毎日のように見てましたよ。当時としては最先端の機械でしたが、連合国側に解読されてしまいましてね。解読されることがありうるなどということを、ナチスは例によって傲慢にも信じようとしなかった。ドイツ敗北の大きな原因ですよ。第二次大戦における有名な失敗の一つなんです」

ファロンがシヴィアにいった。「うちの研究所に暗号を扱う部署がある。かんたんにわかると思うよ」

ライシュが遠くを見る目つきになった。「どうしてバックは私に目をつけたんだろう」

「電話帳でライン・アンティーク・ギャラリーを見つけたんでしょう。そしてあなたがドイツから来たのなら、扱いやすいと考えた」

「なんてことだ。入れ墨に気づいて、警戒心を起こしたのかもしれない」

「ありえますね。バックは書き置きの中で、自分の過去がすぐそこまで迫っていると恐れていた」

「五〇年のあいだ、この入れ墨を見ると恐ろしい収容所の記憶がよみがえったものだ。死ぬまであの恐怖を忘れさせないのが、この入れ墨の役目なのかと思うほどだった。この入れ墨は、こういった悪夢をもたらした者たちに、今ごろになってやっと恐怖心を呼び起こしたらしい」

第一五章

　車にもどったとき、ファロンが尋ねた。「ヨーゼフ・ラトコルブとは誰？」シヴィアはちょっとファロンを見てから自分の両手に目を落とした。「知ってるんだろ。ライシュがその名前を口にしたとき、はっとした顔をしたのを見たぞ」

「ナチの間で彼は〈学芸員〉と呼ばれていたの。ゲーリングの絵を集める責任者だったのよ」

「バックとラトコルブは同一人物だろうか」

「おそらくね」といってから自分の言葉を打ち消した。「わからない——そうかもしれないわ。ラトコルブは絵の収集に関係した戦争犯罪人として追われてたはずよ」

「どうして彼のことを黙ってたんだ」

「バックがこの大物犯罪人だなんて知らなかったのよ。六〇年前に盗まれた絵の中の二、三点をもってるだけだと思ったの。うちの調査では、同じときに略奪された絵だとわかっただけで、盗った人間まではわからなかった。シスレーを売りに出したのがマーティン・バックという男だとわかったとき、彼の名前を調べたけど何も出てこなかった。だからこれまで浮上したことのない人物だと思ったわ。ヨーゼフ・ラトコルブの偽名だとはわかりようがなかったのよ」

「だったら、なぜ今彼のことを言い渋ったんだ」

「こういうことが全体で何を意味するか考えてたのよ。とくに〈総統のたくわえ〉のことをね。ナチスの将来にとって、それがとても大事なことだと彼らは思ってたらしい」シヴィアはちょっとためらってからファロンを見た。「正直いって、ＦＢＩがこれの重要性を理解できるかどうか自信がなかったの。理解して、高い優先順位をつけてくれるかどうかが」

「するとあんたは、この件でこっちとは縁を切る気だったわけだな」

〈たくわえ〉が何を意味するか、そんなものが実在するかどうかも確かではないが、ファロンなしではそれを見つけることなどできないのは、シヴィアにはわかっていた。それにそのことはファロンにとってもわかりきったことだと思っていたが、どうやらそうではなかったようだ。死ぬかもしれないような場面でファロンが眉一つ動かさなかったのを、シヴィアはさっき見ていた。だが彼はこの捜査と縁が切れることを、なぜか恐れているのだ。シヴィアはそれをレストランでも見ていた。頼まれた仕事が個人的リスクの大きいものであることをファロンは直感的に理解したはずだ。それにもかかわらず彼は引き受けたということからすると、手を引くなどということが彼にはできないのだとシヴィアは確信していた。「合衆国政府と手を切ろうと思ったのよ。とくにＦＢＩとね」

「ちょっと、あんたのほうからこっちに頼みにきたんじゃなかったかな」

「FBIといっても、あなたは含まれてないわよ。あなたなしでは、こういうことは何もわからなかったでしょうよ。あなたの助けはどうしてもいるのよ。ただFBIに知られたくないと思うのは、これはほんの氷山の一角だという気がするからなの」

「あんたのいうとおりだ。〈総統のたくわえ〉とは、絵画か、さもなくばヒトラーがとっておいた好物のブランデーひとケースなのかもしれない」

「いくらゲーリングが血迷っても、ドイツの未来がブランデーのボトルにかかってると思うほどおかしくはないでしょうよ。ラトコルブはゲーリングのために絵を収集してたんだし、〈たくわえ〉のことを〈ドイツの将来にきわめて重要〉だといい、命がけでそれを守れといってるのよ。かなりの量の略奪美術品のことだと考えるほうがはるかに妥当だわね」

「わざわざいいたかないけど、ゲーリングは五〇年前に死んだんだよ。隠してあった大量の絵か、あるいはその一部でも、これまでに人の注意を引かなかったのはおかしいんじゃないのか」

「レストランでも話したけど、シスレーを売りに出すとき、人目につかないようにと精一杯気をつかってたのに、すぐに世間の注意を引いたでしょう。かなりの量の絵が市場に出たら、すぐにわかるわよ。たとえぜんぶをひそかに売ることに成功しても、五〇年の間には、第二、第三の所有者の手に渡り、何度も人の手を経たあとには、盗品だなんて思わずに市場に出すことだってあるわよ。そうなると今までにきっと私たちの目についているはずよ。それにいちばん肝心なのは、シスレーを売ろうとしたのが、ラトコルブ自身だったこと。ラトコルブから何年も前に買った者じゃなくてね」

「ボスのところへ行って、ＦＢＩの優先事項にしてもらえるかどうか確認したらどうしていけないんだ」

「気を悪くしないでほしいんだけど、それは最悪よ。四〇年代末から五〇年代はじめにかけて一万人のナチスがこの国に来たという、さっき私が話した特別調査局の数字を覚えてる？この半世紀で、そのうちの四四人しか国外追放になってないのよ。たったの四四人！　しかも私が役所を調べてまわってやっとわかったんだから。絶対確実なのは、問題が大きくなればなるほど、それは政治的色合いをおびてくるってこと。それを否定できる？」

ファロンにはできなかった。いったん米国政府が首を突っこむと、何を決めるにも委員会を通さねばならなくなり、最後は何も決まらない、というのがオチなのだ。何かをやっていいという許可が下りるころには、今夜出くわしたような男たちが〈たくわえ〉を見つけだし、売り払って、合衆国と犯人引き渡し条約を結んでいないどこかの国で、贅沢に暮らしていることだろう。

シヴィアがいった。「たとえＦＢＩが絵を見つけだしても、それがさまざまな手続きを経てやっと元の持ち主かその相続人に返されるころには、返してもらった人たちにとってほとんど意味のないものになってるわ。頼むからこのことを報告しないで。私たちで調べた結果そういった絵のコレクションがあることがわかったら、そのときにどうするか決めてもいいじゃないの」

「一つ条件がある。今後、あんたが隠した情報をこっちが苦労して詮索するハメになるのはごめんだよ。それでなくても、考えることはいっぱいあるんだから」

ちょっと早すぎるくらいすぐにシヴィアが答えた。「いいわ」

「このことで議論するのはこれが最後じゃないような気がするが、今のところ、疑わしい点については目をつむっておこう。ＦＢＩにくわしいことを報告しないとなると、これまでとはちがった段階に入るわけだ。ＦＢＩでは、おれは何点かの入手困難な絵にからむ殺人事件の捜査をやっていると思ってるんだから。そうすれば、政治家の介入なしにＦＢＩを利用できる」

「あなたの上司にばれたらどうするの」

「上司が知ってることだけをやるとなると、おれの仕事は恐ろしくつまらないものになるよ」

「すると、これから私たち何をするの？」

「あんたはホテルにもどる。こっちはバックの家から逃げた連中を探す」

「この協力関係も、かなりあぶなっかしいわね。あなたという人を相手にしなきゃならないのに加えて、私のほうも、これをまったく上司に報告しないという危険を冒してるのよ。私のためを思っていっしょに連れてってくれないんだったら、大きなまちがいを犯すことになるわよ」

「あぶないからだよ、理由はそれだけだ」

「つまり私はお荷物ってわけね」

「誤解しないでほしいんだが、グッゲンハイム美術館だったらどんなところにも出入りできるだろうが、なにしろさっきの連中は――」

「銃をふりまわすことより、ずっとたいへんなことがいっぱいあるのよ」

「たとえば？」

「たとえばあの暗号文。研究所で解読して翻訳するのにどれくらい時間がかかるの？」

「急がせれば、二日ぐらいかな」

「でも、研究所には頼めないのよ。もし研究所に送れば、〈たくわえ〉のことがＦＢＩの本部にわかってしまうでしょう。だから、内緒にしておきたかったら、ＦＢＩで解読することはあきらめなくてはいけなくなる。こっちでやれば、明日の正午までには解読させるわ。私と協力するにしてもしないにしても、私はホテルの部屋なんかでおとなしくしてるつもりはありませんからね。私の協力を受け入れるか、さもなくば私と競争するか。だって〈たくわえ〉とやらがなんであるにしても、こっちはあくまでも調べるつもりなんだから」

ファロンは暗号文を取りだしてから、シヴィアの最後通牒についてちょっと考えた。「ファックスを探しに行こう」

イリノイ州ネーパーヴィルは、デスプレーンズ市にあるマーティン・バックの家から南に五〇キロ近く行ったところにある。そこのモーテル・シックスでカート・デッカーはクリーヴランドに電話しようとしていた。さっきデル・ブラントリーを、車を盗ませるためオヘア空港に行かせたばかりだ。FBIに今の車のナンバーを押さえられているのがわかっているので、ブラントリーは、出掛ける前に近くから盗んだ別のナンバープレートを車につけて空港に行った。デッカーが今の車をオヘア空港に捨ててくるよう指示したのには、二つのわけがあった。一つは、ブラントリーが新たな車を盗む場合、空港ならより取りみどりだからだ。二つめの理由は、捨てた車が見つかったとき、FBIは四人が飛行機に乗ったと思ってくれるのではないか、そしてシカゴ界隈の捜索を打ち切るのではないかと考えたからだ。

ブラントリーは当面の目的に合ったシボレー・カプリス四ドアを見つけると、乗ってきたポンティアックを二列先にもっていき、ナンバープレートをすでに警察に知られている元のものにもどして、警察にすぐに見つけられるようにした。それからパーキング場の係員がいるブースに盗んだ車を走らせ、サンバイザーにはさんであった駐車チケットを出して料金を払った。五分後、ブラントリーはトリ・ステート有料道路を南に向かっていた。

デッカーが電話した。「ダーラ、おれだ」

「どこにいるの？」

「まだ例の就職活動をやっている」

「どんな具合？」

「調子は上々。しかし思ったより時間がかかりそうだ」

「大丈夫なの？　さっきニュースで見たんだけど、そっちのほうでＦＢＩとなんかあったっていうじゃないの。すぐそこだったわよ」

「かなり近いが、こっちは大丈夫だ。電話はなかったか？」

「裁判であんたを助けだした紳士が電話してくれといってた」

「彼はまだクリーヴランドにいるのか」

「あんたと会ってドリンクを飲んだ場所にいるそうよ」

「おまえには、あとでまた電話する」デッカーはメリディアン・ホテルに電話して、ブルナーからいわれた偽名を告げた。「ダンカーさんの部屋を頼みます」

「もしもし」

「バックは死んだ《イスト・トート》」

「よし《グート》」

「だが、おれたちが殺したわけじゃない。行ったときはすでに死んでた。自殺だ。シアン化物らしい。書き置きがあって、警告を受けたと書いてあった」

「警告？　誰から」

「それは書いてなかった。ほかに誰がこのことを知っている？」

「彼に警告するような者はいないが」ブルナーがちょっと考えた。「アルゼンチンから電話したときじゃないか？　電話でバックになんといったんだ」

「ブラウンにいわれたとおりだ。彼が心臓発作を起こした、そのうちまた電話するといった」

「合い言葉のようなものをいったか？」

「おれがシュタウフェンベルクだといえと、ブラウンにいわれた」

「シュタウフェンベルク！　それが警告だ。ナチのことを知らない人間だってことを知らせるのが目的なんだ。シュタウフェンベルク大佐は、ヒトラー暗殺を企て、爆弾を仕掛けてヒトラーにけがをさせた。党の人間ならすぐに警告だとわかる」

サンカルロス・デ・バリローチェの夜、ブラウンが恐ろしい痛みに苦しみながら、なおも自分の誓いに忠実だったことを、デッカーは思い返した。そしてブルナーも同類であるからには、用心して扱うことにしようと自分に言い聞かせた。「ほかにも問題がある」といってデッカーは書き置きの謎をといて〈たくわえ〉の手帳を見つけたことを話した。

「これもドイツ人に宛てた手がかりだな。しかもそれが暗号化されているというわけか」

「そうなんだ。暗号のことにくわしいわけじゃないが、基本的なことはわかった。つまり最小限いえることは、ここには暗号化の決まりが二種類あるってこと。最初のは、五〇個の文字を、五個ずつの一〇組に分けてある。次の五組はそれより単純で、それぞれの組に一〇個の文字が並んでいるだけだ」

「暗号のことはまったくわからないな。それを読んでくれないか。書き写すから」デッカーが読みおわるとブルナーがいった。「海外にいる友だちに電話して、これがわかるかどうか訊いてみよう。しばらく時間がかかるかもしれないが、こっちからかけられる電話番号を教えてくれないか」

「一応ここの番号を教えておくが、今かなりやばいことをやってるんでね。そのときはダーラにかけてくれ」

「そこにもいられないくらいなら、どうしてその町から出ない？」

「ラトコルブは絵を自分のそばに隠したと思うんだ」

「たしかにそうだな。話が複雑になってきたが、これが私にとって非常に大事だってことは改めていわなくてもわかっているだろうね」

「一〇〇万ドルがかかってるんだ、こっちにだって大事だよ」

第一六章

前の晩、ファロンはくたびれ果てていたにもかかわらず、シグィアのことが頭から離れなかった。彼女の態度が一貫しないことも気になったが、自分が彼女に惹かれていることにも、ひどく当惑していた。これまで彼が誰かと関わりをもつときは、信頼のおける相手であることを何よりも優先させていた。そして今、彼がシグィアに対してどんな感情を抱いているにしても、信頼しているとはとてもいえないのだ。彼女の態度には矛盾が多すぎる。バックの死体を発見したあとは、バックがもっていたかもしれないほかの絵を探す気はほとんどなさそうに見えた。ところがライシュがゲーリングの手紙を翻訳して、〈総統のたくわえ〉の存在が明らかになると態度が変わった。それからは、絵画と同じくらいヨーゼフ・ラトコルブに興味をもちはじめた。それに、彼女が信用しているという協力者とはいったい何者だ？

翌朝、職場に着いたときは午前九時近くになっていた。マット・ジョーンがファロンのデスクにいた。耳に受話器を当てて壁のほうを向いている。ジョーンが気づいてこっちを向くのをファロンはしばらく待っていたが、彼は動きもしなければ、電話の相手に話しもしない。そのとき、低いいびきが聞こえてきた。ジョーンは受話器に寄りかかって眠っているのだ。「ハカセ」ファロンは彼の肩をつかんでゆすった。「起きろ、ハカセ」ジョーンははっとしてこっちを向いた。目の焦点が合って自分がどこにいるのかわかるまでにちょっと間があった。

明らかに二日酔いだ。目がうるんで赤いし、吐く息は分解しつつあるアルコールのにおいがする。左の耳たぶにルビーのピアスをしている。ファロンが自分の耳たぶを指さして見せると、ジョーンはまだピアスをしていたことに気がつき、急いではずした。「どうやら、夕べは新たなトップレスバーをみつけたらしいな」ファロンがいった。

ジョーンが無邪気に笑いながら、「芸術は誰かが援助してやらにゃならんからな」といったあと、いかにも恐れをなした新米捜査官という口調でいった。「OK牧場の決闘、やったんだって？　気分はどうだった？」

「もう最高。ところで、そこをどいてくれないかな。それにしても、なんでここにいるんだ。居眠りするなら、自分のデスクがあるだろうに」

「今日は、あんたの旗日だよ」

「そのへらへら笑いからすると、その言葉はおよそ真実とはほど遠いようだな」

「当たり。ナチ殺人の件で、おれがあんたに協力することになったのよ」

「張り切ってるのに水を差したかないが、この件には、あまり女はからんできそうにないていたのに」

「少しはからんでるのか？」

「今のところ一人だけ。それに彼女は一応こっちについてるが、服を脱ぐのはいやだってよ」

「女なんか、どこで調達したんだろう。女はやめたほうがいいとブレイニーにいっといたのにさ」

ファロンはブリーフケースを開けて、盗難車のポンティアック・ボンネビルに関するすべての情報が入ったテレタイプを取りだした。「ほらこれ。おれと組むことになったんなら、カリュメットシティに電話して、この車について何か聞きだしてくれ」

「連中はこれに乗ってるのか」

「そう。デスプレーンズの警察でこの車を押さえて指紋を採るよう手配したから、見つかり次第連絡してくることになっている。カリュメットシティに電話したとき、ほかにもその一帯で見つかった盗難車がないか、訊いてくれないか。とくにイリノイ州の東部でな」

「なんで東部なんだ」

「連中はニューヨークと南米で人殺しをしてきた。ということは、土地の人間じゃない可能性が大だ。カリュメットシティはイリノイ州の東端にあり、デスプレーンズからかなり離れている。イリノイ州に入ったあと、州外のナンバープレートをつけた盗難車で長い距離を走りたくなかったはずだから、それまで乗ってた車を乗り捨てて、イリノイのプレートをつけた車を盗んだにちがいない。うまくすれば、連中がどこから来たか、わかるかもしれない」

「やれやれ、おれがなんで使い走りなのかわかったよ。犯罪者心理を読むあんたの能力には脱帽だ」

電話が鳴った。ファロンはジョーンを自分の椅子から引っぱりだした。「コーヒーもってきてくれ、ハカセ」腰を下ろす。「ファロンです」

「ファロン捜査官、こちらクック郡保安官事務所のサドウスキー巡査部長です。オヘア空港が管轄なんです。たった今デスプレーンズの警察と電話で話しまして、あっちで全国犯罪情報センター《NCIC》に情報を入れたポンティアックについておたくに連絡してくれと頼まれたんですよ。うちのパトロール警官が二時間ばかり前に、空港の長期利用駐車場で見つけた車です」

「その車、見ましたか？」

「ええ、今見たところです」

「何か彼らの身元がわかるものが残ってました？」

「シミ一つなかったです。確かじゃないけど、すっかりふき取ってあるようです。灰皿までなくなっていた」

「デスプレーンズの警察では、それを調べるんでしょうね？」

「ええ、そういってました」

「だったら、デスプレーンズに任せましょう。昨晩以来、空港で盗まれた車は何台あります？」

「待ってください、今朝報告が入ったのがあるから」数分後サドウスキーが電話口にもどった。「三台だけです」

「どんな車か、わかりますか」

一台目の盗難車はマツダ・ミアタで、二人乗りなので、ファロンはこれを除外した。あとの二台はシボレー・カプリスとリンカーン・コンチネンタルで、どちらも四ドアだから四人が楽に乗れる。ファロンは礼をいって電話を切った。

また電話が鳴った。「やっと来たか」ブレイニーだった。「今支局長のオフィスにいる。われわれはきみに話があるんだ」

われわれという点にどうも引っかかる。ブレイニーはステイマン支局長に調子を合わせて、二人で昨夜のことについて話し合い、ファロンの落ち度だという結論に達したのだろうか。ファロンはこれからつくことになる嘘についてまた考えた。

ファロンはジョーンのところに行った。まだ目の焦点が合っていない。二度パンパンと手を叩いて活を入れる。「ハカセ、しっかりしてもらわないと困るよ」

「カリュメットシティに電話すればいいんでしょ。すぐかけますよ」

ファロンは、空港で盗まれた三台の車の情報をジョーンに渡した。「空港で例のポンティアックが見つかった。昨夜のうちに盗まれた二台の車のどれかは、連中が盗んだものかもしれない。三州が接する地域の全警察署に、このシボレーかリンカーンを見つけたらただちに連絡するよう要請してくれないか。マツダは今のところ対象からはずしていい」ジョーンはまだぼーっとしている。「ハカセ、わかってるのか?」

「わかった、わかった。シボレーかリンカーンを見逃すな、ってんでしょ。わかったよ」

支局長の部屋は今日もカーテンが引いてあった。ファロンとピート・ブレイニーはぼんやりとした光のドームのいちばん端に腰を下ろしている。ステイマン支局長がいった。「タズ、よく来てくれた」揶揄《やゆ》と非難の気持ちを、意識して混ぜたという口調だ。「みんなが出勤してくる八時一五分に、きみはどこにいた?」

「眠ってました」

ステイマンはフンと短く笑った。たばこを手に取ったあと、ライターの明かりで一瞬彼の顔の凹凸が消えた。「ピートから夕べの話を聞いていたところだ。その連中が、アルゼンチンの殺人にもからんでると思うか」

「おそらく」

「ニューヨークの画商の件はどうだ」

「可能性があります」

「で、バックは自殺か」

「この連中がやってくるのを、バックはなぜか知っていて、しかもつぎが自分らしいと勘づいていたようです。彼が残した書き置きからすると、イスラエルの仕業だと思っていたらしい」

「きみもそう思うかね」

「彼らはイスラエル人じゃありません。筋金いりの常習犯です」

「何が目的か、見当がつくかね」

「もっとも可能性が高いのは、ニューヨークから来た女性が探してる絵画でしょう」

「どれくらいの値打ちがあると彼女は考えている？」

「シスレーは四〇〇万あまりで売れましたが、ほかにどんな画家のものがあるか、彼女にもわかってないんです。もしそういった絵が存在すれば、やはり何百万もするはずだと思っています」

「〈ナチスの略奪絵画をＦＢＩが回収〉か――こういう見出しは、なかなか爽快《そうかい》だな。第二次大戦中にアメリカが略奪絵画の保管場所になり、今もそれがあるわけだ。犯人たちはまだこのあたりにいると思うかね」

「わかりません。さっき空港から電話がありまして、昨夜彼らが乗っていた車が、空港で回収されたそうです」

「すると、もういないということだ」

「おそらく。あるいは、そう思わせたいのかもしれません。長期利用駐車場に乗り捨ててありましたが、あそこは、別の車を盗むには最適の場所ですよ。盗んでも長い間発覚しないから。それに、夕べは、こっちの邪魔が入ったおかげで、連中は仕事を仕残したままになってるような気がしますね」

「うちでは何をしたらいいかね。必要なら力を貸すが」

「今のところ、相手の出方を待つしかありません。マット・ジョーンをすでにつけてもらったので、今はそれで十分です。必要になったら、お願いしますから」

「そうか、うちとしては、もう少し大がかりにやりたいところだが、きみの勘を信頼することにしよう。今のところはね。ところでシトロンのほうは、どうなってるかね」

捜査官として一〇年間仕事をしてきて、嘘がいつまでもばれずにすんだことはまずなかった。とくにこれからつくような無防備な嘘はいずればれるに決まっているのだが、なぜか彼は、なんのためらいもなく支局長に嘘をついた。「例の女性に力を貸してほしいとシトロンにいわれて、それがFBIにとってなんの得になるのかと訊いたんです。シトロンだってバカじゃないですからね。これまでにも、ほかのところから、誘いかけがあったにちがいありません。シトロンは、もし彼女の力になってくれたら、なんらかの互恵的関係をもつことも考えていいといってました」

「情報提供に対する報酬がほしい、ということかな？」

「カネならたっぷりもってるし、プライドも高いから、うちに期待してるのは、彼が信念に基づいて打ちこんでる運動に、こっちが好意的でいてほしいということだけじゃないですか」

「息子を取り返してやったんだから、それだけでも向こうには十分借りがあると思うがね」

「それは、うちとしての当然の仕事だと思ってるようですよ。もしそれがなかったら、われわれと口をきくことすら考えなかったでしょうね。そして今、こっちはそのことで代償を求めようとしている。例の絵の件は、うちが情報交換するに値する相手かどうか、見極めるためのテストケースとして見ていると思いますよ」

またもや暗がりから青白い煙が立ちのぼった。ステイマンがいつものように灰皿にたばこを一〇回以上突っこみ、最後にそれを二つにへし折ったのだ。「そうか、形だけでもその女に手を貸すふりをしたところで、別にかまわんだろう。いずれにせよ、それもうちの事案の中に含まれるんだから」新たなたばこに手をのばす。それに火をつけないでしばらく無言だった。「きみが何かを隠しているような気がするのはなぜかな？」

ファロンが微笑んだ。「その女性を見れば、そんな気はしなくなりますよ」

ステイマンが声をあげて笑った。「美術の専門家として必要なとき以外は、できるだけ彼女を人目にさらさんことだな。夕べのような立ち回りに巻きこんだところで、シトロンに対して点が稼げるわけじゃなし」

「彼女に会えば、いうは易《やす》く行うは難《かた》しだってことがわかるでしょうよ」

ステイマンは火のついていないたばこを灰皿に押しつけて二つに折った。「シトロンにせよ、彼女にせよ、きみが一方的に利用されるだけというのは困るぞ」

第一七章

ファロンは自分の席にもどって、支局長の最後の言葉を頭の中で反芻《はんすう》してみた。シヴィアはこっちを利用しているんだろうか。彼女に疑念を抱いている心の奥底では、すでにそうだとわかっていたが、わかっていて利用されるのは、彼女と会いたいためだけだろうか。たとえそうだとしてもかまわない、とファロンは思った。ファロンは受話器を取って彼女が滞在しているホテルの部屋にダイヤルした。誰も出ない。

「タズ」ファロンがふり向くとジョーンが立っていた。「カリュメットシティに電話したよ。ポンティアックについては、大したことはわからなかった。しかし昨日、この車がカリュメットシティから一キロ足らずの場所に乗り捨ててあったそうだ」二日前にオハイオ州ベイビレッジで盗まれた車の詳細を書いたプリントアウトをファロンに渡した。「地図でベイビレッジを調べたんだが、クリーヴランドの西の郊外にあって、エリー湖のそばなんだ。カリュメットシティの巡査部長によると、イグニションスイッチが叩き割られていて、ガムの包み紙も残ってないそうだ。灰皿までもっていった」

「あいつらだ。ポンティアックからも灰皿を取っていってる」

「そういうのはじめて聞いたよ。科学捜査の研修でも受けたにちがいない」

「受刑者の中にはそういうことにくわしい連中がいっぱいいるんだよ。ベイビレッジの警察には電話したか？」

「たった今かけたところだ。犯人の心当たりはないそうだ。近くで盗難にあった車がないか訊いてみた。小さなベッドタウンだから、盗まれたらすぐ届けが出るんだよ。ここひと月ほどは盗まれてないそうだ。だからおそらく、われらがお友だちはクリーヴランド界隈の人間だ」

「空港から盗まれた車について、手配は出したか？」

「まっ先にやったよ」

「よし。だったら、やつらがまた車を乗り換える前に捕まるよう、祈っててくれ」

三〇分後にファロンはまたシヴィアの部屋にかけてみた。今度は彼女が出た。「さっきも電話したんだよ」

「たぶんホテルのジムに行ってたのね」

「手紙の件はうまくいった？」

「成功よ。例の友だちが、ボルチモアにある国家安全保障局の暗号博物館につてがあってね。あそこに暗号機のエニグマがあるんだけど、セッティングがしてないので時間がかかりすぎるから、コンピューターでやってみてくれたのよ。今彼女から電話が来たわ。解読はできたんだけど、ドイツ語なので、翻訳してくれる人がいないか、そっと電話してくれてるところ」

「ライシュに頼めばいいじゃないか」

「こちらのやることをすっかりあの人に知られたくないのかと思ってた」

「あれがエニグマの暗号だってことを彼はすでに知ってるんだし、何よりも彼はナチスのことを理解している」

「それもそうだわ。それに、あの人はほかにも何か気づくかもしれないし」

「友だちに電話して、解読したのをそのままファックスで送ってもらえばいい。ドイツ語なんだから、ホテルの注意を引いたりはしないだろう」

「そのほうがよさそうね」

「ライシュに電話しておいてくれ。一時間もすれば迎えに行くから」

ファロンがブラックソーン・ホテルの前に車を止めると、シヴィアが乗りこんできて、ホテルの紋章がついた封筒を渡した。ファロンはそこから二つ折りにした紙を取りだすと、ドイツ語でタイプされた文書を見た。上の右端に一九四六年一〇月一四日と書いてある。「これが五〇年前のものなら、何かの役に立つんじゃないかな」

「じつはその日付、意味深長なのよ。ゲーリングは一九四六年の一〇月一五日に絞首刑になるはずだったのに、その数時間前にシアン化物で自殺したの」

「ラトコルブはゲーリングに倣《なら》ったわけだ」

ファロンは手紙を調べていった。ほかに意味がわかるのは、下にタイプされたゲーリングの名前だけだ。文面から大したことがわかるとはもともと思っていなかったが、ファックスで送信された文書の出所を示す手がかりはないかと見ていった。ファックス用紙には、いちばん上に、送り主のナンバーと、送り主を識別する何かの記号と、それに日時が書いてあるのがふつうだ。ゲーリングの手紙のいちばん上の右端からは、今日の日付と、〈12:27PM〉という通信時間が、かすれてはいるがなんとか読みとれた。それから、〈Page no.1〉とも書いてある。左を見ていくと、そこは空白になっている。目を凝らすと、かすかに右上がりになった灰色の部分があった。コピーを取る前に小さな紙片で覆うと、こんな跡がつく。この文書は、出所を消すために、受けとったファックスをコピーしたものだったのだ。

わからないはずの言語で書かれた手紙を長々と見ているので、シヴィアは気になってきた。「どうかしたの?」

彼女が着ているくるぶし丈のドレスは、薄い黄色に鮮やかな春の花をいっぱい散らしたものだった。後ろにかきやった黒い髪の額のあたりがかすかに湿っている。「髪がまだ濡れてるね。ヒーターつけようか」

シヴィアが濡れた部分を手でなでた。「大丈夫よ。今朝は、やることがぜんぶ遅れたもんだから」ファロンがじっとこっちを見ているのに気がつき、顔が赤くなるのを感じた。顔をそむけてフロントガラスから外を見た。彼の注意を逸らそうと、質問した。「あなた、ここの出なの？」

「いや、ピッツバーグだ。郊外の小さな町」

「そこにまだ家族がいるの？」

「いや。ファロンの血筋はおれが最後」

「きょうだいはいないの？」

「きょうだいだと認める気のあるやつは一人もいない」冗談のつもりだろうが、ファロンの口調にはユーモアのかけらも感じられない。

「ご両親はずいぶん前に亡くなったの？」

「お袋は一一のとき、親父は六年か八年前」

「お母様は、若かったのね」

「買い物に行く途中で車にはねられたんだ。はねたやつはついに見つからなかった」

「お父様は？」

「アイリッシュ式自殺をした」

「アイリッシュ式自殺？」

「飲みすぎで死んだんだよ」

「失意のうちになくなられたようね」

「グリム兄弟ならきっとそう書くだろう」ファロンの表情からは何も読みとれない。彼は身を乗りだしてFMラジオをつけた。ジャズをやっている局で、これ以上話をつづけられない程度に音量を上げた。

シヴィアは窓の外をじっと見た。シヴィアは、車のスピードがかすかに上がったような気がした。ファロンは父親を好きでなかったようだ。死んだ日付も正確に覚えていないし、失意のうちに死んだことをおとぎ話になぞらえたところから察すると、父親とうまくいっていなかったことは明らかだ。どんな関係だったにしても、感情抜きで話したがるということは、父親との間柄に問題があったことを示しているのではないか、とシヴィアは思った。誰もが結局は、親という胸の内の聞き手とひそかに会話をしているものなのだ。

マーヴィン・ライシュが入口にやってきた。顔が期待で輝いている。「シヴィア、ファロン捜査官、さあ、入って、入って。お茶を入れてありますから」二人を店のいちばん奥にある濃いレッドチェリーのテーブルへと案内する。そのまわりに、テーブルとセットになったウインザーチェアが六脚おいてある。テーブルの中央には、鋳鉄製の小さな三脚台があり、その上にアンティークの銀製ティーポットが載っていた。S字形をした優雅な注ぎ口から湯気が出ている。その隣の皿には、クッキーが盛り合わせてある。ライシュはジャケットを着てタイをつけていた。今ではほとんど見られない優雅な雰囲気の中で、ライシュがお茶を注ぐ華奢《きゃしゃ》で小さなカップは、一〇〇年ぐらい前に描かれたと思われる虹色の花で覆われていた。震える手でそれを持つと、ソーサーに載ったカップがひからびた骨同士が当たったようにカタカタと音を立てた。

「とってもすてきですね」

「年寄りの道楽につき合ってくれてありがとう。しかし、もっと急な要件がおありなのではないかな?」シヴィアがホテルの封筒を渡すと、ライシュは紙片を取りだしてざっと見た。上着の衿をちょっと正して、いかにも捜査に不可欠な専門知識をもつ人間にふさわしい改まった表情になる。背の高い松材の書き物机のところへ行き、メモ用紙とペンを取ってきて、テーブルの前に掛けた。「大して長くないから、書いて差しあげよう」全文を翻訳するのに五分もかからなかった。うんざりだというように首をふったあと、ライシュはテーブル越しにそれをシヴィアのほうへ押しやった。シヴィアはそれを読んだあと、ファロンに渡した。

一九四六年一〇月一四日

ヨーゼフへ

残念ながら、私の絞首刑が明日に迫っている。人道に対する罪などといった罪状のためだ。しかし、祖国の恒久的存続に比べたら、私の命など取るに足りないことである。われわれは正しい道を作り上げたのであり、不運の中にあっても、第一次大戦の後のようになんとかして活路を見いださねばならない。いずれドイツは復興し、ふたたび世界のリーダーになるであろう。

だからこそ、これまでの計画が非常な重要性をもってくる。あらかじめきみは、ドイツの命運を握るただ一人の守護者に選ばれている。その責任は重大であるが、きみのそばには、われわれの同志が何人も住んでいる。この手紙をひそかに持ちだす者は、きみの近くに住む同志たちに関する一件書類も携えていくはずだ。同志たちの所在を頭に入れておき、彼らの力を借りる必要が出てきたときは、きみがドイツを去る夜に私が与えた文書を提示するがよい。彼らは名誉ある軍人であり、命令に疑義をさしはさむことはないであろう。

私は名誉ある軍人として敵の銃弾に倒れるべく、銃殺刑を望んだが、この望みは退けられた。しかし、あるものを拘置中に密かに手に入れておいたので、私の首をロープで絞めることをもくろむ者どもの鼻を明かしてやるつもりでいる。この最後の手紙は暗号化され、南米のブラウンを通じて送られる。無事貴殿の手に届くことを祈っている。

帝国元帥

ヘルマン・ゲーリング

ライシュが、まだファックスの文面をじっと凝視していることに、シヴィアは気づいた。

彼女は、ライシュの手に自分の手をおいた。「ごめんなさい、嫌な思いをさせて」ライシュは前をにらんだままお茶を飲んでいる。シヴィアはファロンのほうを向いた。「もうおいとましたほうがいいわ」

「ああ、いいんですよ。お茶をどうぞ召し上がってください」

「ほんとにいいんですか？」

「ええ、大丈夫です。ちょっと思いがけなかっただけですから」ライシュはクッキーの皿を取りあげて彼女のほうへ差しだした。「いろんなことを思いだしてね」

シヴィアがクッキーを取って一口食べた。「これ、まさか自分でお作りになったわけじゃないわよね」

まだ何かに気を取られているようすのライシュが弱々しく微笑んだ。「お気に召せばいいが」

ファロンが見ている前で、シヴィアはそっと老人を現実に引きもどし、その目いっぱいにあふれていた記憶を忘れさせていく。ライシュを笑わせ、しなやかな指で触れ、ときどき彼の腕を軽く握る。まるでそれが心臓であってリズムを与える必要があるとでもいうように。

二人は一時間近くいた。ドアまで送ってきたライシュに、シヴィアは礼をいって頰に口づけをした。「あなたのおかげで、一〇〇歳は若返った気分だ」

ライシュといる彼女を見ていて、ナチスが奪ったものは、絵画より何より、彼らの尊厳だったことにファロンは思い至った。シヴィアは彼女なりの優雅なやり方で、今日ライシュにそのいくらかを取りもどしてやったのだ。

しばらく無言で車を走らせたあとファロンがいった。「その〈たくわえ〉はどれぐらいの値打ちがあるんだろう」

「ファシズムをまた権力の座につけるのに必要な額だと、ゲーリングが思っていたことは確かね。でも、いくらゲーリングが目利きでも、どれだけの額になるかまではわからなかったはずよ」

「絵は何点ぐらいあると思う？」

「想像もつかないわ。シスレーとあと六点で、少なくとも七点はあるわね。でもゲーリングは何千点もの中から選んだんだから、それ以上あることは確かよ」

「すると仮に、たとえば二五点あり、そのぜんぶがシスレーぐらいの価値があるとすると、一億ドルにはなるわけだ」

「誰の作品があるかにもよるけど、その二倍、あるいはそれ以上かもしれない」

「そうなると、これはそれほど荒唐無稽な話でもなくなるね」

「あいにくと、そういうことなの。そしてこれを、誰かが新たなナチスドイツの資金源にしようとしているらしい」

第一八章

カート・デッカーの部屋の電話が鳴ったのは午前二時だった。二度目の呼び出し音で、頭から眠気を追いだした。

「もしもし」

「カートか？」

ロルフ・ブルナーの声とわかって、デッカーはドイツ語で答えた。「例のリストの件で何かわかったらしいな」

「そうなんだ」ブルナーがアルヌルフ・ミュラーに電話したところ、ハンス・トラウヒマンがいったとおり、喜んで手を貸してくれた。ブルナーは例の暗号文を教えて、これを解読できる者がいないか尋ねておいたが、さっき電話がかかって来たばかりだったのだ。「こんな時間にすまない。ここドイツの時差の関係なんだよ。私の知り合いが、ゲーリングの調査機関にいた暗号の専門家に電話してくれてね。あそこの人間は非常に優秀だったんだ。戦争中は、いろんな国の暗号を解読したものだ。最初のやつは、すぐわかった。五〇字からなっているから。エニグマを使うときに最小限必要な数なんだ。エニグマというのは――」

「それは知っている」

「そうか。今じゃ大半の暗号技術はコンピューター化されてるし、暗号ソフトの中にはエニグマの構成を組みこんだのもある。だから、彼は難なく鍵を見つけることができた。最初のやつは一〇桁《けた》の数字だそうだ」

「あとの五組はどうなんだ」

「メモを取っておいた。えーと、彼の言葉をそのままいうと……こうなる。最初のは、エニグマからそのまま取ったものだ。あとの五組は、独自の暗号方式によっている。鍵がわからなくては、解読することはまずむりである。暗号を解くには、パターンをつくるために最低八〇の文字が必要になる。それだけの数がわかっていないので、鍵がなくてはこの方式を解読することができない」

デッカーは、〈守護者〉の暗号文を書きつけた手帳を開いて、一〇個の数字だとわかった五〇の文字を見ていった。「それぞれの最後にある二本の線のことは、なんといってた？」

「なんとでも考えられるといっていた。鍵がわかれば、何らかの文字と入れ替わるのかもしれないが、それがなんだか、わからないそうだ」

「ラトコルブも抜け目がないな。エニグマがあれば、最初の手がかりが得られる。その後、新たな謎が待ってるってわけだ。あの家にあった書き置きも、二つの方式から成り立っていた」

「この暗号を解くのに、エニグマを使うことを考えるのはナチスだけだと、ラトコルブは思ってたんだな」

デッカーは、ほかのページも繰ってみた。「一〇文字ずつの組になってるのに関しては、何かわかったのか」

「これもまた、それぞれが一〇個の数字を表していると考えられ、電話番号である可能性が大いにあるそうだ。もしそうなら、単純な置き換えをすればいいわけだ。たとえば、Wは1、Aは2、という具合に。鍵はすぐ見つかるだろう」

デッカーが訊いた。「もしこの守護者の暗号が、六人の電話番号を表しているなら、その六人がそれぞれ同数の絵をもってると思わないか？」

「それはあり得るね。ラトコルブは、あんたたちアメリカ人のいう〈ぜんぶの卵を一つの籠に入れる〉のがいやだったのかもしれない。つまりリスクを分散したわけだ」

「最初のナンバーをいってくれ」ブルナーがナンバーを読みあげた。「あとでかける」

デッカーは一〇桁の数字をダイヤルした。四回呼び出し音が鳴ったあと、眠そうな声が答えた。「もしもし」

「トニーいますか」

「ここにはトニーはいません」とドイツ語訛りの声が答えた。

「どうも失礼しました」デッカーは電話を切ると、番号案内を呼びだした。「この市外局番が正しいかどうか知りたいんですが。えーと、4-1-1です」

「お待ちください……、ええ、それはウィスコンシン州の南東部のです。ミルウォーキー地区の番号ですね」

デッカーは電話を切り、ブルナーにかけ直した。「あの番号に電話したら、ドイツ訛りの年寄りが出た。ウィスコンシン州のミルウォーキーだ。おれが今いるところから二時間足らずで行けるから、明日の朝いちばんにここを発つよ」

「住所はどうやって調べる」

「心配ない、わかるから」

「いいか、〈たくわえ〉のことは、できるだけほかの人間には話さないようにしろよ」

「次の段階のめどがついたら電話する」

デッカーはクリーヴランドに電話して、ダーラにミルウォーキーの電話番号を教え、翌朝彼女がすべきことを指示した。それから、隣室に行ってドアをノックする。中で、オートマチック拳銃のスライドを引いてもどすかすかな音がした。弾薬を一発、薬室に入れたのだ。

ジミー・ハリソンの声が閉めたドアの向こうから聞こえた。「誰だ」

「おれだ」デッカーは中に入るといった。「デルにいって、新しい車を手に入れさせろ。明日の朝早くウィスコンシンに行く」

翌朝ファロンが支局に行くと、ジョーンが待っていた。「うちで手配中のシボレーをネーパーヴィルの警察が見つけたらしい。一時間ほど前だ」

「誰かが乗ってたわけじゃないだろうな」

「乗り捨ててあった。今、ネーパーヴィル警察に引いてってるとこだ」

「証拠採取の道具をもってきてくれ。署の車庫で会おう」

ネーパーヴィル警察署では、トム・ヤンシーと名乗った若い制服警官と握手をした。「車はうちの鑑識で調べましょうか」

「いや、こっちで調べるから」

「見ててもいいですか?」

「いいよ。しかしこっちの作業を見るのは、退屈だよ」

ヤンシーが笑った。

「車を見つけたのは、あんた?」

「そうです」

「どこで見つけたの?」

「ダウンタウンのビジネス街で」

ジョーンが、証拠収集をはじめようと手袋をはめながら尋ねた。「トム、車をさわったかね、中か外か」

「えーと、車の登録番号を読むために、フロントガラスを手で覆っただけです」

「よかった」ジョーンが指紋検出用の銀色の粉末が入ったびんを開けて刷毛を差しこんだ。フロントガラスのヤンシーがさわったところを、刷毛で二度叩く。粉がガラスに軽くかかった。粉の量が多すぎると、微妙な指紋のあとを消すことがある。指紋の端はカーブを描いているので、刷毛が表面に触れたあと、ジョーンはそれが円を描くように動かして、指紋を浮きあがらせた。三〇秒後、後ろにさがって、首をかしげて斜めからそれを見た。「あんた、右手を使った?」ジョーンが訊いた。

ヤンシーは思いだそうと右手を車のほうへ差しだした。「ええ、右でした」

ジョーンが満足そうにうなずく。警官がこんな些細なことを覚えているからには、それ以上車にさわっていたら、覚えているにちがいない。

「その連中は、何をしたんです?」ヤンシーが尋ねた。

「何人か殺したとみている」

ハンドルに粉をふりかけて指紋がないことを確認したあと、ジョーンは、指紋が残っている可能性のあるなめらかな面に触れないよう気をつけながら、そろそろと中に入った。「タズ、灰皿がないのに気がついたか」

「まっ先に気がついたよ。やつらにちがいない」ファロンはハンドルを調べた。「イグニションスイッチがこわしてある」

「ええ、抜かりがないですね」ヤンシーがいう。「このあたりの者でしょうか」

「今のところ、クリーヴランドあたりの人間ではないかと思っている」

「このあたりで何してるんでしょう」

「もっともな質問だ。車が見つかったあたりに、ホテルかモーテルはあるかな?」

「二件あります。ザ・トラベラーとモーテル・シックス」

ファロンはしばらくジョーンの作業を見ていた。顔の汗を拭いたところに銀粉がついている。ありとあらゆる場所を調べている。ハンドル、バックミラー、座席調節つまみ、ラジオ、それにシートベルトについた金属製の取付部品まで見ている。手が届きにくいところほど、指紋が拭き取ってない可能性が大きいことをジョーンは知っているので、体をねじ曲げてダッシュボードや座席の下も調べた。「何かあったかね、ハカセ」

「まだだ」

ファロンは警官に訊いた。「モーテルの経営者を知ってる?」

「ええ、しょっちゅう電話がかかってきます」

「ハカセが車を調べてる間に、行って話がしたいんだが」

ファロンとヤンシーは、警察のパトカーでトラベラー・モーテルに行った。ヤンシーがマネージャーに紹介してくれたあと、ファロンは、四人の男と彼らが乗っていた車について質問した。ここ二晩は、それらしい者が宿泊していなかったので、二人はモーテル・シックスに向かう。二人が入っていくと、フロント係がすぐにトム・ヤンシーに挨拶した。「やあ、トム」

「アレン、こちらタズ・ファロンだ。ＦＢＩの人」

「合衆国政府が、なんのご用で？」

「四人の白人男性を捜してるんですよ。乗ってる車は、メタリック・グリーンのポンティアック・ボンネビルかダークブルーのシボレー・カプリス。昨晩かその前の晩あたりに泊まってるんですがね」

「その連中だと思いますよ。屈強なやつらでした。ほとんど出掛けないで、会ってもあまり口をきかなかった。メイドのサービスも断りました。一人が出掛けてって全員の持ち帰り用料理を買ってきました」ファロンは四人の身長・体重を教えた。「ええ、それらしいですね。別々の部屋を取るが、全員が隣合わせになる必要があるといいはりました」

「いつ出発しましたか」

「私が来る前に、今朝早くチェックアウトしてましたよ」

「部屋はもう掃除したんですか」

マネージャーは身を乗りだして、クリップボードの作業表を見た。「ああ、四室ともすんでいる」

「四人は電話したでしょうか」

マネージャーがコンピューターのキーボードに向かってタイプする。すぐに彼がいった。

「クリーヴランドに何回かしてます。プリントアウトしましょうか」

「そうしてもらうとありがたい。どこからか電話がかかってきましたか」

「私の勤務中は、ないですね」

マネージャーが通話記録をファロンに渡した。四室とも、ロナルド・ハンターの名で借りて支払われている。二つのクリーヴランドの番号に、合計五回電話している。それからウィスコンシン州にも一回かけている。「彼らが出るところを見た人はいませんか。できたら、どんな車で行ったか知りたいんですが」

「訊いてみましょう」

ヤンシーがいった。「アレン、ほかにも何かわかったら電話してくれ」

「ほかの者に訊いてみて、知らせるよ」

ファロンとヤンシーが署にもどると、ジョーンは盗難車を調べおわっていた。「何かあったかね、ハカセ」

「シミひとつない。モーテルのほうはどうだった」

「うまくいくかもしれない。支局にもどってクリーヴランドに電話するつもりだから、詳細は途中で説明するよ」

道すがらファロンは、犯人がモーテルから電話をかけていたことを話した。「このロナルド・ハンターが誰であるにせよ、クリーヴランドの人間である可能性は大いにあるね。最初に車を盗んだのが、やはりオハイオ州クリーヴランドの郊外だったし、今度もクリーヴランドに何度か電話してるんだから」

「ウィスコンシン州にかけた電話はどうなんだ」

「わからん。モーテルのプリントアウトを見てくれ。早朝にチェックアウトしたということだった。今朝は何時に電話している？」

「二本電話してるが、間隔は二分ぐらいしかあいていない。午前二時一五分ごろだ。一本はミルウォーキーへ、もう一本はクリーヴランドのナンバーで、最後の四ケタが7-0-0-0となってるところからすると、どこかの企業みたいだな。それからまたクリーヴランドの別のナンバーに二時半ごろにかけている」

「どうやら、こういった電話が何かのきっかけになったようだ。着いたらおれはクリーヴランドにかけるから、そっちはウィスコンシンにかけてみてくれ」


「デビンです」

「やあジャック、こちらタズ・ファロンです」

ジャック・デビンは六〇近い年だ。捜査官の定年は五七と決まっている。どうして辞めずにすんでいるのかと訊かれると、デビンは声をひそめて、フーバー元長官が直々にファイルに定年延長を書きこんでくれたという。この恩恵にあずかるためにデビンがやったことはただ一つ、一回だけ長官とダンスを踊ったというのだ。同期の捜査官は、いくつもの支局や駐在事務所に勤務するのがふつうなのに、デビンはずっとクリーヴランドに勤めている。これも不可解なことだった。おまけに、この年齢なのに、逃亡犯や銀行強盗を扱う班で、着実に仕事をこなしている。こういった仕事には、スリルを好む若い捜査官をつけるのが一般的なのだ。経験を積むにつれて、若々しい熱意はどうしても消えていくものだが、デビンは仲間の若い捜査官たちに共感を抱いていた。

その結果、若い捜査官の多い班の中で、デビンは年長者として一目置かれる存在になっている。捜査官たちは何かにつけて彼の意見を聞いてくる。すると顔の広い彼は豊富にもっている情報源に電話で当たってくれるというわけだ。その見返りとして、彼は若い捜査官たちにハンドボールの相手をさせる。何があろうと彼は毎日、地元のＹＭＣＡで午後の一時にプレーするのだ。それから金曜の午後は、彼らを従えて土地の酒場に飲みにいく。どこで飲むかを最後の最後まで伏せておくのは、「うるさい上司の目を避ける」ためだ。そして班長をのぞいた班の全員が、そこに集まり、ビールを飲みながら彼の話を拝聴する。ハンドボールに参加するのも強制的なら、この集まりにも、うむをいわせず参加させられる。このやり方で彼は、三五年前にＦＢＩに入った当時の雰囲気を維持することができているのだ。ほかの部署の捜査官でも、ジャック・デビンと仕事をしたことのある者は、クリーヴランドでちょっと特殊なことをする必要に迫られれば、彼に電話すればいいと心得ていた。

「この間の誘拐の件、聞いたぞ。殺人犯が自殺とは、なかなか好ましい結末じゃないか。あいにくとオハイオには、そんな機微を心得てるあか抜けた犯罪者はいないようだ」

「じつは、その資格がありそうな連中がひと組はいるんですよ」ファロンは、ナチスの殺害から、クリーヴランドとウィスコンシンへたどり着いた経緯を説明した。「そちらで電話会社につてがありませんかね」

「正式には、令状、すなわち裁判所命令がなきゃ何もできない。しかし、古い友だちが何人かいるよ。おれとちがって、だんだん落ち目になってきてるがね。要するにどうしてほしいんだ?」

「まず、二つのナンバーの契約者を知りたいんです」

「番号をいってくれ」

番号を読みあげたあとファロンがいった。「この番号から、長距離電話をかけていないかも、訊いてもらえますか」

「おいおい、この男は古い友だちだといっただろ。しょっちゅう会っていちゃいちゃしてる仲じゃないんだぞ。別の電話で訊いてみるから、そのまま待っててくれ」

電話にもどったデビンがいった。「タズ、一つはウエストサイドのダーラ・キンケイドのもの、もう一つはメリディアン・ホテルのだった。これはうちの事務所からほんの二ブロックだよ。外からメリディアン・ホテルへの電話は交換機を通ってるから、誰にかかってきたかはわからない。ただしかかってきたのと同じ番号に受け手がかけ直せば別だが」

「ウィスコンシンにかけてませんか」

「かけてないね」

「キンケイドを調べて、彼女の極悪人のボーイフレンドが誰か突き止めてくれませんか。こっちでわかってる名前はロナルド・ハンターだけなんですよ。一連の電話が発信されたモーテルにチェックインするとき使った名前です。偽名にちがいないんですがね」

「調べてみるよ。それから、メリディアンにひとっ走り行ってきて何かないか見てきてくれってんだろ」

「情けは人のためならずですよ。ホテルへは、午前二時頃電話してます」イリノイのナンバーを教えたあと、ファロンが尋ねた。「キンケイドからかける電話をどのくらいの間隔でチェックできますか」

「何回チェックしてほしいんだ?」

「日に二回はどうです?」

「おまえさん、ずいぶんと借りをためこむことになるぞ。そっちに二回電話する。留守のときはボイスメールに入れとくよ」

クリーヴランドに関することがすべてつながってきた。ジャック・デビンにちょっと手を貸してもらえば、さらに多くが明らかになるだろう。だが、ウィスコンシンへの電話がファロンには気がかりだった。ヨーゼフ・ラトコルブの家があったシカゴ近郊に近い。無視できない近さなのだ。

第一九章

盗んだシボレーがウィスコンシン州に入ると、カート・デッカーはあたりの地図を調べた。〈守護者〉のノートから解読して手に入れた例の電話番号が誰のものか、名前も住所もまだわからないが、414という局番はウイスコンシン州の南東部一帯のものだ。「ルート五〇に入ったら、東のケノーシャに向かってくれ。そこはミルウォーキーの南二〇マイルのところにあり、イリノイとの州境に近い。この男が住んでる町がわかるまで、これ以上先に行っても意味がないからな」

デル・ブラントリーがいった。「その電話番号からどうやって見つけだすんだ」

「電話帳に載ってる番号ならかんたんだよ。ムショでいっしょだったビニー・キャップス覚えてるだろ」

「うん」

「やつはデトロイト郊外で荒稼ぎしてた。書き入れ時は冬なんだ。金持ちが避寒に出掛けるからね。リンカーンかキャデラックを借りて、たいていは雪が降った翌朝に、どこが留守か見てまわる。それから、もう一つ念を入れる。ゼネラル・モーターズで会計係やってる伯父貴から、データベースサービス会社のR・L・ポークにもってるGMの顧客口座番号を手に入れた。そうすりゃ電話番号や名前を相互に調べられるからね。たとえば、名前がわかってなくても、住所か電話番号があれば、電話の持ち主が誰か、調べだすことができる。GMはあのデータベースをしょっちゅう使っていて、毎日世界中から電話してくるから、ビニーが一人ぐらい余計に電話したって気がつきゃしないさ。ビニーがこれから押し入るつもりの住所をいうと、R・L・ポークで名前と電話番号を教えてくれるってわけだ。そこでこれからその家に行くってときに、車から電話して留守だってことを確かめる。そうやって大きな獲物を手に入れてた。ムショにいたとき、やつが口座番号を教えてくれたんだ」

「そいつはちょっとヤバいんじゃないか。その男におれたちのことがわかったらどうする」

「R・L・ポークはいろんな情報をもってるが、無音警報装置《サイレントアラーム》がついた家のリストまではもってないんでね」

後ろの座席からジミー・ハリソンがいった。「ここの図書館に寄って、ポークの名簿を見たらいいじゃないか。おれが家に押し入るときはいつもそうしたよ」

デッカーが答える。「その情報はよくてせいぜい半年前のだ。だが電話で直接訊けばごく最近の情報がわかるし、おまけに誰にも顔を見られなくてすむ」デッカーはまた地図にもどった。「最初のモーテルで停めてくれ。用心のためモーテルチェーンは避けよう。チェーンのモーテルは全国的なコンピューター網をもってるからな。電話一つで本部から国中に注意報が出る」

ブラントリーは遠くにモーテルの看板を見つけて、右のレーンに入り、高速から出た。

シボレーはブルーウォーター・モーテルに入った。駐車場には、ほかに二台しか車がない。事務所の真ん前に水の干上がったプールがある。デッカーが中に入り四室を一晩借りた。

車にもどって全員にキーを渡した。「これでねぐらはできた。ダーラにゆうべ口座番号を教えておいたから、今朝いちばんでポークに電話してるはずだ。それからデル、車につけるウィスコンシンのナンバープレートを盗ってこい」

デッカーは自分の部屋にはいると、ドアに閂《かんぬき》をしてたばこの火をつけた。カーテンを引き、車の入ってくる私道を調べる。もし誰かが自分たちを捜しにきたら、彼の部屋のすぐ前にある事務所のところに車をつけるはずだ。次にデッカーは逃げ道を確認した。バスルームに小さな窓がある。横にスライドさせて開けるガラス戸が一枚あるが、何度も塗り替えてあるので開かないだろう。だがいざとなればかんたんに割れるはずだ。デッカーはベッドに腰を下ろしてもう一服吸うとダーラに電話した。「例の件、うまくいったか」

「ええ、番号簿に載ってたわ。ホワイトフィッシュ・ベイという町に住んでる。名前はユージーン・シュタインメル」

デッカーは住所を書きつけた。「外国のお客から何かいってこなかったか」

「何も」

「よし。こっちからかけてみよう」

デッカーはブルナーが泊まっているクリーヴランドのホテルの部屋にかけた。「もしもし、おれだ」

「どこにいる《ヴォー・ビスト・ドゥ》」ブルナーが訊いた。

「ミルウォーキーのすぐそば」デッカーがドイツ語で答える。「例のお客の家にこれから行くところだ。今、車を手配している」

「それはよかった《ゼーア・グート》。何か私にできることがあるかな?」

「これから訪ねていく人物はユージーン・シュタインメルという。シュタウフェンベルク大佐問題の二の舞はごめんだ。この名前に聞き覚えはないかな」

「シュタインメル? さあ、聞いたことないな。ドイツの知り合いに電話して、何かわかるか訊いてみようか? あいにく、早くても半日はかかるが。きみのほうは待てるかね」

「待つのは苦手なんでね。すぐに出掛けるつもりだ。あとで報告するよ」

デッカーはオートマチック拳銃を取りあげて、弾倉を調べた。弾薬を一発薬室に入れ、安全装置をかける。それからまた窓の外をのぞいた。早くこのシュタインメルという男のところへ行きたかった。というより、早くぜんぶすませてしまいたかった。あのFBI捜査官のことが気になってならない。あの捜査官は、銃口を突きつけられても落ち着き払っていた。

今後はあまり失敗が許されないことを、デッカーは知っていた。

四五分後にダークブルーのシボレーが、盗んだウィスコンシン州のプレートをつけて、デッカーの部屋の前に停まり、一回だけ警笛を鳴らした。全員がすばやく車に乗りこむと、デッカーが、湖ぞいに北上するよう命じた。


ファロンのデスクで電話が鳴った。ジョーンからだった。「タズ、電話会議モードでつないである。ミルウォーキーのボブ・トムリンソン捜査官と話してくれ。彼の班は国際捜査協力の件も扱ってるんだ。これまでの経過をこっちから話しておいた」

「ボブ、この連中が電話したミルウォーキーの番号がわかってるんですがね、そっちで調べてもらえますか」

「廊下の先をちょっと行けば調べられますよ。番号をいってください」

すぐにトムリンソンが電話にもどった。

「持ち主はホワイトフィッシュ・ベイのユージーン・シュタインメルという名前になってます。このミルウォーキーのすぐ北にある町ですよ」

「ドイツ系の名前のようだな」

「ええ、ここには大勢住んでますからね」

「この件の被害者はみな、五〇年前にナチだったドイツ人の年寄りなんですよ。運転免許をあたって、年を調べてもらえますか」

「待っててください」

五分後、トムリンソンが、「八四歳です」といってことばを切り、「この男が、連中の次のターゲットでしょうか」と尋ねた。

「ありえますね」

「行って、話を聞いてみましょうか」

「もしその男が絵をもっていれば、あわててどこかに移してしまう恐れがあるんですよ。こっちで絵の専門家を連れて行きます。大至急で行きますから」

「そこまで、私も行きましょうか?」

「それとなく家を見張ってもらうとありがたいですね」

「わかりました。こっちに着かれたら、道案内がいるときは、無線で連絡してください」

「すぐ出掛けます。それからボブ、この連中を見つけたときは気をつけてくださいよ。ドンパチやるのが好きなやつらですからね」

第二〇章

　トムリンソンがホワイトフィッシュ・ベイの家に着いたとき、四ドアのシボレーがすでに私道に停車していた。トムリンソンは、そこを通りすぎながら、できるだけ何気ないふうを装ってウィスコンシン州のナンバープレートを見た。窓で見張りについていたジミー・ハリソンは、その捜査官がスピードを落としてプレートを読むようすを観察し、肩越しにそっと声をかけた。「デル、あのプレートがついてたのはどんな車だ？」

　デル・ブラントリーが窓にやってきて、近づいてきたトムリンソンが私道で方向転換し、一ブロックの四分の三ほど離れたところにある花の開きかけたアメリカハナノキの下に車を停めるようすを見守った。「ツイてたよ。同じカプリスで、しかも一年新しいのが見つかったからね」そしてしばらくFBI捜査官を見ていたが、やがていった。「デックに知らせてくるよ」

　カート・デッカーは台所で、ユージーン・シュタインメルの前に腰を下ろしていた。シュタインメルは背もたれの高い木の椅子に縛りつけられている。横のテーブルには、丈夫な茶色の紙に包んだ絵があり、その前面は中を見るため破ってあった。「ほかの絵はどこだ」

顔面を殴りつけられ、そのあとがすでに腫れはじめているシュタインメルは、痛みで顔をしかめながら口を開いた。「その男がもってきたのは、これだけだ」

「どんな男だった」

「私ぐらいの年寄りだった。少し若いかもしれない。白髪で。だがあごひげは赤かった。とても赤いひげだった」

「山羊ひげか？」

「そう、あごのひげだ」

ブラントリーが入ってきた。「デック、ヤバいよ。車が通りすぎて、おれたちのプレートを見てった。どうもＦＢＩくさい。ちょっと先に駐車したが、援軍を待ってるみたいだった」

デッカーは狭い家中に聞こえるように声を張りあげた。「ロン、おわったか」

ロン・スレイドが台所にもどった。「何も見つからなかった」

デッカーがデル・ブラントリーに尋ねる。「そっちはおわったか、デル」

「ちょっと待ってくれ。あと一ヵ所クロゼットが残ってる」

「急げよ」デッカーは老人のほうに向きなおった。「絵を渡されたとき、なんといわれた」

「誰かが取りに来るまで預かってくれといわれた。それだけだ。帝国元帥ゲーリングの手紙を見せられた。それには、その男の命令に従えと書いてあった」

「ゲーリングはとっくの昔に死んでいる。なんでゲーリングの命令に従うんだ」シュタインメルは無言で目を伏せた。

デッカーはわざと打ち身のできた場所を狙って平手打ちを食らわせた。そしてもう一度彼が手を上げたとき、老人がいった。「やめてくれ。戦争のあと指名手配になっていると知りドイツを逃げてきたんだ。ヨハン・フォルクナーというのが本名だ。このラトコルブという男は、私のことを知ってたんだろう。私は年を取りすぎてもう国にはもどれない」

「その男がほかの誰に絵を預けたか知っているか」

「ほかにも絵があるとは知らなかった」

クロゼットを探したブラントリーがもどってきた。「何もない」

窓のところへ行って外をのぞきながらデッカーがハリソンに訊いた。「ほかに誰か見たか」

「まだだ」

デッカーは台所にもどってしばらく老人のようすを観察した。「おれの親父はエーリッヒ・ルーカスだった。知ってるか？」

希望が出たことが老人の顔に表れた。「立派な軍人だった」

デッカーはサイレンサーをつけたオートマチックを構えて老ナチの鼻柱に撃ちこんだ。縛りつけられた椅子もろとも、老人は後ろに倒れた。デッカーは絵を手に取った。「みんな落ちついて車に歩いていけ。見られないように顔を伏せて行くんだ」

ブラントリーが先に行って車のエンジンをかけ、次にほかの者が急がないよう気をつけながらステップを下りていく。全員が乗りこんだところでデッカーがいった。「すぐに追いかけて来ないようにしておこう。マスクをつけろ」みんなが顔を覆うと、ブラントリーがバックで私道から出た。

男たちが家から出るのを、トムリンソン捜査官は駐車した場所から見ることができた。一人は額に入れた絵らしいものを顔の前にもっている。トムリンソンは無線機に手をのばしかけたが、男たちがすぐ近くにいるのでやめた。車が行ってしまってからにしようと思ったのだ。

バックで出てきたシボレーはトムリンソンのほうへやってきた。無線で援軍を呼ばなかったのは正解だったと思った。デッカーの指示でブラントリーはトムリンソンの車の隣に寄せた。マスクをつけたスレイドがリアウインドウを下ろすと、二メートルの距離からショットガンをトムリンソンに向けた。「キーをこっちに投げろ」トムリンソンがいわれたとおりにすると、スレイドは銃身を下げて一度発射し、前のタイヤに穴をあけた。シボレーは急発進して走り去った。

シヴィアとファロンの乗った車がミルウォーキーの郊外に来たとき、ファロンはＦＢＩの事務所に無線連絡してシュタインメルの家の道順を聞いた。トムリンソンがすでに現場に行っていて、銃が発射されたと知らされた。

警察やFBIの車や、救急車やテレビのトラックやリポーターたちが家を取り囲んでいた。シヴィアをつれたファロンは、バッジを見せながら制服警官の間を抜けていく。リポーターの一人がバッジを見て何か質問したが、何をいったのかわからなかった。中に入ってすぐに台所に案内されると、救急隊員が老人の遺体を検分するようすをボブ・トムリンソンが見守っていた。救急隊員の一人が聴診器をたたみながら立ち上がった。「弾が後頭部から抜けている」

トムリンソンが目を上げた。「タズ？」

ファロンが手を差し出す。「そう。こちらシヴィア・ロスさん」トムリンソンが彼女のほうにうなずいて挨拶したが、シヴィアは床に倒れた血だらけの死体から目が離せない。ファロンがいった。「どこかで話をしましょう」

トムリンソン捜査官が二人のあとから小部屋に入った。「あんたのいうとおりだった。家からほとんど一ブロック近く離れて見てたんだが、連中は気がついたからね。やつらが家にいるかどうかさえ、こっちは知らなかったのに。私道に、ここのナンバープレートをつけた車があった。それをコンピューターで調べたら同じ車が見つかりましたよ。そのときはプレートの盗難届が出てなかったんで、こっちには事情がわからなくてね」

「逃げるとき、連中の人相なんか見ましたか」

「だめでした。顔を伏せてたし、車が隣に来たときは、全員がマスクをしてた。だがその中の一人が何かもってましたね」

「絵を?」シヴィアが訊いた。

「かもしれない。それらしい大きさだった。厚い茶色の紙でくるんであるみたいだったな」

「家の中を捜索したんですか?」

「まだなんですよ。しかし制服警官がもうやったと思う」トムリンソンが、ほかの警官に何かを渡していた巡査部長に怒鳴った。「おい、ビル、あんたら何か見つけたかね」

彼が大声で答える。「面白いものは何もなかった」

ファロンが尋ねる。「こっちで探してもいいかな」

「存分にやってください」

ファロンとシヴィアは狭い家の中をじっくり調べてまわった。古いが手入れの行きとどいた家だ。三〇年代に建てられたもので、壁はすべてなめらかな堅いプラスターで覆われ、パネルや壁紙がないので、背後に物を隠してある可能性はない。三〇分後には二人とも一階の小部屋にもどっていた。ファロンが台所をのぞくと、死体はすでになくなっていた。シヴィアにいった。「ここの男がナチだった兆候は何も見つからなかったが」

「ナチよ。そうでなかったら、絵をもってるわけがないもの。つまりこういうことなのよ――ナチに盗まれた絵を、ナチに渡して保管させる。でも、アメリカ人たちがこれにどうからんでるのかがわからない。あの手紙にあったように、〈たくわえ〉を回収してドイツ再建の資金にするのが目的だというのに」

「確かにそうだ。しかし今のところ、連中の次のターゲットが誰かということのほうが気がかりだな」

「それをどうやって見つけだすつもり？」

「唯一の手がかりは、クリーヴランドの電話番号だ」ファロンは電話機の指紋採取をしている鑑識班に目を向けた。

「ここにはほかに電話がある？」

「いや、これだけです」

ファロンがシヴィアにいった。「家を出て電話を探そう」

外ではトムリンソン捜査官が一人の刑事と話をしていた。ファロンが声をかけた。「シュタインメルのことを調べてくれませんか。クレジットと電話の記録を手に入れてほしいんですよ。とくにシカゴ一帯に関係あることを」

「いいですよ。何かわかったらすぐに知らせます」

「頼みます。もう用がないなら、われわれはもどって連中の次のターゲットを突き止めようと思うんでね」

二人は握手した。「それがミルウォーキーだったら、ほかの者に援軍を頼んでください。

こっちはスペアタイヤがないんでね」

車が出るとすぐに、シヴィアはハンドバッグから携帯電話を出した。「これを使ったら」

ジョーンに電話でくわしい状況を説明したあとファロンはいった。「クリーヴランド支局のジャック・デビンに電話して、例のキンケイドという女の長距離電話から何かわかったか訊いてくれ。それから、かかってくる電話を傍受できないかジャックに頼んでみてほしいんだ」

「あんたはどこにいる？」

「もどるところだ。携帯からかけている。番号を教えるから待ってくれ」シヴィアがいう番号をファロンはジョーンに告げた。「新しいことがわかったら電話してほしい」

一時間後、ケネディ・エクスプレスウェイに入ろうとしているときに電話が鳴った。「タズ、長距離を一回かけただけだって。今朝の九時にデトロイトへ」

「デトロイト？」

「デトロイトにいる知り合いの捜査官に電話して調べてもらったよ。R・L・ポークに電話して、電話番号照会をしていた。ともかくあそこにどこかの女が電話してきた。シュタインメルの住所を知るためだった」

「どうしてそれがわかった？」

「料金徴収のため、R・L・ポークではすべての電話の記録が取ってある。九時二分に女が

GMの顧客番号を使って、ある電話番号について訊いてきた。それがウィスコンシン州のホワイトフィッシュ・ベイに住むユージーン・シュタインメルのものだったってわけだ」

「するとやつらはシュタインメルの電話番号は知ってたが、住所は知らなかったんだな」

「そうらしい。その口座を止めるよう頼んでおいた。もう一度連中がそこを使ったら、ただちに通知が来ることになっている」

「よかった。クリーヴランドの電話の傍受についてデビンはなんていってた?」

「むりだそうだ。連邦法を犯すつもりなら別だがね」

「そうだろうと思ったよ。電話がかかってきたクリーヴランドのホテルのほうはどうだね」

「メリディアン・ホテルだね。うん、モーテル・シックスにかけた電話から男の名前がわかった。ジョン・ダンカーって名前を使って、キャッシュで払った。偽名らしいとデビンがいっている。チェックインするときに書いたクリーヴランドの住所も偽だった。ああそれから、モーテルに泊まったロナルド・ハンターからも何も出なかった」

「行き止まりばかりだな」

「ほかにすることがあるか?」

「ない。今のところやれることは全部やったようだ。朝に会おう」

ファロンがシヴィアに電話を渡す。「電話の傍受はだめですって?」

「たとえ合法的にやれたとしても、州外の電話の傍受はむずかしい。時間がかかるし、これまでのは全部通話時間が極端に短いからね」

「どうやら、シュタインメルの住所は電話番号から見つけたようね」

「そうらしい」

「これからどうするの？」

ファロンが彼女のほうを見ると、くつろいだ笑顔で彼を見返した。「そっちは交際費が使える？」ファロンが訊く。

「何かに紛れこませれば使える」

「だったらディナーおごってもらおうか」

「ＦＢＩ捜査官は女性に対するマナーを心得てないって、みんなにこれまでいってきたけど、撤回するわ」

第二一章

ケノーシャでは、ブルーウォーター・モーテルの部屋でデッカーが一人腰掛けて、また一人元ナチを殺して手に入れた絵を眺めていた。やっと読みとれるようなサインが右下端にある。クラナハかクラナックだ。鎧《よろい》を着た二人の老人が裸の女三人のそばにいる絵で、ひどく古いものらしい。人物は体も顔の表情も描写は単純で、いい絵だとも思えない。そのことが彼には気がかりだった。途方もなく高価な絵のはずだが、なぜそうなのか不可解だったからだ。これまでの人生で見向きもしなかったものはいろいろあるが、その中でも美術はいちばんわかりやすそうだ。それなのに、このひびの入った小さな絵が、これまで彼が現金輸送車を襲って稼いだカネ全部より値打ちがあるというのは、よくわからない。そしてあと九八点の絵がどこかで自分を待っているというのだ。

絵の裏には、小さな太い鉤十字が黒インクではっきりと押してある。永遠に第三帝国の所有物であるという動かぬ証拠だ。その隣には、赤鉛筆らしいもので〈Si 21〉と書いてある。

用心しながらポケットナイフを使って絵と額の間をのぞいた。趣味の悪い緑色の額は最近つくったもののようだ。上の横材の裏に〈42〉という数字が押してある。これが暗号を解く鍵かと思ったが、暗号はすべて文字であって番号ではない。〈42〉がどうしてアルファベット二六文字の鍵になりうるのか。しばらく考えていくつかの組み合わせを試してみたが、両者の間になんのつながりも発見できなかった。

〈42〉はあきらめて、〈Si 21〉のほうに注意をもどした。五組の守護者の暗号に〈Si〉という部分がないかと探した。それがなんとか〈21〉に置き換えられないかと思ったのだが、五〇ある暗号化された文字の中には、〈Si〉とつながったものは存在しない。絵に押された記号や文字のすべてが暗号に関係あるわけではない、と考えるしかなさそうだ。たとえば鉤十字のようなものは、たまたまナチスがこの絵を手に入れたことを示しているにすぎないのだ。デッカーはブルナーのいるクリーヴランドのホテルに電話したところ、すでにチェックアウトしたという。そこでダーラにかけた。「おれだ」

「ミルウォーキーに行ったの？」

「うん」

「うまくいった？」

「いくらかの進展はあった。例の取引先から電話があったか？」

「あったわ。今はシカゴにいる。番号をいうわね」

番号を書きつけてからデッカーがいった。「おれから連絡がつかなくて、彼からかかってきたら、例の積み荷のうち最初の品は手に入ったといってくれ」

「最初の品？」

「前にもいったが、おまえは知らないほうがいい。電話してきたら、残りの場所を突き止めるのは難航しているというんだ。彼の手助けがいりそうだ。こっちは今夜ここに泊まるが、明日の朝彼のいる町にもどる。できれば彼のほうから電話してほしい。今ここの番号をいうから」

「あなたは大丈夫なの？」

「行く先々で競争相手が現れるんだ。どうやってこっちのことがわかるんだか。妙な電話がかかったり人が来たりはしなかったろうな？」

「そんなことないわ。あなたが出てって以来アパートを出てないから。でも出掛けるときは用心する」

「よし、取引先は新しい番号の場所にいつ行くといってた？」

「もう着いてるはず」

「明日の朝、ここを発つ前にそっちに電話する」

デッカーは電話を切ってダーラから教えられた番号にかけた。ブルナーの部屋で電話が鳴った。「もしもし」

「どうしてる？《ヴィー・ゲート・エス》」

「よかった、こっちの伝言を受けとったらしいな」ブルナーがドイツ語で返事をした。

「受けとったのはあんたの伝言だけじゃない」

「手に入ったのか！」

「一点だけ。シュタインメルはそれしかもってなかった。アルゼンチンにいたあんたの友だちとちがって、さっさとしゃべったよ。渡されたのは一つだけだったといってた」

「渡したのはラトコルブだろうか」

「まちがいない。白髪とあの妙な赤い山羊ひげだというから」

「どんな絵だ」

「作者はクラナックかクラナハ。小さい絵で、大きさはタイプライターの紙ぐらいしかない。鎧を着た男が二人に裸の女が三人。かなり古そうだ」

「クラナハだ。五〇〇年前のものだ。ものすごく高いぞ」最後の言葉を口にしたとたん、ブルナーは後悔した。〈たくわえ〉全体を探すのをやめて早くカネを手にしたいという気をデッカーに起こさせるようなことは避けたかったのだ。「といっても、ちゃんとした買い手がついたら、ということだが。そもそも買い手を見つけること自体が大変だけどね」

たとえ母国語でなくても、ブルナーがこっちを信用していないのは明らかだった。「いっておきたいことがある。おれは決断が速いんだ。この絵をもってずらかるつもりだったら、こうしてあんたと話なんかしていない。絵のことはよくわからんが、これが高いものだってことは知っている。だからこっちがその気になってたら、あんたはおれと二度と会うことはないし、一〇〇万ドルをこっちが見ることも、あんたがこの絵を見ることもないだろう。今度の仕事でおれは足を洗うつもりだ。おれの仲間でも弁護士でも保釈保証人にでも訊いてくれればわかるが、おれがいったん決めたら、二度と取引し直さない」

「すまなかった。こんなことは初めてなんでね」

「また蒸し返さないでくれよ」

「わかってる」

「だったらもうこの話はよそう」

「こっちから蒸し返すようなことはしないよ」ブルナーがいった。

「今のところ、それでいいとしよう。これをどうしてほしいかね」

「今どこにいる?」

「あんたのところから北に一時間かそこらのところ」

「会って絵を渡してくれないかな」

「今夜はだめだ。明日の早朝まで動きたくないんだ。別の移動手段を手に入れる必要があるんでね」

ブルナーが口をつぐんだ。「わかった。次の守護者について、何かわかったことがあるかな」

「鍵になるかもしれないことがいくつかある」デッカーはくわしく説明しない。

「どんなことだ」

「それがどういうことか、わからんのだ」

「どんなものか、そのままいってみてくれ」

「キャンバスの裏に鉤十字のスタンプが押してあって、そばに鉛筆で書いてあった。大文字の〈S〉と小文字の〈i〉、それから〈21〉という数字だ」

「それは大きな意味がある。その絵はまちがいなく〈たくわえ〉の絵だ。第三帝国のために集めた絵には鉤十字のスタンプを押したんだから。鉛筆の書きこみは、名字がSiではじまる人間からその絵が没収されたことを意味している。シルバーマンとかサイモンとかね。それから、その人間から没収した二一番目の絵がクラナハだということだ」

「すると暗号の鍵じゃないのか」

「わからない。かもしれないがね。こっちの連絡員に尋ねて、調べさせよう」

「ほかにもあるんだ……」

「なんだ」

「額の裏の上に〈42〉という数字が押してあった」

「そいつは暗号の一部かもしれないな。それが鍵だと思うかね」

「いろいろ試してみたが、うまくいきそうになかった」

「ベルリンに話してみるよ。あっちで解けるかもしれない。明日ここにもどってきたら電話してくれ」ブルナーはそういって電話を切った。

デッカーは、ほかにラトコルブが隠した情報はないかと、また額を見た。それから守護者の手帳を取りだして最初の暗号を調べた。エニグマ暗号機で解読できるという五〇の文字からなる最初の暗号だ。最後についた二ヵ所の空白は、何かを書きこむようになっているのかもしれない。そこでデッカーは鉛筆で〈42〉と書いてみた。これで、その空白を最初に見て以来なんとなく感じていた落ち着きのなさがなくなった。だがここにこれらの文字が入るとしても、それがどういうことであるかは、わからない。

ファロンとシヴィアの乗った車がホテルに着くと、シヴィアが車を駐車係に任せるようにいった。

「ブラックソーン・ホテルで専属駐車係を使うとはね。国際美術研究財団にはいくら資金があるんだ？」

「財団に？　雀の涙よ。デイヴィッド・シトロンが部屋をとってくれたの。ここに知り合いがいるんですって」

「彼には知り合いが大勢いるようだな」ファロンの言葉は質問に近かったが、シヴィアはそのことに気づかなかったのか、それとも無視したのかはわからない。

「そうね。食事をしたい場所がとくにある？」彼女が訊いた。

「払うのはあんただ」

「長い一日だったわ。ここで食事にしてもいいかしら」

「やめたかったら、やめたって――」

「そうじゃないのよ。もう移動するのはたくさんって気分なの」

「ここでいいよ」

「上に来ない？　死体を見て指紋の粉を吸いこんだから、シャワーを浴びたくなった。すぐおわるから。ミニバーで何か飲んでればいいわ」

シヴィアの部屋は二四階の小さなスイートだった。シヴィアがバスルームに行ったあと、ファロンは大きなデスクの前に腰掛けて、自分宛のメッセージを呼びだした。「タズ、ジャック・デビンだ。電話会社にいるおれのコネが、退社の前に電話してきた。東部時間の午後五時現在新しい市外通話はしていないそうだ。明日の朝また連絡するよ」

シャワーの音が聞こえる。ファロンはミニバーからビールのボトルを出してネクタイをゆるめた。窓の外を見ると、気の早いヨットが数隻、ミシガン湖の灰色の湖面を行き来している。

二本目のビールを飲みおわるころ、彼女が短いベージュのシースドレスを着て出てきた。靴を取ろうと前のクロゼットへ歩いていくのを見て、ファロンは彼女がちょっと内股なのにはじめて気づいた。そのため歩くとき体がゆれるのだ。ハイヒールを履いて彼のほうへやってくる。内股の埋め合わせに歩幅を長く取っているので、体が横にゆれるからセクシーな感じがする。すっかり元気を取りもどしたようだ。「用意はいいかしら?」

ファロンはアルコールがもたらしたけだるさを振り払ってジャケットを着た。「いいよ」

レストランはついたてで囲って薄暗いブースをいくつも作り、客にできるだけのプライバシーを提供しようとしている。遠くでピアノが思い入れたっぷりに鳴っている。それぞれのテーブルにおかれたシェードつきの小さなランプが、白い麻のテーブルクロスをやっと照らすだけの弱い光を放っている。客の大半はカップルのようで、給仕長がファロンとシヴィアを案内するときも二人を値踏みするように見てから、夜遅くしんみりと食事するにはいい場所を選んだとでもいうように、心得顔で微笑んだ。そのとたん、二人ともここは休戦しなければいけないことを悟ったのだった。

シヴィアはグラスワインを頼み、ファロンはビールをつづけることにした。「電話で何かわかったの?」とシヴィアがいった。電話をしたとき彼女がシャワーを浴びていたことを考え、ファロンはいぶかしげにシヴィアを見た。「バスルームにも電話があるのよ。ライトがつくのが見えたから」

「クリーヴランドからのだよ。今日は、あの番号から新しい長距離はかけていないといっていた」

「名前も住所もわからないのにシュタインメルの電話番号だけわかったなんて、おかしいと思わない？」

「ラトコルブは、〈たくわえ〉を隠すとき、名前と住所を残しておいて誰かに偶然発見されるなんてことを避けたかったんだと思うね。こっちが知りたいのは、全体で正確に何点の絵があるかってことだ」

「それについて考えてみたんだけど。六点より多いとは思うの。ゲーリングが買った絵については記録が残っているものも少なくないの。それによると、強引に値引きをさせたけど、一点につき最高で二万から三万ドルを支払っている。当時としてはかなりの額よ。でもたった六点の絵で、彼が思い描いたような未来を再建するための資金が用意できるとはとても思えない。彼は自分の誇大妄想をそのまま実行に移していて、運搬に有蓋貨車が必要なほどの絵を集めた男よ。いくら高値で売れると思ったにしても、たった七点の絵で満足したとはとても思えない。それに絵を隠して運搬する場合、七点でも三〇点か四〇点でも、労力という点ではあまり変わりがないんだから」

「何点あったにしても、それを探しだすのは容易なことじゃないな」

「良い考えある？」

「考えられる方法はただ一つ……しかもあんたが気に入らないと思われる方法」

「話してみて」

「例のクリーヴランドの電話を盗聴する」

シヴィアの顔にゆっくりと笑みが浮かんだ。「なぜかそれが急に正しいことのように思えたわ。それってできるの？」

「おおかたの予想とは反対に、ＦＢＩの承認を取りつけるのは非常にむずかしい。下から順に上まで承認を取り、しかも最後は司法長官の許可がいる。のっぴきならない状態でないとむりだ。しかも、男たちの集団が何人かの老ナチを殺すかもしれないというのは、のっぴきならない状態とはとてもいえないからね。だがバカになったつもりで明日やってみよう」

ウェイターがまたやってきて、二人はディナーを注文した。「でも盗聴の許可が下りたとすると、ＦＢＩが〈たくわえ〉のことを知るチャンスが増すことにならない？」

「たぶんね」

「そしてあなたが〈たくわえ〉について知ってることがわかると、職場におけるあなたの立場がますますあぶなくなるんじゃない？」

ファロンが笑った。「絵を回収できない場合はね」

料理が来るとシヴィアがもう一杯ワインを頼んだ。ファロンはコーヒーに切り替えた。

「ところでなんで美術に興味をもつようになったの？」

「母が一種の美術マニアだったのよ。子どものころマンハッタンに住んでて、のべつ美術館や画廊につれてってもらったわ。あのころうちでは絵を買うお金がなかったから、母は頭の中で絵を集めてたのね。すばらしい絵のことや、知り合いになった大勢のボヘミアンの話をするのがとても楽しかった。ニューヨーク大学に入ってはじめて美術史のコースを取ったとき、教授がスライドで見せてくれる作品の多くをすでに実際に見てたのよ。すっかり勉強してしまってることに気づいたわ。だから美術史を選ぶのはごく自然のことだったの。あなたはどうなの。専攻は何？」

「三年半かけて、やっとのことで平均成績をCにすること」

「大学が好きでなかったの？」

「そういうわけじゃない。だけどなんとか卒業できればいいと思ってた」

「三年半で卒業したわけ？」ファロンがうなずく。「だったら、なんとかうまくいったわけね」

「経済状態と、眠気の撃退にかかってた。復員兵援護法《GIビル》で足りないぶんを補うため二つ仕事をもってたからね」

「軍隊に行ってから、大学に入ったの？」

「そういうこと。あんたと食事してるのは、志願兵だった男ってわけだ。しかもそれは海兵隊だった」

「専攻はなんなの？」

「なんと哲学だった」

「驚いた」

「おれ自身、今でも驚いてるよ。大半は頭から抜けてったけどね」

「そういう意味でいったんじゃないの。哲学を専攻した人って、これまで私が会ったかぎりでは、人生の秘密を求めてたえず尊敬する先人の言葉を引いてたけどね」

「おそらくだから哲学にしたんだろうな——人生の秘密を探し求めてたんだ」

「見つかった？」

「たった今まで、探し求めてることに気がつかなかった」

シヴィアが笑った。「からかってるのね。ぜったい当時はまじめに探し求めてたと思うわ」

「昔の死人がしゃべったことを引用しろってんじゃないだろうね」

「とんでもない。でもちょっと知りたいわ。お気に入りの哲学者っている？」

「ソクラテスというべきかな。自分の考えを記録に残さなかったという点で、彼にはいくら感謝しても感謝しきれないよ。ごく少ししか読むべきものがないからね」

「確か彼は、信念を曲げないで、自ら死刑を選んだんじゃなかったかしら」

「二五〇〇年前ならそれは称賛に値すべきことだったかもしれないが、おれはとてもそんなことをする気はないな」

シヴィアが微笑んだ。「あなたはすでに選んでるのかもしれないわよ」

食事のあと、ウェイターがファロンの前に勘定書をおいた。それを見もしないで彼はウェイターにクレジットカードを渡す。シヴィアがちょっと抗議するような口調でいった。「私のおごりだったはずでしょ」

「いいよ。借りができたようで気になるんだったら、中西部のルールで行こうよ。つまり相手が前菜とデザートを用意していないなら、男はディナーのあとに何も期待してはいけないということ。あんたは前菜しか用意してないだろ」ファロンは椅子に背をあずけると、これまでの彼の口調になかったようななれなれしさでいった。「ただし、そっちにルールを破る気があるなら別だけどさ」

彼女の目がいたずらっぽく光った。「ニューヨーカーが甘いと思われてることは知ってるけど、私は最初のデートでデザートまで用意するような女じゃありませんからね」

第二二章

まだ明るくならないうちに、ブラントリーはデッカーのドアをノックした。「ほかの車を探しに行くよ。とくに要望はあるかね」

「二台見つけてきてくれ。分乗してシカゴにもどろう。四人が車に乗ったのを探してるとまずいから。おれはハリソンといっしょに行く。こっちが先に出発するから、一時間遅れで出発しろ」

「どこで会う？」

デッカーがベッドのところに行き地図の本を手に取った。「ここだ」

「エバンストン？」

「そう。ノースウェスタン大学の図書館だ。どうやら美術史の勉強をサボってたようなんでね」

ブラントリーは、モーテルの安っぽいデスクに載った絵のほうにあごをしゃくった。「あれはすごいカネになるのか？」

「売れればね」

ハリソンの運転で南に向かいながら、デッカーはドイツの巨匠の作品を子細に調べた。地味なその色づかいと、三人の女の小さな胸と、ヘアスタイルと、身につけた装飾品とを頭に叩きこむ。それから鎧《よろい》を着た老人のことも頭に入れた。詳細に描きこまれた鎧は、裸の若い女とは対照的だ。老人たちにはひげがあり、女より細かく描写してある。くねくねとした一本の木が背後にあり、馬の一頭はそれに結わえてある。木のてっぺんでは小さなキューピッドが、女の一人かまたは全員に矢を向けている。

デッカーは絵を光にかざして、五〇〇年前の筆づかいをじっくり見た。青々とした背景と開けた眺望に興味をもった。それは人物とは対照的だし、何よりも無言のうちに語りかけてくる隠れた意味に興味をそそられる。それは彼がこれまで知らなかった言語で語られていたが、それを知りたくなったのだ。

ハリソンが大学を示す標識に従って行く。五分後に学生から道を訊いたあと、図書館の正面に車をつけた。「どれくらいかかる?」

「だいぶかかるな。ほかの二人が着いたらすぐにやつらの車に乗っていけ。今夜六時に、おれたちがここを出るときに食事したドライブインで会おう」

デッカーは外に出る前に、額をはずした絵を大きなカバンに入れた。車から出ると、入口に向かう学生が来るまで待つ。緑のナイロン製バックパックを背負ったブロンドの女子学生が来ると、デッカーはその子に話しかけ、そのまましゃべりながら中に入った。

図書館の中のめったに人の来ない一角では、オークの羽目板が、一世紀近い時を経て古びたつやを帯び、光のほとんどを吸いこんでいる。そこでデッカーは、山と積んだ美術史の本の陰に腰を下ろした。ここには独特の雰囲気がある。つんと鼻をつくかび臭いにおい、押し殺したような話し声。そういったものを彼は気に入った。いつまでも変わらないもの、心の安まる雰囲気。窓から床へ斜めに射す白い日の光を彼はしばし眺めていた。細かいチリがちょっとのあいだ暖かい日射しの中でただよったあと、通りすぎていく。ちょうど未知の世界に出ていく前の学生たちのようだ。たとえ二度ともどって来なくても、いつも自分の居場所として思いだす場所がここなのだ。

服役中に受けたのは正規の大学教育とはいえないが、彼にとってああいった厳しい環境で学位を取ることがどうしても必要だった。実利的な理由としては、仮出獄を検討する時期が来たとき学位を取っていれば有利だということがあった。しかし、早く刑務所を出たいということよりはるかに強い動機は、学位を取れば、たとえ死んでいるにしても父親に、やり方がまちがっていたことを思い知らせてやることができるからだった。父親はデッカーが一六になると学校をやめさせて働かせた。デッカーが働き出すと、父親は前よりも酒を飲んで仕事をしなくなった。デッカーはそのとき家を出ることもできたのだが、家に残って母親を守ってやる必要があった。父親は酔っては母親に暴力をふるい、反抗的な息子の代わりに母親に八つ当たりすることも多かった。そのころはまだ父親のほうが力が強かったが、デッカーも大きくなっていたので母親との間に割って入ることはできた。デッカーがマリオンの連邦刑務所に入れられた三ヵ月後に、母親が死んだ。自分がいなかったから死んだ、と思わずにいられなかった。人生で心から悔やまれるのは、そのことだけだ。

デッカーはドイツ・ルネッサンスの、とくに北方の画家たちについて読んだ。ルーカス・クラナハ（父）は一五〇〇年前後に作品を描いている。王や皇帝の肖像画は有名で、マルティン・ルターの肖像も描いている。このころはドイツの美術史上きわめて重要な時期で、多くの傑作が生まれている。ヒトラーがドイツ人の血の優越性に固執したことを考えると、クラナハが彼のお気に入りだったこともうなずける。

そしてゲーリングが〈たくわえ〉の中にクラナハを入れたのは賢明だったといえる。クラナハは九〇年代の後半ずっと人気を維持していたからだ。微細な描写の小さな肖像画や、デッカーのカバンの中にあるような神話を題材にした作品は、細部が見事に描きこまれている。クラナハの時代でさえ、彼の作品は地元の貴族の間で珍重されていた。

この作品の写真は見つからなかったし、クラナハのほかの作品のカラー図版を見ても、筆づかいまではわからなかったが、主題といい細部といい、明らかな共通点が見られる。

デッカーの目的はこれらの絵がどうしてそれほどの値打ちがあるのかを調べることにあったが、彼はクラナハの印象が強烈なのに驚いた。現代の基準からすると、彼の絵は堅く、不自然に芝居がかっているが、それでもどこか現代人に訴える力をもっている。それが現代の美術市場にも反映しているのだ。図書館の保管文書の中から見つけた新聞記事から、ドイツ・ルネッサンスのほかの絵画の競売価格がわかった。近年は一〇〇万ドル以下で売られたものは一点もない。

そのほか、デッカーはナチスによる略奪絵画について書いた長い雑誌記事も見つけた。戦後ヨーロッパ各地に散逸した数多くの作品が、今盗品として議論の的になっているという。デッカーはその雑誌をカバンにそっと入れかけたが、もし捕まれば逮捕されると気づいた。彼はコピー機を探すことにした。

つぎに目の前においた本の山に、クラナハの絵を立てかけ、じっとにらんですごした。絵のタイトルを知りたかった。そうすれば暗号を解く鍵がわかるかもしれない。だが、膨大な文書の中に出ているとしても、見つけることができなかった。絵の裏につけられたマークをまた調べた。

どこに秘密があるんだろう。二人目の絵の〈守護者〉へ導く鍵は何か。白紙を取りだして、そこに書いてみた。

Si 42
21

卐
Cranach

〈42〉がなんとか最初の手がかりにならないかと、また考えた。しばらく考えてもだめなので、〈42〉を線で消す。〈Si 21〉はブルナーが説明してくれた。それも線で消した。すると鉤十字だろうか。腕の部分が何かの数字とか文字を指すのだろうか。
彼は鉤十字を、クラナハのCの真上に書いていた。突然、鉤十字を見ていて思いついた。Cが鍵ではないか？

守護者の手帳を取りだす。二ページめを開けて、「SVJFDNREPT」と書き写す。それから紙の余白に、Cを出発点にして、C－1、D－2、E－3、F－4、G－5、H－6、I－7、J－8、K－9、L－0と書き、次に、M－1、N－2、と書いていって、Z－4まで書いた。一〇桁の数字をくり返すので、どの数字も二個か三個の文字で表されている。3の数字は、Eか、Oか、Yなのだ。急いで文字を数字に置き換えてみると、7084226348になる。これは電話番号だろうか。シンプルでしかもじつにうまく考えてある。おまけにこの鍵がわからなければまったく解けないのだ。

図書館の入口に電話ボックスがあったので、そこから電話帳をもってきた。708はシカゴの南の郊外の市外番号だ。これにちがいない。どの絵もその中に鍵が隠されている。つまり画家の名字の頭文字だ。次の〈守護者〉の場所は、前の絵を手に入れなければわからないようになっている。デッカーはカバンをつかんで出口へ向かった。

第二三章

その朝ファロンが出勤したとき、ジョーンは雪崩《なだれ》のようなコンピューターのプリントアウトを調べていた。「ハカセ、いったいこれはなんだ?」

「連中がウィスコンシンで使ってたシボレーを割りだせないかと思ってね」

「出所をどうやって突き止めた。盗んだプレートをつけてたのに」

「そこがやっかいなんだ。トムリンソンに訊いても年代もわからないし。だがイリノイとウィスコンシンの州警察に徹夜で検索させてね。毎日どれだけの車が盗まれて回収されてるか、信じられんだろう」ジョーンがデスクの上の山を手で示す。

「今朝はまた、えらいこと張り切ってるね」ファロンはジョーンを子細に見た。「どうやら夕べは八時間たっぷり寝たらしい」

「今夜のために、活力を蓄えたのさ」ジョーンがいたずらっぽく眉を上げる。

「そうか、なじみのトップレスバーのどっかで、今夜はクーポンが二倍出るんだな」

「〈ラップ・ドッグ〉はトップレスバーじゃないぞ。紳士の倶楽部だ。ゲイでなくて、肉を食って、しかも白人男性でいるプレッシャーからの避難所といってもいい」

「そこに出入りする紳士たちは、具体的にどんなプレッシャーにさらされてるんだ?」

「〈政治的に正しい〉態度を装うのが容易なことだとでも思うかね。物わかりのいい男を演じるのは大変なプレッシャーがかかるんだ。女どもはわれわれに借りがあるんだよ」

「貸しがあるんなら、ズボンの前がくっついて開かなくなるまで女が膝の上でくねくねするのに、なんだってカネを払うんだ」

「ああいった女たちは芸術家で、おれはパトロンなんだ。あんたにゃ理解不可能な力がこの世にあるってこと――」

ファロンは手を上げた。「〈胸の組織のもつ癒しの力〉についてあんたがまたレクチャーをはじめる前に、こっちはブレイニーに会いに行かなきゃならんのでね」

ファロンが上司のオフィスに行くと、ブレイニーはファイル・キャビネットの中をめくっていた。「お願いがあるんですが」

「やっかいなことじゃないだろうね。支局長が二分ごとに電話してきて、ナチの殺人はどうなったと訊くんだよ」

「あの連中を挙げる方法があります」

ブレイニーが引き出しからファイルを抜きだして、椅子の有効スペース全体にうまく体が落ちつくよう、そろそろと腰を下ろした。「ドラマ仕立ての思わせぶりな広告を見るたびに、おれはぞっとするよ。こっちが詳細を知りたくなるように仕向けるきみのやり方からすると、そいつはまちがいなくやっかいな話だな」

「心を広くもってくださいよ」

「なんと、きみは相手をまちがえてるね。退職までに九〇日もない人間ほど心の狭い者はいないんだよ。ここはきっぱりノーといわないことには、こっちの手が後ろに回りそうだ」

「クリーヴランドの電話を盗聴したいんです」

ブレイニーが笑いだした。「すまなかったね、タズ。一瞬とはいえ、きみがまじめな話をするつもりだろうと思ったりして」

「そんなことといわないで考えてくださいよ。ほかには手がないんです」

「クリーヴランドの電話を押さえてるじゃないか。それにデトロイトのR・L・ポークも」

「またR・L・ポークを使うかどうかわからないんです。それにこっちは彼女のほうからかける電話しか把握してません」

「なんでこんな消化不良を起こしそうな目にあうのかわからんよ。司法次官補に会って相談したらどうだ。これが彼の電話番号だ」ブレイニーが謎めいた笑みをたたえた。

「どうかしたんですか」

「今週の担当次官補は誰だと思う?」ファロンが首をふった。「フィリップ・ウェイバーンだ」

ファロンはがっくりして目を閉じた。「仕方ない、やってみましょう。これの緊急性を理解してくれるかもしれない」

「緊急性？　そんなものじゃ、あの男は動かせないよ」

訴追手続きなどの権限を握っている司法省役人たちの狭いオフィスは、これまで法律家の仕事場らしい場所だったためしがない。羽振りのいい民間の法律事務所のように、いつも難題をこなして忙しく仕事をこなしていると訪ねてきた者にそれとなく思わせるようなオーラに欠けているのだ。

壁にかけてあるのは、法律家の倫理をうたった声明文を入れた額ぐらいなものだが、それもほこりをかぶり、理想主義の欠如と引力のせいで斜めに傾《かし》いでいる始末だ。装飾もなければ塗り直しもしてない。オフィスを、仕事をするための独房にすぎないとみなしていた代々の住人の心情を反映しているのだ。ただし、三・五メートル四方のファイル・キャビネットだけは、そのうちに大手法律事務所に出す身上書の内容を充実させようと、せっせとインクを消費した結果を十分納められるだけの大きさになっている。

だがフィリップ・ウェイバーンのオフィスはちがっていた。壁は、政府機関特有の眠気を誘うような淡い色でなく、夕焼けの鮮やかなオレンジ色だ。ウェイバーンは公務員としてまず守るべき戒めをやぶっている。つまり、〈決して自腹を切るな〉という戒めだ。ウェイバーンは、〈司法省に勤めてる夫によると……〉という前置きによってしばしば自分の信頼性強化に努めることの多い彼の妻と共に、自分のオフィスの飾りつけに週末の大半をすごしている。にんじん色の壁には、プロの手になる額に納まった学位取得証明書や家族の写真が飾ってある。その存在すら忘れられた物置から、彼は特大のウォルナットのデスクをもってきた。その上にあった大きな丸い焼けこげは、大きな鉢植えの下になってほとんど見えない。前端においてある真鍮製のネームプレートには、肩書きが省略なしに彫りつけてある。〈合衆国司法次官補　フィリップ・E・ウェイバーン〉

決断を避けることと自制によって、なんとか隠しおおせている自分の欠点が公になることを恐れるウェイバーンは、事なかれ主義という評判を早々にとっていた。のっぴきならない状態におかれた捜査官に慕われるような御仁ではとうていない。こういった状況にある捜査官が強く惹かれる司法次官補とは、〈ヘルメットをかぶらないうちから走りだす〉こともいとわないアメフトの選手のような人物だ。

これを裏返せば、いい話とはウェイバーンにとって油断のならない話であり、つぎに待ち受けるパンチの前ぶれということになる。ウェイバーンにとって、物事が明るい方向へ向かうのは、まわりが寄ってたかって自分をおとしめる陰謀を巡らしている証拠であり、彼はますます地下に潜りたい衝動に駆られるのだった。そのため敵にすぐレッテルを貼る傾向のある捜査官たちは、ウェイバーンに〈パンクサトーニー・フィル〉というあだ名を奉《たてまつ》っていた。ペンシルヴェニアのパンクサトーニーで長い冬の眠りから覚めたマーモットのフィル君は、穴から出たときに晴れていて自分の影ができていると、春は遠いと思ってまたさらに六週間の冬ごもりに引き返していくが、フィル君とちがい司法次官補ウェイバーンにとって、春が来ないほうが、いい兆候なのだった。

ファロンはドアを二度ノックして中に入った。ウェストラインが途方もなく太いのに、着ているしょぼくれたダークスーツはだぶだぶだ。「あの、ちょっといいですか」

大きくて丸い童顔に小さな黒い目の司法次官補は、郵便局の制服を着た男がAK‐47をひっさげて入ってきたとでもいうように、そわそわと部屋を見まわしている。「あ、うん」といって自分の腕時計を見ようとしたが、腕には時計がなかった。「二分ならいい。すぐに会議があるんでね」

「だったら、肝心なところだけ説明します」〈総統のたくわえ〉には触れず、ナチス殺害について概略を話してから、すべてがクリーヴランドの電話とからんでいるといった。「この連中の犯行を阻止する唯一の手段は、その電話回線に〈タイトル・スリー〉を使うことなんです」

〈タイトル・スリー〉と聞いてウェイバーンが顔をのけぞらせた。「傍受だと？　そのためにはいかなる類の相当な理由が必要かわかっているのか」

ほらおいでなすった。また〈相当な理由〉だ。捜査官の要求を切り捨てるときにこの司法次官補がもちだす万能の止血帯だ。〈相当な理由〉といっても、常識的なことなのだが、法律家たちはそれを難解きわまりない言葉で言い表すので、それを判読して理解できるのは彼らだけである。ウェイバーンと渡り合ったことのある捜査官たちは、彼が認める適正な表現は、サインされた死人の自白だけだという結論に達していた。そして死人ならふつう起訴する必要がないのだ。ファロンがいった。「相当な理由なら、今いったことで十分だと思いますが」

「そうなんだがね、しかしきみが要求しているのはタイトル・スリーなんだよ。アントヌッチの傍受にこぎ着けるまでに、どれだけかかったか知ってるのか。一年近く要したじゃないか」

「あれはチンピラがからんだ賭けでしたね。こっちは人が死んでるんですよ」

「アントヌッチの宣誓供述書は一三〇ページあった。きみのほうは緊急の設置を要求しているから、はるかに厳しい方針に従わなければならない。つまり動かしがたい相当な理由が必要なのだ。一〇〇ページに及ぶ動かしがたい証拠書類で立証することができるかね。たとえできたとしても、それまでには恐ろしく時間がかかるから、そのころには犯人共は捕まってるよ」

「捕まえるためにやろうとしてるんです」

一瞬、ウェイバーンは言葉に詰まったが、すぐにほっとしたように目尻にしわを寄せた。

「なんてことだ。そこはうちの管轄でもないじゃないか。クリーヴランドの司法省に頼むべきだよ。あそこの電話だからな。シカゴの事案のためにクリーヴランドでそんな面倒なことをしてくれると思うかね」

「クリーヴランドの電話だってことは知ってますが、まずここで同意を得なければいけないんです」

「複雑きわまる法的手続きが必要だぞ。たとえクリーヴランド司法省がやってくれるといっても——そんなことはまずないと思うがね——最低でもひと月はかかる。きみの話によると、その連中はえらくすばしっこいというじゃないか。ひと月もすれば、彼らはとっくに逃げてるよ」

ファロンは言葉もなかった。自分の要求は理不尽であって、パンクサトーニー・フィルに断られるのもむりはないと気がついたのだ。クリーヴランドの司法省が、シカゴのためにしかならない事案にそれほどの労力を注ぎこむはずがないし、当地で傍受するとなるとクリーヴランドのFBIまで人員をそれに割く必要が出てくるのだ。FBI捜査官は自分の事件でさえ盗聴したがらないのに、よその支局のために盗聴するなど我慢がならないはずだ。こんなことになぜ早く気がつかなかったのか。いきなりファロンの頭に、ベージュのシースを着たシヴィアが腰をゆすりながら大股でそばを通り抜けるイメージが思い浮かんだ。

オフィスにもどると、ミルウォーキーのボブ・トムリンソン捜査官と、シヴィアのメッセージがボイスメールに入っていた。まずトムリンソンに電話した。「タズ、警察がシュタインメルの家からもってきた書類を見たところ、シュタインメルの弁護士の名前がわかりましたよ。そこで弁護士に電話してシュタインメルが殺されたことを説明したら、シュタインメルの妹と話したかという。まだだといったんですが、その妹がシュタインメルの生存しているただ一人の家族だそうです。名前はエルガ・メリング。シカゴのすぐ西に住んでいます。あんたが会いに行くんじゃないかと思ってね」

「行ったほうがよさそうだな。ほかの絵のことを知ってるかもしれない。もしかしたら絵を預かってるってこともある。住所を教えてください」

ファロンは電話を切ったあと、シヴィアにかけた。「ミルウォーキー支局でシュタインメルの妹というのを見つけた。オークパークに住んでいる。その妹がこれにからんでるかどうかわからないけど、会いに行こうと思う。いっしょに行く?」

「もちろん」

＊＊＊

二人がアイゼンハワー・エクスプレスウェイを西へ走っているとき、シヴィアがいった。

「盗聴のこと話したの?」

「ボスと司法次官補に話した。二人とも、こっちの頭がイカれてると思ったらしい」

「犯人を捕まえるには盗聴がいちばんいいと、今でも思ってるの？」

「少なくともおれは思っている。おれ一人じゃないことを願うがね」

エルガ・メリングの家は兄のところと似たり寄ったりだった。ダークブラウンの窓枠のあるこぢんまりした平屋建てで、小さいが手入れが行きとどいている。私道を歩いていくと き、裏庭にある広い花壇が見え、その横に車一台分の車庫があった。ドアのベルを押すと、ほとんど同時に、目つきの険しい七〇代と思われる女が現れた。ファロンが身分証を見せる。「エルガ・メリングさん？」

女はファロンをじっと見たあと、シヴィアのほうを探るように見て、「そうです。お待ちしてました。兄の弁護士から電話があったので」強いドイツ訛りで答えた。

シヴィアがいった。「このたびはお気の毒でした」

「お入りください」

老女の顔にまとわりついた不幸の陰は、最近の兄の死によるものだけでなく、何十年にもわたって深く刻みつけられたものらしい。ファロンがいった。「お兄さんを殺した犯人を見つけたいんです。なぜお兄さんが殺されたかごぞんじですか」

さっき家に招き入れたのとはまったくちがう人間でも見るように、彼女が二人を見た。

「兄の正体を知るためにいらしたんでしょう？」

ファロンは逃亡犯の捜査経験が豊富だったので、彼女がなぜその質問をしたのか、すぐにピンと来た。「お兄さんは指名手配されてたんですか？」

二人を信頼したものかどうか、彼女が一瞬迷った。「いずれにしろわかることですね。そう、兄の本名はヨハン・フォルクナーです。ダッハウ収容所の看守でした。戦争まではいい人間でした。でも彼はゼーレを抜かれたのです。ゼーレは、ええと――魂のことです。最後には軍のお偉方から、おまえは追われているから、アメリカに逃げるのを助けてやるといわれたんです。新しい身分証明書と書類をもらいました。ただの伍長だったのになんでこんなことになったのか、兄にはまったくわかりませんでした。それまで参謀将校たちは兄が存在することさえ知らなかったのに。そして今度は彼らに殺されたんです」

「ナチスに殺されたとどうしてわかるんです？」

「何週間か前にある人が兄のところへやってきて、兄の本名も、彼が戦争犯罪人として追われていることも知っているといいました。最初ヨハンは否定しましたけど、その人は大きな帳簿をもっていました。そこに大勢の名前が載っていたようだったと兄はいってました。兄の軍隊時代のことがくわしく書いてあって、その人はそれを読みあげ、昔の写真まで見せたんです。それからヘルマン・ゲーリングの手紙を見せられました。それは、すべてこの男のいうことに従えという命令でした」

「その男は何を要求したんですか？」ファロンが訊いた。

「絵を預かれというんです」

「いつまで」

「誰かがそれを受け取りに来るといったそうです。それが誰だかはいいませんでした」

「いつ取りに来るかいいましたか？」

「いいえ。兄はとてもおびえて、その男のいうとおりにしたんです。男が帰るとすぐ、私に電話をかけてきました」

「男の名前は？」

「ゲーリングの手紙に書いてあったけど、覚えていないといいました」

「どんな男だったか、話しましたか」

「変な赤いひげを生やしていたとだけいいました。ほかのところはまったくの白髪なので、染めたんじゃないかといってました」

「お兄さんはほかの絵の話を何かしてましたか」

「いいえ」

「あなたかお兄さんは、戦時中軍隊にいて今はアメリカに住んでいるドイツ人を知ってますか」

「私は知りません。兄は知っていたかもしれませんが、私に話したことはありません」

シヴィアがいった。「渡された絵についてお兄さんはなんといってました？」

「受けとったとき、絵は茶色い紙でしっかりくるんであって、開けてはいけないといわれたんです。でも兄は開けました。男と裸の女が何人か描いてあったそうです」

「お兄さんは画家の名前をいいましたか？」

「いいえ、覚えているかぎりでは聞いてませんね」

シヴィアは何気ないふりをしているが、興奮していることが声からわかった。「その帳簿はどうなんです。それについてほかに何かいってませんでした？」

シヴィアは絵を取りもどすことだけに興味があるはずなのに、なんでそんなことを訊くんだろうとファロンは思った。エルガ・メリングは「何も」と答えた。

今度はファロンが質問する。「お兄さんはほかに何かいってましたか」

「今考えると、変だと思うことがあります。絵は古くてひびが入っているといいました。そして、においがすると」

「におい？」シヴィアが訊いた。「どんなにおい？」

老女は陰気な目で二人を見た。「死のにおい」

第二四章

刑務所に入ったことのある者は、自由であることを何よりも尊ぶようになるものだ。カート・デッカーは、犯罪者こそはもっとも自由を必要としている人種だと思っていた。ルールも規律もできるだけ少ないほうがいいし、理想をいえば誰からも命令されたくない。だから犯罪者は、社会の大勢に従わずに法を犯すのだ。そしてデッカーは、犯罪者の中でもとりわけ自由を欲していると自分で思っていた。人からあれこれ指図されるのが大嫌いなのだ。これは父親のせいにちがいない。ヒトラーの突撃隊だった父親は、アメリカに隠れ住んでいた間、酒を飲んであれこれ指図する相手といえば妻と息子のほかにはいなかった。カート・デッカーにとって、人から指図されるほど腹が立つことはない。だからブルナーから、クラナハの絵をシカゴ市内のホテルにもってこいときつくいわれたとき、面白くなかった。だが刑務所でまっ先に学んだのは、もしよからぬことをしたかったら、相手のいうことに従っているようなふりをしろ、ということだった。

今デッカーはこの教訓がとくに大事だと思った。というのも、彼は独自の行動を取ろうとしていたからだ。彼は守護者の暗号を解いたが、その鍵をブルナーに教えてもなんのとくにもならないと思った。次の絵を独自に探しに行きたかったが、まだブルナーの助けも必要なので、しばらくは彼と手を切るわけにもいかないのだ。

ブルナーの部屋のドアをノックした。そこはニューブランズウィック・ホテルの特別フロアにあり、そのフロアには専属のコンシェルジュがついている。そして、ボーイがエレベーターのパネルにキーを差しこんではじめてその階に行けるようになっている。スイートの寝室は、カウチと安楽椅子二脚が十分入る広さで、居間には食堂がついており、浴室だけでもデッカーの泊まったモーテルの部屋全体より広かった。

「さあ入って、入って」デッカーのカバンに目を据えたままブルナーがいった。

「いい部屋じゃないか」デッカーが皮肉たっぷりにいった。

夢を実現させてくれそうなものを前にして気もそぞろなブルナーは、「うん、うん、そうだね。テーブルの上においてくれないか」と答えながら食堂のほうを手で示した。

デッカーはゆっくりと時間をかけてカバンをテーブルにおき、ストリッパーがじらすようにファスナーを開けていった。やっとのことで、茶色い紙に包まれた絵が出てきた。

ブルナーは、感極まったようすでそれを慎重に開けていく。絵を探すということはもはや雲をつかむような話ではないのだ。莫大な資金を手に入れる夢が現実のものとなった。ヘルマン・ゲーリングから彼へとバトンは渡された。だが彼は絵自体の威力も無視できなかった。クラナハの筆が最後にキャンバスに触れて以来の数百年の間にその値打ちが増しているのだ。絵はブルナーの想像力をいやが上にもかき立てた。「すばらしい！」それはデッカーに向けられたというより、悪徳を擁護し助長したかどで罪に問われた、目の前にいるどこかの聖人に向けられた言葉だった。今やブルナーはうっとりと絵に見入っている。

「裏を見てくれ」デッカーがいった。

ブルナーが慎重な手つきで絵を裏返し、キャンバスと額縁に押されたマークを調べた。

「〈42〉か。これは確かに暗号の一部らしいな」

デッカーはしばらく間をおいて頃合いをみながら答えることにした。口に出しても出さなくても、暗号の鍵を解いたことを悟られたくなかった。「その数字は最初の暗号のおわりにある二ヵ所の空白に入るような気がなんとなくするんだ。二番目の暗号はそっちでうまい具合に解けたのか？」

「ついさっきあっちと話したんだが、まだ鍵はみつかっていない」

「そうか、それがわからないと、おれのほうはなんともならないな」

ブルナーはまだ絵を眺めている。「そうだね」

デッカーはテーブルの前に腰掛けて、メモ用紙を取りだすと、「しばらく考えさせてくれ」といってアルファベットの文字を左端に書き、次にその隣に当てずっぽうに数字を並べていく。デッカーは数字や文字で紙を埋めて何がなんだかわからなくしたかった。それから三〇分間、次から次へと音を立てながらページを繰っては埋めていった。それから立ち上がって、電話帳をもってきた。書きなぐった数字の羅列を市外電話とくらべては、うんざりしたような声を出す。「これもちがう」

ブルナーも青いホテルの用箋を手に取って、おざなりに答えを見つけようとする。それに飽きて、ブルナーはドイツに電話をかけた。慎重に言葉を選んで話しているが、党の話をしていることはデッカーにもわかった。

メモ用紙の五ページめの下、文字や数字がごちゃごちゃと書いてある中に、デッカーは前に解読した電話番号をついに書きこんだ。何かがひらめいたというように、腕をのばしてメモ用紙を目の前にもち、まるで地球上にはじめて現れた生物でも見るように数字をしげしげと見る。ブルナーがこっちを見ているのを目の端で捕らえると、デッカーは勢いこんで電話帳をつかんだ。指をページに走らせて止める。それからいきなり立ち上がった。ブルナーはていねいなドイツ語で電話に向かって、「すみません、あとでかけ直します」というと電話を切っていった。「どうした？」

デッカーは数字を書いたページから目を離さない。「子機で聞いててくれ。これかもしれない」ブルナーが小さなテーブルにある別の受話器のところへ行った。デッカーがその番号にかけると、強いドイツ訛りの女が答えた。「もしもし？」

「そちらＪＢのトレーラー・レンタルですか」

「いいえ、番号ちがいですよ」

「4-2-2-6-3-4-7でしょう?」デッカーがわざと最後の数字を変えていった。

「いいえ、こちらは、4-2-2-6-3-4-8です」

「失礼しました。番号がちがってたようです」デッカーが電話を切ってブルナーを見る。

「それだ! きみは鍵を見つけたんだ」

デッカーはうれしそうな表情を消して、困惑したような顔をした。そして、急に消えた子どもでも探すように、死にものぐるいでメモ用紙のページをめくる。次に反対側から落ち着いて繰っていった。それからまた、反対側にめくっていく。「どうやって見つけたか、わからん」

「なんだって!」

「偶然だったらしい」そのままページをめくりつづける。

「心配ない。今はそれで十分だ。その番号をもう一度いってくれ。こっちの連絡員に電話しよう。一つわかれば、あっちで鍵を見つけてくれるだろう」

デッカーは、しまったと思った。暗号の専門家なら、見本があればかんたんに解読するにちがいない。だがデッカーが女に番号を訊いたとき、ブルナーは最後の七桁だけは聞いているので、それを変えるのは危険だ。「4-2-2-6-3-4-8」

「で、市外局番は?」

あとの望みはまちがった市外局番を教えることしかない。シカゴ地区には五つ局番がある。デッカーがかけた708は、南西の郊外の番号だ。「7－7－3」と、いちばん似た番号を教えた。

ブルナーはデッカーが答えるときにちょっとためらったのに気づいたが、気づいたことを態度に出さなかった。「よし。さあ、次の絵を探しに行ってくれ」

「明日までは動けない。午前九時以降でないと、ダーラがこの番号の住所を調べられないんでね」

「手に入ったらすぐ知らせてくれるね?」

「そのためにカネをもらうんだからな」

デッカーが帰ったあと、ブルナーはリモコンを取って、テレビをつけた。画面の指示に従い、この部屋につけられた勘定の内訳を調べる。さっきの電話の市外局番は708となっていた。デッカーが嘘をついたのだ。嘘をついた理由は一つしかない。突然ブルナーは孤独を感じ、外国にいることを強く意識した。受話器を取りあげ、その必要がないことを願っていたベルリンのある番号にかけた。


（下巻につづく）

|著者|ポール・リンゼイ　米国シカゴ生まれ。現役FBI捜査官の時に発表した『目撃』でデビュー。NYタイムズ・ブックレビュー紙上でP・コーンウェルが「妻を愛し、自己の信念に忠実に生きる特別捜査官デヴリンは、さわやかなヒーローだ」と絶賛。デヴリン捜査官シリーズの続編として『宿敵』『殺戮』を上梓した後、4作目の著書となる本書では新たなヒーローを誕生させた。

|訳者|笹野洋子　長崎県生まれ。お茶の水女子大学国文科卒業。訳書にリンゼイ『目撃』『宿敵』『殺戮』、ハリソン『闇に消えた女』、エルキンズ『略奪』、ケイ『そして僕は家を出る』など多数。

覇者《はしゃ》(上)

ポール・リンゼイ|笹野洋子《ささのようこ》 訳

2003年5月15日第1刷発行

発行者——野間佐和子
発行所——株式会社 講談社
東京都文京区音羽2-12-21　〒112-8001
電話 出版部 (03) 5395-3510
販売部 (03) 5395-5817
業務部 (03) 5395-3615

Printed in Japan

講談社文庫
定価はカバーに
表示してあります

デザイン—菊地信義
製版——豊国印刷株式会社
印刷——豊国印刷株式会社
製本——株式会社若林製本工場

ISBN4-06-273756-6

講談社文庫刊行の辞

二十一世紀の到来を目睫に望みながら、われわれはいま、人類史上かつて例を見ない巨大な転換期をむかえようとしている。

世界も、日本も、激動の予兆に対する期待とおののきを内に蔵して、未知の時代に歩み入ろうとしている。このときにあたり、創業の人野間清治の「ナショナル・エデュケイター」への志を現代に甦らせようと意図して、われわれはここに古今の文芸作品はいうまでもなく、ひろく人文・社会・自然の諸科学から東西の名著を網羅する、新しい綜合文庫の発刊を決意した。

激動の転換期はまた断絶の時代である。われわれは戦後二十五年間の出版文化のありかたへの深い反省をこめて、この断絶の時代にあえて人間的な持続を求めようとする。いたずらに浮薄な商業主義のあだ花を追い求めることなく、長期にわたって良書に生命をあたえようとつとめるところにしか、今後の出版文化の真の繁栄はあり得ないと信じるからである。

同時にわれわれはこの綜合文庫の刊行を通じて、人文・社会・自然の諸科学が、結局人間の学にほかならないことを立証しようと願っている。かつて知識とは、「汝自身を知る」ことにつきていた。現代社会の瑣末な情報の氾濫のなかから、力強い知識の源泉を掘り起し、技術文明のただなかに、生きた人間の姿を復活させること。それこそわれわれの切なる希求である。

われわれは権威に盲従せず、俗流に媚びることなく、渾然一体となって日本の「草の根」をかたちづくる若く新しい世代の人々に、心をこめてこの新しい綜合文庫をおくり届けたい。それは知識の泉であるとともに感受性のふるさとであり、もっとも有機的に組織され、社会に開かれた万人のための大学をめざしている。大方の支援と協力を衷心より切望してやまない。

一九七一年七月

野間省一